o
violão
azul

O violão azul

JOHN BANVILLE

Tradução
Cassio de Arantes Leite

BIBLIOTECA AZUL

Copyright © John Banville, 2015
Copyright da tradução © 2016 by Editora Globo s.a.

Todos os direitos reservados. Nenhuma parte desta edição pode ser utilizada ou reproduzida – em qualquer meio ou forma, seja mecânico ou eletrônico, fotocópia, gravação etc. – nem apropriada ou estocada em sistema de banco de dados sem a expressa autorização da editora.

Texto fixado conforme as regras do Acordo Ortográfico da Língua Portuguesa (Decreto Legislativo nº 54, de 1995).

Editora responsável: Juliana de Araujo Rodrigues
Editor assistente: Thiago Barbalho
Preparação: Erika Nogueira
Diagramação: Gisele Baptista de Oliveira
Capa: Tereza Brettinardi
Foto de capa: Philippe PACHE/Gamma-Rapho/Getty Images

Título original: *The Blue Guitar*

CIP-BRASIL. CATALOGAÇÃO NA PUBLICAÇÃO
SINDICATO NACIONAL DOS EDITORES DE LIVROS, RJ

B171v

Banville, John, 1945-
O violão azul / John Banville ; tradução Cassio Arantes Leite. - 1. ed. - São Paulo : Biblioteca Azul, 2016.
272 p. : il. ; 21 cm.

Tradução de: The Blue Guitar
ISBN 978-85-250-5908-6

1. Romance irlandês. 2. Ficção irlandesa. I. Leite, Cássio de Arantes.
II. Título.

16-35225   CDD: 828.99153
                                            CDU: 821.111(415)-3

1ª edição, 2016

Direitos exclusivos de edição em língua portuguesa, para o Brasil, adquiridos por Editora Globo s.a.
Av. Nove de Julho, 5229
São Paulo — SP — 01407-200 — Brasil
www.globolivros.com.br

I

Pode me chamar de Autólico. Bom, melhor não. Embora eu seja, como esse palhaço sem graça, um colecionador de bugigangas negligenciadas. O que é um modo elaborado de dizer que roubo coisas. Sempre roubei, até onde sou capaz de lembrar. Posso até alegar, com justiça, ter sido um menino prodígio na refinada arte da gatunagem. Esse é meu vergonhoso segredo, um dos meus vergonhosos segredos, do qual, contudo, não sinto tanta vergonha quanto deveria. Não roubo pelo dinheiro. Os objetos, os artefatos, que espolio — eis aí uma bela palavra, especiosa e expiratória — são de valor escasso, em grande parte. Muitas vezes, os donos nem sequer dão por sua falta. Isso me preocupa, me deixa incomodado. Não vou afirmar que queira ser pego, mas faço questão de que a perda seja percebida; é importante que isso ocorra. Importante para mim, quero dizer, e para o peso e a legitimidade da — como direi? Da proeza. Da empreitada. Da façanha. Pergunto, de que vale roubar algo se ninguém sabe que esse algo foi roubado, salvo aquele que o roubou?

Eu costumava pintar. Essa era minha outra paixão, minha outra propensão. Eu costumava ser um pintor.

Há! A palavra que escrevi primeiro, em vez de *painter*, foi *painster*. Lapso da pena, lapso da mente. Apropriado, todavia. Antes pintor, agora pinto a dor, um pintador. Há. Devo parar antes que seja tarde demais. Mas já é tarde demais. Orme. Esse é meu nome. Alguns de vocês, que gostam de arte, que odeiam arte, talvez se lembrem, de tempos idos. Oliver Orme. Oliver Otway Orme, na verdade. O O O. Um absurdo. Poderiam me pendurar sobre a porta de uma casa de penhores. Otway, aliás, por causa de uma rua qualquer onde meus pais moraram quando eram novos e juntaram os trapos, e onde, presumivelmente, me começaram. Orme é um nome plausível para um pintor, não é? Um nome pitoresco. Fica bem, no canto inferior direito de uma tela, em minúsculas modestas mas inescapáveis, o O um olho de coruja, o *r* um tanto art nouveau e mais para um τ grego, o *m* um par de ombros se sacudindo em alegre hilaridade, o *e* como — ah, sei lá o quê. Ou então sei: como a alça de um penico. Portanto, eis-me aí. Orme, o mestre pintador, que pintar, não pinta mais.

O que eu quero dizer é

Cai uma tempestade hoje, os elementos em grande fúria. Violentas rajadas de vento uivando contra a casa, estremecendo suas vigas anciãs. Por que esse tipo de tempo sempre me leva a pensar na infância, por que faz com que me sinta de volta àqueles prístinos dias, de cabelo à escovinha, de calças curtas, uma das meias sem elástico? A infância deveria ser uma primavera radiante, mas a minha parece ter sido sempre outono, o vendaval vergastando as grandes faias além dessa velha edícula, como faz neste preciso instante, e os corvos acima circulando ao acaso, como vestígios carbonizados de uma fogueira, e uma luminosidade cor de gemada agonizando no céu baixo, a oeste. Além do mais, estou cansado do passado, do desejo de estar lá e não aqui. Quando estava lá, eu me contorcia com bastante rabugice em meus grilhões. Vou chegando aos cinquenta e me sinto com cem, o peso dos anos. O que quero dizer é o seguinte, que me decidi, me determinei, a amainar a tempestade. Interior. Não ando lá muito bem, esse é o fato. Me sinto como um despertador que o dorminhoco exasperado, o desperto exasperado, sacudiu com tanta raiva que todas as molas e engrenagens ali dentro se soltaram. Estou todo desconjuntado. Eu devia me levar para Marcus Pettit me consertar. Há-há. Devem ter dado pela minha ausência a essa altura, do lado de lá do estuário. Devem estar se perguntando onde fui parar — eu mesmo me pergunto isso — e não imaginam que estou tão perto. Polly deve estar num estado lastimável, sem alguém de confiança para conversar e absolutamente ninguém a quem recorrer em busca de consolo, a não ser Marcus, cujo consolo provavelmente é difícil que venha a procurar, muito, dada a situação. Já estou com saudade. Por que vim embora? Porque não aguentei ficar. Imagino-a em seu pequeno quarto apertado sobre a oficina de Marcus, encolhida diante do fogo à luz penumbrosa deste fim de tarde de setembro, seus joelhos reluzindo com as chamas e losangos de sombra recortando suas canelas. Estará decerto mordiscando preocupada um canto da boca, com aqueles seus dentinhos afiados que sempre me lembram pequenos pontos de gordura cintilando em um pudim de Natal. Ela é, foi, meu pudinzinho querido. Pergunto outra vez: por que me mandei? Cada pergunta. Sei por que caí fora, sei perfeitamente bem por que, e é melhor parar de fingir que não sei.

Marcus estará em sua oficina, diante da bancada. Também posso vê-lo, em seu colete de couro, concentrado e com a respiração pesada, a lupa de joalheiro aparafusada em sua órbita ocular, manuseando cuidadosamente os minúsculos instrumentos, que,

o violão azul 9

na minha cabeça, são um bisturi e um fórceps, dissecando um Patek Philippe. Embora seja mais novo do que eu — aos meus olhos todo mundo parece mais novo do que eu —, seu cabelo já está rareando e ficando grisalho e, veja, pende agora em tufos plumosos nas laterais de seu rosto estreito e pio, inclinado, agitado por cada alento que respira, muito, muito levemente agitado. Ele costumava ter algo da fisionomia de Dürer naquele andrógino autorretrato, o perfil a três quartos com cachos fulvos, boca em botão de rosa e olhar desconcertantemente sedutor; mais tarde, porém, podia ser um dos Cristos agonizantes de Grünewald. "O trabalho, Olly", disse-me ele, combalido, "o trabalho é tudo que tenho para me distrair dessa angústia." Foi essa palavra que usou: angústia. Achei-a esquisita, mesmo em circunstâncias tão horríveis, antes um floreio do que uma palavra. Mas a dor exige eloquência — olhe só pra mim; me escute.

A criança também está por lá, em algum lugar, Little Pip, como a chamam — nunca Pip, apenas, sempre Little Pip. Sem dúvida é mesmo bem pequena, mas e se crescer para se tornar uma amazona? Little Pip, a Gigante Gentil. Eu não deveria rir, sei disso; é a dor de cotovelo me cutucando, a dor de cotovelo e o miserável remorso. Gloria e eu tivemos nossa própria pequenina, brevemente.

Gloria! Ela me fugiu aos pensamentos até agora. Também deve estar se perguntando onde diabos me meti. Onde, diabos.

Droga, por que tudo tem que ser tão difícil.

Vou pensar na noite em que finalmente me apaixonei por Polly, finalmente pela primeira vez, quero dizer. Qualquer coisa por um pouco de digressão, ainda que seja de pensamentos amorosos que eu deveria estar me afastando, haja vista o calor do fogo com que o amor me levou a brincar. Aconteceu no jantar anual da Associação de Relojoeiros, Chaveiros e Ourives. Estávamos lá como convidados de Marcus, Gloria e eu — Gloria sob protesto, devo acrescentar, sendo tão suscetível quanto eu ao tédio e ao saco cheio, em geral —, e sentávamos à mesa em companhia dele e de Polly, junto com alguns outros de quem não precisávamos tomar o menor conhecimento. Filé e porco assado no cardápio, e batata, é claro, cozida, assada e frita, e purê de, sem esquecer o infalível bacon com repolho. Talvez fosse o fedor débil de carne tostada que estivesse me fazendo sentir peculiar; isso e a fumaça das velas sobre as mesas, bem como os borborigmos balidos pela banda de três instrumentos. No grande salão às minhas costas havia um clamor incessante de vozes, um pesado crescendo reverberante do qual ocasionalmente brotava, como um peixe saltando, o guincho da risada ébria de alguma mulher. Eu tinha bebido, mas não creio que estivesse bêbado. Mesmo assim, enquanto conversava com Polly, e olhava para ela — comia com os olhos, na verdade —, fiquei com essa sensação de iluminação iminente, de epifania súbita, que tão frequentemente ocorre em determinado estágio rumo à embriaguez. Não que ela passasse a impressão de uma beleza recém-adquirida, exatamente, mas parecia irradiar algo que eu não notara antes, algo seu, único: a abundância de sua presença, o vero ser de seu ser. Isso é fantasioso, sei, e provavelmente o que acreditei ver fosse meramente um efeito provocado pelos vapores do vinho vagabundo, mas tento estabelecer a essência do momento, isolar a centelha que viria a inflamar tamanha conflagração de êxtase e dor, de dano, agravo e, sim, angústia marcusiana.

E seja como for, quem pode dizer que o que vemos quando estamos bêbados não é a realidade, e o mundo sóbrio, uma fantasmagoria turva?

Polly não é nenhuma grande beldade. Ao dizer isso, não estou faltando com o cavalheirismo, assim espero; é melhor começar sendo franco, uma vez que pretendo seguir nesse tom, até onde

o violão azul *11*

sou capaz de franqueza. Claro que eu a achava, acho, absolutamente adorável. Tem formas generosas, mais para grandinha nas cadeiras — imagine a metade inferior delicadamente arredondada de um violoncelo tamanho infantil —, com um harmonioso rosto em forma de coração e cabelos castanhos, um pouco rebeldes. Seus olhos são realmente notáveis. Cinza-pálidos, parecem quase translúcidos e, conforme a luz, assumem um brilho de madrepérola. Exibem leve estrabismo, o que cria um eco encantador com a ligeira sobreposição de seus dois perolados dentes incisivos. Porta-se de modo geral com placidez, mas seu olhar pode ser surpreendentemente penetrante, e seu tom, por vezes, é capaz de provocar uma ferroada e tanto, uma ferroada e tanto. Quase sempre, porém, conserva uma expressão cautelosa para um mundo onde não se sente inteiramente à vontade. Está sempre ciente de sua falta de verniz social — é uma moçoila do campo, afinal, ainda que sua família seja da fidalguia rota —, em comparação a minha composta Gloria, por exemplo, e é insegura em questões de etiqueta e comportamento apropriado. Foi um tanto comovente observar, naquela noite do Clockers, como a ocasião é informalmente chamada, o modo como, ao início de cada prato, relanceava rapidamente em torno da mesa e verificava qual talher o resto de nós escolhia antes de ousar levar a mão à faca, ao garfo ou à colher. Talvez seja aí que o amor comece, não em acessos súbitos de paixão, mas no reconhecimento e simples aceitação de, de — alguma coisa, sei lá o quê.

O Clockers é um troço tedioso e me senti um tolo por comparecer. Eu dera as costas para os festivos convivas e, apoiado nos cotovelos, inclinava-me com determinação sobre a mesa, de modo que meu rosto, quente e latejante, estava quase no busto de Polly, ou teria quase estado, não houvesse ela virado meio lateralmente na cadeira, recuando, de modo a me fitar de lado por sobre a curva de seu ombro direito deliciosamente arredondado. Sobre o que eu falava com tamanho ímpeto e fervor? Não lembro — como se fizesse diferença: a importância residia no tom, não no conteúdo. Dava para sentir Gloria nos monitorando, com expressão bem-humorada e cética. Muitas vezes penso que se casou comigo só para ter algo de que rir. Não é minha intenção soar ressentido, de modo algum. Sua risada não é cruel nem maldosa. Simplesmente me acha engraçado, não pelo que eu diga ou faça, mas pelo que sou, seu pequenino gordote de cabelos cor de ferrugem e, fizesse ela alguma ideia, mãos leves.

Polly, nessa época, a época da noite do Clockers em que me apaixonei por ela, estava casada havia três ou quatro anos, e não era decerto nenhuma donzela inocente do tipo que se pudesse julgar suscetível às minhas insinuantes lisonjas. Mesmo assim, ficou óbvio que eu estava exercendo um efeito sobre ela. Escutando-me, assumira essa expressão vagamente atenta, de olhos bem abertos, acentuada pela mirada assimétrica, de uma mulher casada em quem começa a brotar um titubeante deleite conforme se dá conta, com incredulidade, de que um homem que conhece há anos e que não é seu marido de repente está lhe dizendo, seja lá da forma tortuosa e empolada que for, que ele sem mais nem menos se apaixonou por ela.

Marcus estava na pista, entre gorjeios e requebros. A despeito de sua disposição tímida e inveteradamente melancólica, curte para valer uma festa, e se põe a dançar com violento entusiasmo ao primeiro espocar de uma rolha ou clangor de um clarim — naquela noite, convidara Gloria não menos do que três vezes para se levantar e se juntar a ele em suas cabriolas, e em todas as ocasiões, para minha considerável surpresa, ela aceitara. Em meus primeiros dias com Polly, eu costumava tentar, cachorro traiçoeiro que sou, fazê-la falar sobre Marcus, contar coisas que ele dizia e fazia na privacidade de suas vidas juntos, mas ela é uma alma leal e deixou imediatamente claro, com firmeza admirável, que as

o violão azul *13*

peculiaridades de seu esposo, se de fato as tinha, pois não estava dizendo que as tivesse, eram assunto proibido.

Como nos conhecemos, para começo de conversa, nós quatro? Acho que deve ter sido Gloria e Polly que encetaram amizade ou, melhor dizendo, familiaridade, embora no meu caso eu sinta como se conhecesse Marcus desde que me entendo por gente, ou pelo menos desde que ele se entende por gente, uma vez que sou o mais velho dos dois. Lembro de um primeiro piquenique em um parque ornamental em algum lugar — pão, queijo, vinho e chuva —, e Polly em um vestido branco de verão, as pernas nuas, toda flexível. Inevitavelmente, vejo a ocasião à luz do *Déjeuneur sur l'herbe* — o primeiro, menor — do velho Manet, com a loira Gloria como veio ao mundo e Polly ao fundo, banhando os pés. Polly, nesse dia, parecia pouco mais que uma garota, as bochechas rosadas e viçosas, e não a mulher casada que era. Marcus usava um chapéu de palha esburacado e Gloria se revestia de sua gloriosa aura de costume, uma beldade beatífica e brilhante irradiando luz a toda sua volta. E, por Deus, mas minha mulher estava magnífica naquele dia, como na verdade sempre está. Aos trinta e cinco anos, atingira o pleno esplendor da maturidade. Penso a seu respeito em termos de vários metais, ouro, é claro, por causa de seu cabelo, e prata, por sua pele, mas existe algo ali também da opulência do latão e do bronze: há um maravilhoso lustro em sua pessoa, um fulgor majestoso. Na verdade, está mais para um Tiepolo do que para um Manet, uma das Cleópatras do mestre veneziano, digamos, ou sua Beatriz da Borgonha. Comparada a minha luminosa Gloria, Polly mal seria uma dessas pequenas velas votivas que as pessoas costumavam comprar por um centavo na igreja para acender diante da estatueta de seu santo favorito. Então por que foi que eu —? Ah, ora, eis o cerne da questão, um dos cernes, aos quais corroí todas as coisas.

O Clockers se encerrou da maneira misteriosamente abrupta como tais ocasiões se encerram e a maioria dos presentes à nossa mesa já se levantara e fazia adernadas tentativas de se organizar para ir embora quando Polly ficou de pé quase num pulo, pensando em Little Pip, imagino — o pai de Polly e sua desorientada mãe supostamente olhavam a criança —, mas então parou por um segundo e fez um curioso gesto de impaciência, sutil e um pouco trêmulo, sorrindo admirada, com as sobrancelhas erguidas e as mãos afastadas do corpo, com a palma para baixo, como uma criancinha pequena ensaiando uma mesura. Pode não ter sido nada mais que o efeito de seu bumbum descolando da cadeira — estava muito quente e úmido no salão —, mas, para mim, foi como se tivesse sido erguida, de repente, com leveza, pela ação de algum meio invisível e flutuante: como se estivesse literalmente, e por um segundo, caminhando no ar. Isso dificilmente poderia ser atribuído à fervorosa arenga a que eu a submetera na ausência do marido, e contudo fui levado, quase, às quentes lágrimas, sentimento que de algum modo me fora dado compartilhar com ela naquela breve e secreta exaltação. Ela apanhou a bolsa de veludo, ainda conservando um vestígio daquele sorriso de vaga surpresa — chegava a corar um pouco? —, e afetou estar à procura de Marcus, que buscava os casacos de ambos. Então também eu me levantei, o coração palpitando e os pobres joelhos transformados em geleia.

Apaixonado! Outra vez!

Quando saímos, a noite pareceu invulgarmente vasta sob o céu coalhado de estrelas cintilantes. Após o barulho do interior, o silêncio lá fora era uma reverberação vibrante no ar gelado. Inicialmente o carro de Marcus não queria pegar, porque, sendo o muquirana que era, ele enchera o tanque com uma gasolina de tipo inferior, e os tubos tinham se entupido de sal. Enquanto ficava sob o capô, suspirando e praguejando baixo, Polly e eu nos pusemos a esperar na calçada, lado a lado, mas sem nos encostar. Gloria se afastara um pouco para fumar um cigarro furtivo. Polly se em-

o violão azul 15

brulhava com força no casaco e enterrava o queixo sob a gola e, quando me olhou, não girou a cabeça, mas apenas moveu os olhos para o lado, comicamente, com um sorriso sofrido e recurvo de palhaço. Não dissemos nada. Passou-me pela cabeça puxá-la para junto de mim enquanto Gloria não estava olhando e beijá-la rapidamente, nem que fosse apenas na bochecha, ou mesmo na testa, como um velho amigo talvez fizesse num momento desses; mas não ousei. O que eu queria realmente fazer era beijar seus lábios, lamber suas pálpebras, enfiar a ponta da língua nas volutas róseas e secretas de seu ouvido. Achava-me num estado de estupefação inebriada, comigo mesmo, com Polly, com o que éramos, com o que de repente nos tornáramos. Era como se um deus houvesse esticado os braços naquele céu estrelado, colhido ambos nas mãos em concha e feito de nós uma pequena constelação bem ali.

Sempre me pareceu que um dos aspectos mais deploráveis de morrer, à parte o terror, a dor e a imundície, é o fato de que, quando eu me for, não restará ninguém para registrar o mundo da maneira como faço. Não me entenda mal, não tenho ilusões sobre meu significado no acelerado esquema das coisas. Outros registrarão outras versões do mundo, incontáveis bilhões delas, uma profusão de mundos particulares a cada um, mas aquela que terei feito meramente por minha breve presença aqui se perderá para sempre. É um pensamento angustiante, acho, ainda mais, até, de certo modo, do que a perspectiva da perda do próprio eu. Considere-me ali naquela noite, sob aquele tecido de pelúcia púrpura cravejado de gemas, sendo acometido do nada pelo amor e olhando pasmadamente em torno, boquiaberto, observando como a luz das estrelas lançava nítidas sombras diagonais nas laterais das casas, como o capô do carro de Marcus brilhava, parecendo coberto por uma fina película de óleo, como o pelo de raposa da gola de Polly se eriçava em pontas incendiadas, como a rua cintilava escura com o arenito congelado e os contornos de todas as coisas luziam indistintos — tudo isso, o mundo conhecido e comum tornado singular só de olhar para ele. Polly sorrindo, Marcus irritado, Gloria com o cigarro, a chusma de gente às minhas costas deixando o Clockers numa erupção de hilaridade embriagada, seus hálitos formando globos de ectoplasma no ar — todos eles veriam o que eu estava vendo, mas não como eu, com meus olhos, de meu ângulo particular, a meu próprio modo que é tão débil e tapado quanto o de qualquer um, mas que é meu, mesmo assim: meu e, portanto, único.

Marcus terminou fosse lá o que estivesse fazendo com a tubulação do carro, endireitou o corpo e fechou o capô com um estrondo que pareceu fazer a noite recuar, alarmada. Murmurando algo sobre carburadores e limpando as mãos em seus flancos longos e estreitos, acomodou-se ranzinza atrás do volante e deu partida, e tossindo e chiando como asmática a máquina expectorou com vida. Ele ficou lá sentado com a porta aberta e um pé na calçada, acelerando o motor e escutando os queixumes arqueados do pobre bruto. Gosto de Marcus, sério, gosto mesmo. É um sujeito decente. Acho que vê a si próprio mais ou menos do modo como Gloria me vê: no geral, uma pessoa até que bacana, mas fundamentalmente desafortunada, fácil de tirar proveito, e mais ou menos risível. Sentado ali, de ouvido atento aos sons emitidos pelo motor, balançava a cabeça com ar pesaroso, sorrindo cripticamente consigo mesmo, como se a falha mecânica fosse apenas o mais recente numa série de pequenos e tristes infortúnios que o perseguiram a vida toda e que ele parecia incapaz de evitar. Ah, Marcus, meu velho, lamento por tudo, lamento mesmo. Curioso, como é difícil se desculpar e soar convincente. Deveria haver um modo especial, exclusivo, para o sujeito formular seus remorsos. Quem sabe eu publique algo sobre o assunto, um manual de dicas úteis, ou mesmo um manual de estilo: *Abecedário de desculpas*, *Catálogo de justificativas*.

o violão azul 17

Gloria e eu sentamos no banco traseiro, eu atrás de Polly, que foi na frente, ao lado de Marcus. Dava para sentir o cheiro da fumaça de cigarro no hálito de Gloria. Polly ria e se queixava do frio e, com efeito, observando de onde eu estava, com sua cabeça redonda, escura, lustrosa afundada naquela gola felpuda, podia muito bem ser uma rechonchuda indiazinha esquimó toda embrulhada em peles de foca. Conforme deslizávamos pelas ruas silenciosas, eu observava as casas sorumbáticas e lojas fechadas que passavam suavemente, tentando não prestar atenção no modo de dirigir enlouquecedoramente lento e cauteloso de Marcus. Pierce's Seed & Hardware, Cotter's the Chemist, Prendergast's the Pie Emporium, o barraco outrora ocupado pela lendária parteira Granny Colfer, com suas vidraças de *bull's-eye*, parecendo óculos fundo de garrafa — de doer a vista! —, encravado entre o Methodist Hall e as salas de reunião com inúmeras janelas da Ancient Order of Foresters. Miller the Milliner, Hanley the Haberdasher. A oficina de impressão de meu pai, que não era mais, com meu ateliê em cima, que também não era mais. O açougueiro. O padeiro. O fabricante de velas. Por que cargas-d'água eu voltara e me estabelecera aqui? Quando era novo, como já comentei, não via a hora de deixar o lugar. Gloria diz que é porque fiquei com medo do vasto mundo e desse modo me recolhi neste mundinho. Pode ter razão, mas não totalmente, decerto. Sinto-me como um arqueólogo do meu próprio passado, escavando camada após camada de lousa e xisto cintilante sem nunca atingir o leito rochoso. Há o fato, também, o fato secreto, de que antevia a mim mesmo fazendo nova figura no velho lugar, reinando sobranceiro em minha casa creme nas alturas de Fairmount — Hangman's Hill, a Colina do Enforcado, como era anteriormente chamada, até o Conselho da Cidade votar, ajuizadamente, a mudança do nome —, com o mundo que eu supostamente temia prestando vassalagem à minha porta. Eu seria como Picasso em Vence, ou Matisse no Château de Vauvenargues, embora terminasse antes como o pobre Pierre Bonnard, mantido pela mulher em acovardado cativeiro em Le Cannet. Em vez de celebrar meu nome, porém, a cidade me tinha por algo como uma piada, com meu chapéu, minha bengala, meus lenços espalhafatosos, minha conduta presumida, minha dourada, jovem e absolutamente imerecida esposa. Não me importei, tão encantado estava de me ver de volta aos cenários da infância, todos magicamente preservados, como que mergulhados num tonel de vidro líquido e guardados especialmente para mim, numa expectativa confiante e paciente de meu inevitável regresso.

A avenida principal estava deserta. O desgracioso Humber avançava na esteira dos fachos gêmeos de seus faróis, resmungando consigo próprio. Um casal, marido e mulher, nunca parece mais casado do que quando visto do banco traseiro de um carro, conversando serenamente na frente. Polly e Marcus poderiam muito bem já estar em seu quarto, tão suave e íntima me soava a conversa dos dois, sentado ali em mudo alerta atrás de suas nucas. A primeira pontada do ciúme. Mais do que uma pontada. Sobre o que conversavam? Nada. Não é sobre isso que as pessoas sempre conversam quando há outros por perto escutando?

De repente senti alguma coisa raspando meu joelho, e quis emitir um pequeno guincho de pavor — era perfeitamente possível que a lata-velha de Marcus tivesse ratos —, mas ao baixar o rosto vi o brilho de uma mão e percebi que era Polly que me tocava. Sem se denunciar pelo mais ligeiro movimento, ela esticara o braço no vão entre a porta e seu banco, do lado onde Marcus não podia ver, e acariciava minha rótula de modo inequívoco. Bem, isso foi uma surpresa, para não dizer um choque, a despeito de tudo que se passara entre nós na mesa, pouco antes. O fato é que sempre que eu dava em cima de uma mulher, coisa que raramente fazia, mesmo quando era jovem, nunca esperava de fato ser correspondido, nem sequer notado, não obstante alguns episódios de sucesso, que eu tendia a

o violão azul *19*

encarar como acasos ditosos, resultado de um mal-entendido, ou de obtusidade de parte da mulher e simples boa sorte da minha. Não sou um espécime de pronto estonteante, tendo sido, antes de mais nada, o desfavorecido da prole. Sou atarracado e corpulento, ou talvez seja melhor desembuchar logo de uma vez e dizer que sou gordo, com cabeça grande e pés minúsculos. Meu cabelo é de um matiz entre a ferrugem molhada e o latão severamente desdourado e, com tempo chuvoso, ou quando estou à beira-mar, enrosca-se em cachos tão apertados e densos quanto uma couve-flor, resistindo obstinadamente às mais ferozes escovações. Minha pele — ah, minha pele! — consiste de um tegumento flácido, úmido, branco-sujo, de modo que pareço ter sofrido um longo processo de alvejamento no escuro. De minhas sardas não falarei. Tenho braços e pernas roliços, grossos no alto e que se afunilam nos tornozelos e pulsos, como clavas indianas, só que mais curtos e gorduchos. Entretenho a fantasia de que, à medida que envelhecer e minha circunferência aumentar, esses tocos gradualmente se retrairão até terem sido absorvidos por completo, e minha cabeça e meu grosso pescoço também se aplainarão, de modo que ficarei perfeitamente esférico, um grande e pálido cogumelo globoso a ser rolado de início pela bondosa Gloria e depois, após ela ter perdido a verve, por uma figura austera, trajada de branco, em solados emborrachados e chapeuzinho engomado. Que alguém, sobretudo uma jovem sensata da categoria de Polly Pettit, possa me levar a sério ou dar o menor crédito ao que eu tenha a dizer continua a ser para mim motivo de assombro. Mas lá estava eu, com o joelho sendo apalpado por essa mesmíssima Polly, enquanto seu marido, alheio a tudo, curvado sobre o volante, o nariz quase tocando o para-brisa, conduzia-nos com vagar para casa em sua velha abóbora motorizada pela noite resplandecente e subitamente transfigurada.

Gloria, minha esposa de olhos em geral aguçados, tampouco notou o que fosse. Ou será que notou? Com Gloria, nunca se sabe. Esse é o negócio com ela, eu acho.

Enfim, era isso aí, por ora. Mas quero que fique entendido e que conste dos autos que tecnicamente foi Polly quem tomou a iniciativa, em virtude daquela fatídica apalpada em meu joelho, uma vez que as férvidas lisonjas de que a cobri à mesa um pouco antes haviam sido um caso exclusivo de palavras, não de ações — em momento algum encostei um dedo nela, meritíssimo, não naquela noite, juro. Quando estiquei o braço naquela hora e tentei, tateante, tomar sua mão, ela de imediato a recolheu e, sem se virar, deu uma infinitesimal sacudidela de cabeça que interpretei como advertência e, mesmo, admoestação. Fiquei imensamente agitado, não apenas pela carícia de Polly como também por sua rejeição, e pedi a Marcus que parasse e me deixasse descer, dizendo que pretendia caminhar pelo resto do trajeto até em casa e desanuviar a cabeça com o frescor da noite. Gloria me encarou brevemente, surpresa — nunca fui muito do ar livre, a não ser em minha imaginação pitoresca —, mas não teceu comentário. Marcus parou na ponte sobre o curso d'água da azenha. Desci, esperei um momento, pus a mão no teto do carro e me curvei ali dentro para desejar a marido e esposa uma boa-noite, e Marcus grunhiu — continuava aborrecido consigo mesmo porque o carro não dera partida —, enquanto Polly disse apenas uma palavra rápida que não peguei, ainda sem virar a cabeça para me olhar. E lá se foram, a fumaça do escapamento deixando no ar um fedor acre, salino, e eu caminhei lentamente em sua esteira pela pequena ponte corcunda, com a corrente do moinho fluindo e gorgolejando sob mim, meus pensamentos em torvelinho conforme observava aquelas lanternas rubi se desvanecendo na escuridão, como os olhos de um tigre retrocedendo furtivamente. Ah, ser devorado!

Agora, quanto ao tema da gatunagem, por onde começar? Confesso ficar constrangido com esse vício — vamos chamar de ví-

o violão azul 21

cio — pueril e, francamente, não sei por que o admito, a você, meu confessor inexistente. A questão moral aqui é delicada. Assim como a arte utiliza seus materiais absorvendo-os plenamente na obra, conforme assevera Collingwood — uma pintura consome a tinta e a tela, ao passo que a mesa é para sempre a madeira de que é feita —, do mesmo modo o ato, a arte, de roubar transforma o objeto roubado. Com o tempo, a maioria das posses perdem sua pátina, tornam-se baças e anônimas; roubadas, saltam de volta à vida, assumem o lustro da singularidade outra vez. Nesse sentido, o gatuno não estará fazendo um favor às coisas por intermédio de sua renovação? Acaso não empresta novo realce ao mundo polindo sua prata desdourada? Quero crer que terei apresentado os comentários preliminares de meu caso com força e persuasão suficientes, não?

A primeira coisa que roubei na vida, a primeira que me lembro de ter roubado, foi um tubo de tinta a óleo. É, sei, parece demasiado conveniente, não é mesmo, já que um dia eu seria um artista e tudo mais, mas, bom, aí está. A cena do crime foi a loja de brinquedos do Gepeto, numa travessa apertada da Saint Swithin Street — sim, esses nomes, eu sei, estou inventando à medida que prossigo. Devia ser perto do Natal, a escuridão descendo às quatro da tarde e um chuvisco diáfano dando brilho aos paralelepípedos azul-mexilhão da ruela. Estava com minha mãe. Devo dizer algo a respeito dela? Sim, devo: a ela o que lhe é de direito. Naquele tempo — eu tinha nove anos nessa época de que estou falando — era menos uma mãe do que uma irmã mais velha com boa disposição, com mais disposição, sem dúvida, do que a irmã que eu de fato tinha. Mamãe sempre exibiu um comportamento abstraído, ligeiramente confuso, até, e se revelava no geral inadequada para o negócio comum de viver, coisa que as pessoas achavam exasperante ou encantador, ou ambos. Era linda, na minha opinião, de um modo etéreo, mas dava pouca atenção à própria aparência, a menos que sua aparente negligência fosse uma pose cuidadosamente estudada, embora eu não acredite que seja o caso. O cabelo, em particular, ela o deixava de qualquer jeito. Era de um ruivo terroso no tom, e abundante, mas muito fino, como uma espécie rara de grama seca ornamental, e em quase toda memória que guardei dela, está passando os dedos por ele em um gesto de desespero vago e pesarosamente cômico. Havia algo de cigano nela, para a vergonha e o aborrecimento de seus filhos, à exceção de mim, pois a meus olhos tudo que era e fazia estava o mais perto da perfeição que era humanamente possível estar. Usava camisas camponesas e enfunadas saias floridas e nos meses mais quentes andava descalça pela casa e, às vezes, até na rua — deve ter sido um escândalo para nossa retrógrada cidadezinha. Tinha olhos violeta-claros absolutamente adoráveis, que herdei, embora sem dúvida sejam um desperdício em mim. Quando era pequeno, nossa felicidade nunca era menos que completa na companhia mútua, e eu não teria me importado, e desconfio que ela tampouco, se fôssemos apenas nós dois, sem meu pai ou meus irmãos mais velhos para superpovoar a cena. Não sei por que era para eu ser seu favorito, mas fui. Presumo que por ser jovem e ainda não ser feio e, em todo caso, as mães sempre preferem a raspa do tacho, não é? Eu a pegava me encarando intensamente, com o olhar brilhante de expectativa, como se a qualquer momento eu pudesse fazer algo espantoso, realizar um truque prodigioso, como ficar de cabeça para baixo numa graciosa bananeira, digamos, ou cantar uma ária, ou fazer brotar pequenas asas douradas em meus pulsos e tornozelos e sair adejando pelo ar.

Eu anunciara pouco antes, a meu modo deveras precoce e importante, que pretendia ser pintor — que pequeno palerma insuportável devo ter sido —, e é claro que ela achou a ideia esplêndida, a despeito dos resmungos angustiados de meu pai. Naturalmente, os costumeiros giz de cera e lápis de cor não serviriam de

o violão azul 23

modo algum, não, seu menino merecia o melhor, e imediatamente fomos juntos ao Gepeto, o único lugar na cidade que sabíamos ter em estoque tinta a óleo, telas e pincéis de verdade. A loja tinha um pé-direito muito alto mas era abarrotada, como tantas casas e comércios na cidade; o lugar era tão apertado, na verdade, que os clientes tendiam automaticamente a entrar de lado, insinuando-se pela comprida porta com o rosto desviado e a barriga encolhida. Havia uma escada caracol de ferro trabalhado à direita, que sempre achei que devia conduzir a um púlpito, e as paredes eram forradas com prateleiras de brinquedos até o teto. Os materiais de artes ficavam no fundo, numa seção elevada, ao final de três abruptos degraus. Ali Gepeto tinha sua mesa, também alta e estreita, mais para um púlpito, de fato, um ponto vantajoso de onde podia supervisionar a loja toda, espiando por cima dos óculos com aquele sorriso benigno e luminoso em que cintilava, como um incisivo à mostra, a vigilância afiada e incansável do bufarinheiro nato. Seu nome verdadeiro era Johnson ou Jameson ou Jimson, não me lembro exatamente, mas chamei-o de Gepeto porque, com seus felpudos cachinhos brancos descendo pelas laterais do rosto e aqueles óculos sem aro empoleirados na ponta do nariz longo e fino, era sósia do velho fabricante de brinquedos tal como representado em um grande livro ilustrado de Pinóquio que eu ganhara de presente certo Natal.

A propósito, eu poderia dizer muitas coisas sobre esse menino de madeira e seu anseio por se tornar humano, ah, sim, muitas coisas. Mas não vou.

As várias cores, ainda as vejo, ficavam expostas num mostruário ordenado e encantador em um suporte de madeira entalhada, como um porta-cachimbos gigante. Na mesma hora cravei os olhos em um tubo suntuosamente gordo de branco-zinco. O tubo, por feliz coincidência, parecia ele próprio feito de zinco, ao passo que o rótulo branco tinha a textura fosca e seca do gesso, um matiz que passou a ser de minha predileção desde então, como o leitor deve saber se conhece alguma coisa de minha obra, o que espero não seja o caso. Por instinto, tomei a precaução de não deixar transparecer meu interesse, e sem dúvida não teria sido estouvado a ponto de pegar o troço e examiná-lo, nem sequer de tocá-lo. Há um tipo especial de olhar oblíquo dirigido ao objeto de seu desejo que no primeiro estágio do roubo é tudo que o gatuno se permitirá, não apenas por motivos de estratégia e segurança, mas também porque a gratificação postergada significa a intensificação do prazer, como bem sabe todo sibarita. Minha mãe conversava com Gepeto a seu modo abstraído, fixando o olhar nalgum ponto além de sua orelha esquerda e alheadamente mexendo em um lápis que pegara em sua mesa, girando-o repetidas vezes em seus atraentes e esguios, embora em certa medida masculinos, dedos. Sobre o que poderiam estar a conversar, par que combinando menos nunca se viu? Pude perceber, a despeito de minha tenra idade e seus avançados anos, que o velho raposão ficou deveras fascinado com aquela criatura de cabelos desgrenhados e olhos lânguidos. Minha mãe, devo confessar, era sempre sedutora ao tratar com os homens, se intencionalmente ou não, não sei dizer. Era sua mera vagueza, creio, seu caráter sonhador ligeiramente caprichoso e contrariado que os deslumbrava e desarmava. E nisso vi minha chance. Quando julguei que pusera o velho lojista num transe de vidrado desnorteio, estiquei a pata e — pimba! lá foi o tubo de tinta para o meu bolso.

Dá para imaginar como me senti, com o medo criando um caroço ardente em minha garganta e o coração martelando. Em triunfo jubiloso também, é claro, e sigiloso, igualmente, e terrível. Fiquei em tal estado de excitação contida que meus olhos pareciam querer saltar das órbitas e minhas bochechas, inchar a ponto de explodir. Acredite, quando se trata de uma primeira vez, roubar e amar têm muito em comum. Que calafrio emocionante me provocou aquele tubo de tinta, e que peso tinha, como que composto de um elemento extraterreno que aterrissara aqui vindo de um planeta distante onde a força da gravidade era mil vezes mais poderosa do que na terra. Eu não teria ficado surpreso se houvesse rasgado o bolso da minha calça, aberto um buraco no chão e continuado a despencar até chegar à Austrália, para espanto dos escurinhos e terror dos cangurus.

Acho que o que mais me impressionou acerca do que fizera foi a rapidez daquilo. Não quero dizer apenas a rapidez do feito em si, embora existisse qualquer coisa misteriosa, qualquer coisa taumatúrgica, no modo aparentemente instantâneo como o tubo de tinta deixou seu lugar no suporte de madeira e foi parar em meu bolso. Estou pensando naquelas partículas de Godley sobre as quais tanto ouvimos falar, nestes dias, que num momento estão em um lugar e no seguinte, em outro, mesmo no lado mais distante do universo, sem deixar absolutamente o menor vestígio de como foram de cá pra lá. É desse modo que sempre se dá com um furto. É como se uma coisa isolada, por ser roubada, fosse instantaneamente transformada em duas: a coisa que antes era de algum outro e essa não totalmente idêntica que agora é minha. É uma espécie de, como se diz, uma espécie de transubstanciação, se isso não é ir longe demais. Pois de fato me deu uma sensação de reverência quase sagrada, naquela primeira oportunidade, e ainda dá, toda vez. Esse é o lado sacro da coisa; o profano, se alguma diferença há, é ainda mais numinoso.

Teria Gepeto me pegado com a mão na massa? Fiquei com a temerosa suspeita de que, por mais que estivesse arrebatado pelo olhar safírico de minha mãe, mesmo este não estando totalmente focado em sua pessoa, vira minha mão dardejando e meus dedos se prendendo àquela adorável meia libra gorda e reluzente de tinta para desempenhar o passe de mágica que a levara a meu bolso. Sempre que voltava a sua loja, e eu voltaria lá inúmeras vezes ao longo de anos vindouros, ele me dirigiria o que eu julgava ser um sorriso especial, conspiratório, prenhe de cumplicidade. "Aí vem ele, nosso pequeno pintor!", exclamava, abafando uma risada suave sob as narinas grisalhas e hirsutas. "Nosso Leonardo!" Naquela primeira vez fiquei tão eufórico que não me importei que soubesse o que eu tinha feito, mas mesmo assim foi a única pessoa que tomei a precaução de nunca mais voltar a roubar.

Como justifiquei o caro tubo extra de tinta que minha mãe teria sabido que não comprara de Gepeto? Por mais distraída que pudesse ser, era sempre zelosa com os trocados. Explicar o inexplicável e súbito aparecimento de um objeto estranho é sempre um troço traiçoeiro, como qualquer gatuno recreativo pode lhe dizer — digo recreativo quando na verdade é uma questão estética, até mesmo erótica, mas chegarei nisso tudo daqui a pouco, se tiver ânimo para tanto. Tem a ver com prestidigitação — agora você não vê, agora você vê — e rapidamente me tornei uma mão destra em embolsar minhas bagatelas surrupiadas. As pessoas em geral são desatentas, mas o gatuno, nunca. Ele observa, espera, e dá o bote. Ao contrário do ladrão profissional, em suas listras e sua máscara ridiculamente exígua, que chega do trabalho no fim da noite e despeja com orgulho o conteúdo do saco sobre a colcha para admiração da esposa sonolenta, nós, artistas-gatunos, devemos ocultar nossa arte e suas recompensas. "Onde você achou esta caneta-tinteiro?", vai ser a pergunta — ou alfinete de gravata, caixinha de rapé, corrente de relógio, tanto faz — "Não lembro de você ter comprado." As regras da resposta são, primeiro, nunca responder na lata, mas deixar passar um ou dois segundos antes de fazê-lo; segundo, parecer você mesmo um pouco inseguro quanto à proveniência do objeto em questão; terceiro, e acima de tudo, nunca tentar ser abrangente, pois nada alimenta mais a chama da suspeita do que uma abundância de detalhes oferecida com demasiada prodigalidade. E além disso —

o violão azul 27

Mas estou pondo o carro na frente dos bois; o coração do gatuno é um órgão impetuoso e, embora por dentro pulse por absolvição, ao mesmo tempo não consegue se furtar a contar vantagem. Meu pai, como já mencionei, desaprovava meu novo hobby, que é como ele o encarava — pintar, quero dizer —, e continuou desaprovando até mesmo quando fiquei mais velho e comecei a ganhar, ainda no começo, somas nada desprezíveis com meus borrões. No início, ele pensava nas despesas, porque afinal também ganhava a vida na, ou com a, periferia do negócio da arte e teria estado inteirado do custo de tintas, telas e bons pincéis de cerdas. Entretanto, desconfio que sua apreensão nada fosse além de medo do desconhecido. Seu filho, um artista! Era a última coisa que teria esperado, e o que ele não esperava o assustava. Meu pai. Devo fazer um esboço dele também? Sim, devo: o que é justo é justo. Era um homem despretensioso, alto e desengonçado, magro a ponto da emaciação — obviamente, devo ser um atavismo —, de ombros curvados e cabeça comprida e estreita, como a lâmina entalhada de um machado primitivo. Mais para o tipo de Marcus, agora que penso a respeito, embora de aspecto menos refinado, menos o santo sofredor. Meu pai se movia de modo peculiar, à semelhança de um louva-a-deus, como se suas juntas não fossem muito bem conectadas umas às outras e ele tivesse de manter o esqueleto coeso dentro da pele com grande cuidado e dificuldade. Meu cabelo castanho-latão-avermelhado parece ser o único traço físico que herdei dele. Partilho de sua timidez, também, seu temor em pequena escala. Desde cedo desenvolvi por ele um enfastiado desdém, coisa que me incomoda, hoje, quando tristemente é tarde demais para reparações. Ele foi bom para minha mãe, eu e os outros filhos, dentro do que acreditava ser o certo. O que eu não podia perdoar era seu gosto execrável. Toda vez que precisava entrar em sua oficina, meu lábio se torcia de desprezo, instantaneamente e por conta própria, como um daqueles peitilhos de celuloide das antigas. Como eu o desprezava, mesmo quando criança, as incontáveis gravuras de garotinhos de rua lacrimosos e gatinhos brincando com bolas de lã, clareiras sarapintadas e monarcas de chifres esgalhados no vale profundo, e, objeto supremo de minha aversão, aquele retrato de cabeça e ombros em tamanho natural de uma pensativa beldade oriental de pele verde numa moldura dourada, pendurado com infalível esplendor acima da caixa registradora. Nunca foi cogitado que guardasse minhas coisas, certamente não — ele não perguntou, e não ofereci. Imagine minha surpresa e relativa desolação, então, quando, um dia depois que morreu, eu examinava seus pertences e topei com um estojo de juta, calculo que feito por ele mesmo, no qual guardara o retrato que pintei de minha pobre mãe em seu leito de morte. Giz francês sobre uma linda folha creme de papel Fabriano. Não ficou ruim, para obra de um aprendiz. Mas que o tivesse conservado todos aqueles anos, e em seu próprio estojo especial, além disso, bom, foi um soco na cara. Às vezes, desconfio que passo batido por uma porção de coisas no curso cotidiano dos eventos.

Mas espere um minuto. Será que posso realmente contar aquele tubo de tinta como a primeira coisa que roubei? Existem muitos tipos de furto, desde o caprichoso ao maldoso, mas existe apenas um que conta, para mim, e no caso é o roubo completamente inútil. Os objetos que subtraio devem ser aqueles sem nenhum uso prático, ao menos para mim, de todo modo. Como disse no começo, não roubo pelo dinheiro — a menos que o arrepio secreto de felicidade que o ato de afanar me proporciona possa ser considerado ganho material —, ao passo que não só quis como também precisava daquele tubo de tinta, assim como queria e precisava de Polly, e não há dúvida que fiz bom proveito dele — Opa! Esse pedaço sobre Polly saiu sem querer, ou entrou sem querer, quando eu menos esperava. Mas é verdade, suponho. Eu a roubei de fato, peguei-a quando seu marido não estava olhando

o violão azul　29

e a enfiei no bolso. Sim, Polly, eu a empalmei; Polly, meu espólio. Também a usei, e mal, eu espremi tudo que tinha para dar e depois caí fora e a abandonei. Imagine uma contorção, um arrepio de vergonha, imagine dois punhos gordos de nós exangues socando um peito em vão. Eis o problema com a culpa, um dos problemas: não há escapatória de seu olhar; ele me segue pela sala, pelo mundo, como o por demais famoso olhar túrgido da Gioconda, aquela mirada cética e complacentemente cúmplice.

Acabo de descer do telhado. Ufa! A tempestade de hoje cedo arrancou meia dúzia de telhas e as lançou ao chão, fazendo-as em pedaços, e agora a chuva entra pelo teto de um dos quartos do fundo, tendo já causado sabe-se lá quanta destruição no sótão. A casa é apenas um andar térreo sobre um porão, de modo que o telhado não é assim tão alto, mas é bastante inclinado e não consigo imaginar o que me deu na veneta de subir nele, sobretudo nesse tempo. Eu avançava com passos inseguros pelas telhas quando escorreguei e caí de barriga, e teria deslizado até o fim e mergulhado para o chão não fosse ter conseguido agarrar a cumeeira com a ponta dos dedos. Que visão teria sido, caso houvesse alguém para ver, eu me contorcendo e ofegando como um besouro empalado, minhas pernas gorduchas se debatendo e as biqueiras de meus sapatos procurando desesperadamente um ponto onde se firmar nas telhas lisas como sabão. Se tivesse caído no concreto do quintal, será que teria quicado? No fim, consegui me acalmar e fiquei imóvel por algum tempo, ainda me segurando com os dedos frios e enrijecidos, a chuva chovendo em mim, com um bando de gralhas debochadas passeando em torno. Então, fechando os olhos e pensando em fazer uma oração, soltei a cumeeira e me deixei deslizar devagar, trepidando, pela inclinação da água até meus dedões, encolhidos dentro de meus a essa altura seriamente danificados sapatos, encontrarem a calha e eu chegar a uma abençoada parada. Após outro breve descanso, consegui me erguer e rastejar de cócoras, lateralmente, pela beira do telhado — incrível a calha não ter cedido sob mim —, com o andar bamboleante, balouçante, de um orangotango, arrulhando baixinho de terror, e alcancei a relativa segurança da alta chaminé de tijolos que se projeta do canto noroeste do telhado, ou será sudoeste? Uma estupidez ter subido lá, para começo de conversa. Teriam as gralhas arrancado às bicadas os olhos esbugalhados, chocados e descrentes de meu cadáver?

Não sei por que vim para cá — quero dizer, por que aqui, nesta casa. Foi aqui que cresci, aqui o passado teve lugar. Será o caso do coelho ferido rastejando de volta à toca? Não, essa não cola. Fui eu que feri os outros, afinal, embora certamente não tenha saído incólume. Seja como for, eis-me aqui, e não faz sentido ficar matutando sobre o motivo de ter vindo para cá e não para algum outro lugar. Estou cheio de matutar, sói ser de serventia alguma.

A floresta me deixava intimidado, quando eu era novo. Ah, eu costumava adorar passear por ali, principalmente ao crepúsculo, sob o dossel elevado e obscurecido das folhas, entre os rebentos, os cachos de fetos e as grandes moitas arroxeadas de arbustos espinhentos, mas estava sempre com medo, também, medo de animais selvagens e outras coisas. Eu sabia que os antigos deuses ainda habitavam o lugar, os antigos ogros. Há o abate de árvores, hoje — posso escutar ao longe, nas profundezas da mata. Tempos ruins para esse tipo de serviço. Não deve haver muita madeira que valha a pena cortar. Todas as terras por aqui continuam nas mãos do clã Hyland, embora em grande parte privadas da abundância de outrora. Sinto sua esterilidade, como sinto a minha própria. Imagino que os lenhadores com o tempo acabarão subindo até aqui e então as derradeiras árvores anciãs irão embora. Talvez me abatam junto com elas. Seria um fim apropriado, desabar com um

o violão azul *31*

impacto estrepitoso. Melhor, em todo caso, do que escorregar do telhado e rachar a cachola.

Meu pai nutria um desprezo latente pelos Hyland, a quem, longe de seus ouvidos, se referia, desdenhosamente, como hunos, uma alusão a suas origens alpinas. Há cerca de cento e tantos anos, o primeiro Hohengrund, que era o nome da família, originalmente, um certo Otto dessa linhagem, fugiu das altitudes vertiginosas dilaceradas pela guerra de Alpínia e se estabeleceu aqui. Naqueles dias de fartura, os então renomeados, por questão de pragmatismo, Hyland — Hohengrund, Hyland: sacou? — logo se tornaram importantes donos de terras, e não apenas isso, mas também capitães da indústria, com uma frota de graneleiros de carvão e uma instalação para armazenamento de óleo no porto da cidade que supria a província toda. O prolongado apogeu deles terminou quando o mundo, nosso novo-velho mundo forjado pelo Teorema de Godley, aprendeu a colher energia dos oceanos e do próprio ar. Porém, mesmo quando os tempos se tornaram difíceis para eles, a família conseguiu se agarrar a seus acres, bem como a um ou dois potes de ouro, e até hoje por essas plagas o nome Hyland leva alguns moradores mais antigos instintivamente a tirar o chapéu ou erguer a mão para tocar o topete encanecido. Mas não meu pai. Um espírito tímido ele podia ser, mas, por Júpiter, quando se punha a arengar sobre nossos autoproclamados senhores supremos — cujo declínio abrupto só começara quando o dele se encerrava —, virava o que o povo local chamava de tártaro. Como os execrava, numa noite qualquer, batendo sonoramente com o punho na mesa e fazendo o aparelho de chá pular e chacoalhar, enquanto minha mãe assumia um ar ainda mais sonhador e mergulhava os dedos no ninho de passarinho de seus cabelos, em vago alheamento. No entanto, em toda sua ferocidade, nunca acreditei realmente nesses solilóquios. Desconfio que meu pai estivesse pouco se lixando para os Hyland e só baixasse o sarrafo neles como um pretexto para gritar e socar a mesa, desse modo descarregando um pouco a sensação de frustração e fracasso que o consumiu como um cancro durante toda sua vida. Meu pobre e velho pai. Devo tê-lo amado, à minha maneira, seja lá qual pode ter sido.

Não ajudava seu mau humor que a edícula onde morávamos — um *gate-lodge* onde nos alojávamos, na verdade — fosse propriedade desses mesmos Hyland, cedida por um aluguel anual. Que silêncio soturno descia sobre a família quando era chegada a hora, na primeira semana de janeiro, de meu pai vestir seu melhor terno de sarja azul brilhante e empreender, entre murmúrios mortificados, o trajeto até a cidade para comparecer ao escritório da F. X. Reck & Son, solicitadores, corretores imobiliários e notários, de modo a se submeter, como um campônio ou vassalo de antanho, ao cerimonial de renovação do contrato. A mansão da qual essa edícula costumava ser a residência do caseiro fora comprada no século anterior por ninguém menos que o primeiro Otto von Hohengrund. Na nossa época, a casa principal era propriedade de um dos numerosos descendentes de Otto, um tal de Urs, que era de fato parecido com um urso e usava *lederhosen*, juro por Deus, nos meses de verão. Eu às vezes via seus filhos pela floresta, pálidas criaturas de cabelos claros, delicadas mas despóticas, não obstante. Numa ocasião inolvidável, uma delas, uma garotinha em tranças fone de ouvido e lábio Habsburgo perfeito, acusou-me de *infass*ão e bateu em meu rosto com uma vara de aveleira. Já pode imaginar a raiva de meu pai quando viu o vergão em minha bochecha e ficou sabendo como eu o ganhara. A desforra porém às vezes recai até mesmo sobre os poderosos e, no outono seguinte, a mesma garotinha foi brutalmente atacada por um lobo, um dos dois animais supostamente domesticados que seu pai mandara importar, sem dúvida saudoso das temíveis florestas e ermos montanhosos de suas terras ancestrais. A criatura fugira de seu cercado e encontrara a menina colhendo amoras em um valezinho

o violão azul   33

não muito distante do lugar onde vergastara meu rosto naquele dia. Meu pai fingiu ficar tão chocado quanto qualquer um com o horrível incidente, mas era óbvio, ao menos para mim, que em seu íntimo achava que a justiça, reconhecidamente desproporcional, fora feita, e ficou devidamente gratificado.

Pergunto-me qual teria sido o tema de minha primeira pintura. Não consigo lembrar. Alguma cena silvestre, imagino, com folhas, uma cerca rústica, vaquinhas, tudo desenhado sem perspectiva sob o olho arregalado de um sol de gema de ovo. Não estou fazendo pouco. É verdade que no começo estava meramente sendo feliz, com meus respingos e borraduras, e a felicidade, claro, nesse contexto, não serve para nada. Passei mais tempo, eu acho, na casa de tesouros de Gepeto do que na frente de meu cavalete — sim, ela comprou um cavalete para mim, minha mãe, e uma paleta, também, cujas curvas elípticas me causavam, e ainda causam, pois ainda a tenho, uma palpitação amorosa secreta. O cheiro de tinta e a maciez da zibelina eram para mim o que bolinhas de gude e arcos e flechas de brinquedo eram para meus coetâneos. Eu meramente brincava, nessa época, com pura inocência? Talvez sim, porém realizei melhor trabalho então, na infância, aposto, do que mais tarde, quando fiquei consciente de mim mesmo e comecei a me achar um artista. Meu Deus, o horror de tentar aprender até mesmo o bê-á-bá! Reaprender, melhor dizendo, após o auspicioso fulgor de meus despreocupados anos ter se esgotado. Todo mundo acha que deve ser fácil tornar-se pintor se você tem alguma habilidade, domina certas regras básicas e não é daltônico. E é verdade que o lado técnico da coisa não é tão difícil assim, uma questão de prática, dificilmente mais do que jeito, na verdade. A técnica pode ser adquirida, a técnica você pode aprender, com tempo e dedicação, mas e quanto ao resto, a parte que realmente conta, de onde vem isso? Trazido do empíreo por *putti* rechonchudos e aspergido sobre alguns poucos diletos como o ouro de Dânae? Não acredito muito nisso. Ter facilidade cedo pode ser cruelmente enganador. Era como se eu tivesse subido descuidadamente uma suave encosta verdejante em algum lugar da própria velha Alpínia, colhendo flores de edelvais e me deleitando com o canto da cotovia, e dali a pouco chegasse à crista e parasse boquiaberto ante uma vista espetacular de cadeia após cadeia de cumes pedregosos, cobertos de neve, um mais elevado do que o outro, estendendo-se pelas distâncias enevoadas de um céu de Caspar David Friedrich, e cada um deles pedindo para ser escalado. Presumo que pudesse me gabar e dizer que devia ser por demais ajuizado naquela idade para reconhecer as dificuldades tão cedo. Um dia enxerguei o problema, sem mais aquela, e nada seria o mesmo outra vez. E qual era o problema? O seguinte: que lá fora fica o mundo e aqui dentro o retrato dele, e entre um e outro se escancara a voragem devoradora de homens.

Mas espere, espere, estou ficando confuso com minha cronologia, irremediavelmente confuso. A consciência disso não me veio senão bem mais tarde e, quando o fez, deixou-me cego. Então quem sabe, tantos anos antes, eu não fosse todo esse pequeno gênio perceptivo, afinal. É um pensamento encorajador, embora eu não saiba dizer por que deveria ser.

Um pouco mais tarde. Obriguei-me a sair para uma caminhada. Não é coisa que costume fazer, o motivo sendo que não sou muito bom nisso. Soa absurdo, eu sei — de que modo uma caminhada pode ser bem ou malfeita? Andar é andar, sem dúvida. A questão, porém, não é a caminhada, mas sair para caminhar, que na minha avaliação é o mais fútil e decerto mais amorfo dos passatempos humanos. Sou tão disposto quanto qualquer um a usufruir das delícias que a Mãe Natureza esparrama diante de nós com tamanha indulgência e prodigalidade, provavelmente até mais, porém

o violão azul 35

apenas como um prazer incidental nos intervalos do dia a dia. Pôr o pé para fora com o propósito específico de estar ao ar livre à brisa clemente sob o bom céu do Senhor e tudo mais para mim beira o kitsch. Acho que o problema é que não consigo me envolver naturalmente com isso, sem me sentir pouco à vontade — foi o que quis dizer sobre fazer malfeito. Observo com inveja os outros que encontro pela rua. Com que verve marcham, em seus culotes e jaquetas à prova de chuva, impavidamente brandindo aqueles pares de bengalas longas, maravilhosamente esguias, mais para bastões de esqui, com alças de couro no cabo, e sem um único pensamento na cabeça, ao que parece, o rosto soerguido com sorrisos sem culpa à luminosa dádiva de um dia brilhante. Eu, de minha parte, disfarço e suo, enxugando a cachoeira em minha fronte e alargando o colarinho da camisa que, dentro de casa, servia com folga, mas que agora parece determinada a me estrangular. Sem dúvida, poderia abrir a camisa, afrouxar a gravata e arrancá-la, mas é assim que é. Nunca fui do tipo desabotoado. Posso parecer com Dylan Thomas em sua prematura decrepitude, mas não fui agraciado com seu jeito tempestuoso.

O que acontece, sabe, ao estar numa caminhada — me desculpe por ficar repisando esse assunto —, sem nenhum outro propósito além de estar numa caminhada, é que me sinto observado. Não por olhos humanos, ou tampouco animais. Para mim, a natureza é tudo menos inanimada. Hoje, quando passeava — eu não passeio — pela estradinha que contorna a floresta, senti a vida das coisas me invadindo por todo lado, me povoando, me acotovelando: numa palavra, me observando. Por que, ruminei com inquietação, há tanto dela? Por que há relva por toda parte, cobrindo tudo? — por que há tantas folhas? E isso para não levar em consideração o que acontece sob o solo, os besouros revolvendo a terra, as minhocas em suas incontáveis contorções, o ruído das raízes filamentosas penetrando o solo cada vez mais fundo à procura de água e calor. Fiquei estarrecido com a profusão de tudo; me senti esmagado sob seu peso e não demorei a girar nos calcanhares, voltar correndo e me refugiar em casa, com a mão trêmula pressionando o coração palpitante.

E contudo, quando pintava, eu pintava perfeitamente, e com tremenda alegria. Há um paradoxo. Veja bem, no final das contas, o que mais há para se pintar? Por natureza, obviamente, quero dizer o mundo visível, sua totalidade, ao ar livre ou não. Mas isso não é a natureza, estritamente falando, é? Então é o quê? É em tudo, no omnium, que estou pensando; o pacote completo, camundongos e cordilheiras, e nós, entalados no meio, a medida de todas as coisas, Senhor, tende piedade, como dizem por estas bandas.

Não tem nada para comer na casa. Fazer o quê? Eu poderia ir até a floresta, imagino, e colher algumas ervas palatáveis, ou procurar *pig nuts*, seja lá o que isso for. Supõe-se que o outono seja a estação da sazonada fecundidade, não é mesmo? Sempre fui péssimo em cuidar de mim. Isso é algo de que o belo sexo se encarregou, elas cuidavam de mim. Agora, vejam o que me tornei, um Orfeu mudo e sem lira, que perderia a cabeça decerto, fosse tão estúpido a ponto de se aventurar entre as mênades. Oh, deus falecido! Oh, deus mortuorum! Oro a ti.

Meus pensamentos se voltaram mais uma vez àquele tubo de branco-zinco que rapei da loja de brinquedos de Gepeto. Pelo jeito não consigo deixar isso pra lá. Cheguei definitivamente à conclusão de que não constituiu de fato meu primeiro furto legítimo. Concedo que o tubo de tinta foi a primeira coisa que roubei, até onde sou capaz de lembrar, mas eu o roubei por cobiça pueril, e o feito nada teve de artístico e carecia do genuíno elemento erótico. Essas qualidades vitais só entraram em cena com a estatueta de vestido verde da srta. Vandeleur. Ah, sim. Eu ainda a tenho, essa

o violão azul 37

pequena mulher de porcelana, após todos esses anos. Que sentimentalista eu sou. Ou melhor, não, isso não está certo, do que estou falando? — sentimentalismo não vem ao caso. As coisas que guardei, não o fiz por ligação nostálgica; o que também sugere ao sumo sacerdote do templo que as relíquias sacras que ele vela e ciumentamente guarda são meros mementos dos homens e mulheres mortais, seus donos originais, que foram um dia destinados a se elevar à santidade. Espere aí! — ei-la aqui outra vez, a conotação hierática, a invocação do sagrado, quando na verdade a real finalidade do roubo é mundana — transcendente, mas ao mesmo tempo chã. Permita-me afirmar com todas as letras. Meu objetivo na arte de roubar, assim como o foi na arte de pintar, é a absorção do mundo no eu. O objeto surrupiado torna-se não apenas meu, torna-se eu, e desse modo assume nova vida, a vida que lhe dei. Pretensioso demais, diria você, pomposo demais? Zombe quanto quiser, não ligo: sei o que sei.

A srta. Vandeleur, essa srta. Vandeleur de que estou falando, não que pudesse haver muitas por aí com esse nome, cuidava de uma pensão num vilarejo à beira-mar. Tinha um parentesco com minha família que nunca consegui entender muito bem. Desconfio que a ligação fosse simbólica. Havia uma tia idosa por parte de pai, uma senhora educada que se vestia em tons indistintos de malva e cinza e usava — é possível? — botas de abotoar cujo couro era delicadamente rachado em toda a superfície por uma rede de maleáveis craquelês. Costumava me dar moedas de sixpence quentes de ficar na bolsa, mas era incapaz de lembrar meu nome, favor que lhe retribuo agora esquecendo o seu. Ao que me parece a srta. Vandeleur fizera companhia durante longo tempo a essa venerável solteirona — sobre que variedade de companhia precisamente, não quero especular —, e por ocasião do passamento da velha donzela, afeiçoara-se a nós, um substitutivo, por assim dizer, para a outra que morrera, uma espécie de tia honorária. Em todo

JOHN BANVILLE

caso, nas semanas ociosas perto do fim da temporada, quando ficava com os quartos vagos, a srta. V graciosamente nos convidava para uma hospedagem, a diárias muito reduzidas, que era o único modo de podermos nos dar a tal luxo.

A srta. Vandeleur era uma mulher grande, de pele clara, com uma massa de cabelos loiros artificiais, que usava soltos e esvoaçantes. Devia ter sido uma beldade quando nova e mesmo então, na época em que a conhecemos, parecia-se com uma versão acabada da Flora de Sandro Botticelli, à direita da figura central em sua tão admirada, ainda que levemente piegas, *Primavera*. Desconfio que tinha consciência da semelhança — alguém outrora, um pretendente, talvez, devia ter chamado sua atenção para isso —, haja vista aquela massa improvável de cabelos cor de milho cuidadosamente mantidos e os vestidos diáfanos de cintura alta que gostava de usar. Seu temperamento era volúvel. O modo predominante era de benevolência majestosa, que podia estourar, à menor provocação, numa fúria de olhar entrecerrado e língua viperina. Havia uma tragédia em seu passado — uma dupla de gêmeas afogara deliberadamente uma coleguinha, pelo que recordo —, na qual a srta. Vandeleur estivera de algum modo implicada, com total injustiça, insistia ela, e evocações fortuitas ou até a lembrança inadvertida dessa injustiça eram causa subjacente de não poucos acessos. Sua desoladora e desgraciosa casa, que por algum motivo era chamada de Líbano, era espaçosa e tortuosa, com numerosos puxadinhos e anexos, de modo que não parecia ter sido construída, mas, antes, acumulada. Suas acomodações privativas ficavam no fundo, no que era pouco mais do que um telheiro feito de ripas e feltro alcatroado, anexo à cozinha, um troço precário e mal vedado. No coração dessa caverna havia o que chamava de sua toca, um quartinho quadrado e escuro, abarrotado com seus tesouros. Por todo lado ali viam-se objetos de arte e bibelôs, dourados e de vidro, de faiança e filigranados, cobrindo aparadores e mesinhas, no chão, pendu-

o violão azul 39

rados nas paredes, suspensos no teto. Ali era seu canto particular, ali ela se entregava a seus prazeres misteriosos, solitários, e a nós se fazia saber, nós crianças especialmente, que qualquer violação desse santuário redundaria em imediata e terrível represália. Acho que nem preciso dizer a comichão que me dava de entrar no lugar.

Pergunto-me se alguma coisa aconteceu ao tempo, melhor dizendo, ao clima de modo geral. Não dou muita trela para as alegações apocalípticas sobre os efeitos catastróficos que essas espetaculares tempestades solares recentes têm exercido sobre a oscilação ou seja lá o que for na trajetória da terra, no entanto parece-me que algo mudou ao longo das décadas desde minha infância. Mesmo assim, recordo tardes de tranquilidade ensolarada que pelo jeito não mais se repetem, quando o céu de um turquesa insondável exibia uma espécie de escuridão pulsante em seu zênite e a luz sobre a terra desmatada parecia desnorteada com seu próprio peso e intensidade. Foi num dia exatamente como esse que enfim reuni coragem de penetrar no atravancado tabernáculo da srta. Vandeleur, de invadir sua toca.

Acabo de sentir uma onda súbita de ternura pelo menininho que fui na época, em seus shorts cáqui e sandálias com padrões de losangos cortados nos dedos, ali parado com o coração na boca, no limiar da grande aventura que sua vida certamente seria. Uma massa de rudes compulsões e temores rudimentares, ele ainda mal sabia quem ou o que era. Com que cuidado fechou a porta atrás de si, com que leveza pisou nas tábuas daquele assoalho proibido. No silêncio do verão, as paredes de madeira à sua volta rangiam e o teto acima, com seu telhado bolhoso de alcatrão, soluçava suavemente sob o calor. Tudo parecia vivo, tudo parecia observá-lo com olhos de águia. Pairava um cheiro de madeira desbotada pelo sol, de creosoto e pó, que parecia o bafejo evocativo de um passado já perdido.

Como eu disse, a srta. Vandeleur era uma ávida colecionadora, mas tinha apreço particular por estatuetas de porcelana — pastorinhas de maçãs rosadas e bailarinas fazendo a pirueta, Cherubinos de casaco azul e peruca empoada, esse tipo de coisa. Meu olhar recaíra na mesma hora sobre um par desses ornamentos, que se destacavam por serem duas vezes mais altos que o resto e de um design mais recente. Representavam um par de beldades da alta sociedade dos anos vinte, esguias como garças, de penteado curto e ondulado, trajadas, parcimoniosamente, aliás, em vestidos agarrados que desciam até o chão, um, em verde-clorofila, o outro, num adorável matiz do lápis-lazúli mais profundo, cujos decotes ousados pouco tinham a revelar, as elegantes mulheres sob eles desprovidas de busto, mesmo ao ponto da androginia. Pareceram-me, com seus sorrisos anelantes, condescendentes, e luvas que lhes chegavam além dos cotovelos sem osso, o rematado sumo da moda e da sofisticação blasé.

Eu queria roubar as duas, coisa que apenas serve para mostrar como era novo e inexperiente na arte da ladroagem, arte em que, com o tempo, estava para me tornar tão desembaraçado. Por mais verde que fosse nesse dia, porém, percebi, vaga mas peremptoriamente, que devia resistir a minha sôfrega ânsia. Havia um motivo, evidente e óbvio, embora seguramente perverso, para levar só uma daquelas lânguidas damas. Se as duas sumissem, a srta. Vandeleur talvez não notasse a perda, ao passo que se uma restasse, solitária e palidamente indolente, ela daria sem dúvida pela falta da outra, mais cedo ou mais tarde. Veja como era importante para mim, mesmo naquele estágio inicial, que o roubo fosse notado. Eis por que devo descontar o furto daquele lindo tubo gordo de branco-zinco: na ocasião, eu me incomodara por Gepeto talvez perceber que eu o pegara, e não com a possibilidade muito mais preocupante de ele não se dar conta. E é nisso que o aspecto mais profundo e sombrio de minha paixão se torna manifesto. Como decerto já disse em mais de uma ocasião a essa altura, o dono por direito precisa saber que foi desfalcado, embora não, seguramente, quem foi o autor do desfalque.

o violão azul *41*

Qual eu deveria levar? A beldade de azul ou sua companheira de verde? Não havia nada que ajudasse a escolher entre uma e outra, a não ser a cor dos vestidos, pois elas haviam sido feitas de moldes idênticos — quer dizer, excetuando que uma era a imagem espelhada da outra, uma se inclinando para a esquerda enquanto sua gêmea se inclinava para a direita. Após muita indecisão, as palmas úmidas e um fio de suor serpenteando por minha espinha, decidi-me pela que se inclinava para a esquerda. O verde de seu vestido era do mesmo matiz da camada de folhas que as árvores sobranceiras desprendiam nos primeiros dias de maio, havia uma delicada marca rosa-pêssego em ambas suas bochechas e o laqueado geral, quando o examinei de perto, tinha uma malha de minúsculas rachaduras tão numerosas quanto as rachaduras nas botas de abotoar da minha falecida tia, embora muito, muito mais finas. Com que idade estava eu nesse dia? Era um pré-púbere, sem dúvida. Contudo, o espasmo de prazer que percorreu minhas veias e fez os folículos em meu couro cabeludo estremecerem e formigarem quando fechei o punho em torno daquela estatueta lisa e a enfiei em meu bolso foi tão antigo quanto Onan. Sim, esse foi o momento em que descobri a natureza do sensual, em toda sua quente e túrgida, esmagadora, irresistível intensidade.

Ainda a tenho, minha melindrosa de vestido verde. Está numa velha e fragrante caixa de charutos, guardada aqui em um canto do sótão, sob os beirais. Eu poderia ter ido até lá para procurá-la quando subi no telhado para investigar o estrago causado pela tempestade. Ainda bem que não o fiz: ela teria me deixado de joelhos, com o rosto nas mãos, me debulhando em lágrimas entre cadeiras de lona quebradas e raquetes de tênis sem cordas e o cheiro que perdura até hoje das maçãs outonais que meu pai costumava armazenar lá em cima, a maior parte das quais todo ano apodrecia nem bem o inverno começara.

42   JOHN BANVILLE

A maldita da srta. Vandeleur nunca deu pela falta da estatueta, ou, se o fez, nunca mencionou, o que não seria bem dela. E contudo, com que destreza eu executara o feito, com que intrepidez — não, intrepidez não, mas ousadia, com uma bravura invulgar — eu entrara no santuário proibido. Bem, nenhuma obra de arte performática é perfeita e ninguém obtém a reação que acredita ser merecida.

Foi lindamente apropriado que o que eu acredito hoje ter sido meu primeiro roubo criativo tivesse de ocorrer à beira-mar, esse lugar da eterna infância, onde o lodo primordial continua úmido. Lembro com clareza alucinatória do calor parado do dia e da sensação lanuginosa do ar no quarto secreto da srta. Vandeleur. Lembro do silêncio, também. Não existe silêncio como o silêncio que se presta a um roubo. Quando meus dedos se esticam para capturar uma bugiganga cobiçada, aparentemente agindo com livre-arbítrio próprio, e sem a menor necessidade de mim ou minha intervenção, tudo fica imóvel por um instante, como se o mundo tivesse prendido a respiração, em choque, e se admirasse com o puro descaramento do ato. Então sobrevém essa onda de júbilo silencioso, subindo-me por dentro como regurgitação. É uma sensação que remonta à infância, e à transgressão infantil. Grande parte do prazer de roubar deriva da possibilidade de ser pego. Ou não, não, é mais do que isso: é precisamente o desejo de ser pego. Não quero dizer que desejo de fato ser agarrado pelo cangote por um brutamontes de uniforme azul e arrastado perante o homem de beca para levar um sabão e pegar três meses de xilindró. Então o quê? Ah, sei lá. A criança não molha a cama meio que esperando levar uma boa palmada da mamãe? Essas são profundezas obscuras e provavelmente é melhor que permaneçam sem ser sondadas até o leito.

Falando em profundezas e na sondagem delas, olho em retrospecto com especulação e assombro cada vez mais profundo para meu caso amoroso, por pior que tenha sido, com Polly Pettit. Por pior que tenha sido? Por que digo isso? Parecia extraordinário quando estava acontecendo — houve um momento em que pareceu ser quase o mundo inteiro. Porém, nunca foi outra coisa além de improvável, que era uma fonte da empolgação de tudo. Caímos nos braços um do outro num estado de surpresa arquejante e a perplexidade mútua nunca enfraqueceu por completo. Ela costumava dizer que uma das coisas que a levara a se sentir atraída por mim era o cheiro de tinta que eu desprendia. Isso soou estranho, uma vez que na época eu já abandonara a pintura. Ela dizia que era um agradável aroma terroso, e que a lembrava da infância, de fazer tortas de lama. Não soube o que pensar a respeito, se devia me sentir encantado ou apenas ligeiramente ofendido.

Costumávamos nos encontrar em meu ateliê, o que havia sido meu ateliê, quando ainda pintava. Eu o mantive, não sei dizer bem por que — talvez na esperança melancólica de que a musa voltasse e se aboletasse outra vez em seu velho poleiro. Sei o que o leitor vai pensar, mesmo antes que o pense, mas não fiquei com Polly na expectativa de que o calor que gerávamos juntos atiçasse as brasas da inspiração para arderem como uma chama cantante outra vez. Ah, não! Àquela altura, as brasas haviam virado cinzas, e cinzas frias, aliás. Não, o ateliê que não mais funcionava como ateliê não passava de um refúgio amoroso cômodo e isolado; o que pode ser hoje, realmente não sei, mas lá continua, inútil, e no entanto de algum modo impossível de ser descartado.

Era um salão frio e desolado sobre o que fora outrora a oficina impressora de meu pai. O fato de me estabelecer ali em cima não me deu nenhuma sensação de que tripudiava em sua sombra. Quando ele se aposentou, o ponto passou a ser ocupado por uma lavanderia, de modo que, depois que parei de pintar, os cheiros de tinta, óleo de linhaça e aguarrás foram rapidamente superados e substituídos por um pesado miasma de bolhas de sabão, um bafio de lã úmida aquecida, um fedor pungente de alvejante que faziam meus olhos lacrimejar e me provocavam dores de cabeça excruciantes. Quem sabe a pestilência penetrara em minha pele e tenha sido isso que Polly tomara pelo aroma de pigmentos. Certamente esse cheiro, o cheiro da roupa suja sendo lavada, sabe, ao menos para mim, à infância e seus imundos bulires.

Ela esteve no ateliê pela primeira vez em um dia terrivelmente gelado próximo ao fim do ano — é do ano passado que falo, há mais de nove meses, pois estamos em setembro agora, tente não perder o fio. O céu na janela alta, face norte, parecia pintado em grafite, e a luz que penetrava tinha uma qualidade granulada, associada em minha memória à excitante textura de lixa que senti ao contato com a pele arrepiada de Polly. Deitados no velho sofá verde, em um langoroso abraço — como foram ternas e tentativas essas primeiras horas exploratórias que passamos juntos —, eu nos via como uma pintura de gênero, um estudo a lápis feito por Daumier, digamos, ou mesmo um esboço a óleo de Courbet, ilustrativo dos esplendores e misérias da *vie de bohème*. A mãozinha minúscula de Polly estava congelando, inegavelmente, como certas partes minhas podiam atestar, encolhendo-se por instinto ao cingir de seus dedos, qual uma lesma tocada por um espinho. Ela queria saber por que eu desistira de pintar. É uma pergunta que me causa horror, uma vez que não sei a resposta. Os motivos eu sei, mais ou menos, imagino, mas eles são impossíveis de pôr em termos racionais. Eu poderia dizer que um dia acordei e o mundo se perdera para mim, mas como isso iria soar? De todo modo, acaso eu não pintara sempre não o mundo em si, mas o mundo tal como minha mente o representava? Um crítico certa vez me nomeou o líder do que lhe aprouve chamar de Escola Ce-

o violão azul   45

rebralista — se um dia houve tal escola, teve um único aluno —, mas mesmo no auge de minha introspecção eu necessitava o que estava do lado de fora, o céu e suas nuvens, a própria terra e as pequenas figuras marchando pimponas sobre sua crosta. Padrão e ritmo, esses eram os princípios organizadores aos quais tudo devia se submeter, as leis de ferro gêmeas que governavam o saco de gatos dos efeitos presentes no mundo. Então chegou aquela manhã, aquela fatídica manhã — há quanto tempo? — em que abri os olhos e descobri que era o fim, tudo se fora, perdido para mim, todos os meus parâmetros pulverizados. Pense neste destino amargo, ser um homem dotado de visão e não conseguir enxergar.

Disse que roubei Polly, mas roubei, de fato? É desse modo que o episódio seria apresentado em um tribunal, a acusação lançada com tamanha rispidez contra mim? É verdade, sempre falamos do amor clandestino em termos de um roubo. Ora, escamotear, digamos, ou mesmo subtrair, em seu uso menos comum — sim, andei pilhando o dicionário outra vez —, são termos que posso aceitar, mas roubo, acho uma palavra forte demais. O prazer, não, prazer não, a gratificação que extraí de empalmar a esposa de Marcus não foi nem sombra do júbilo sombrio que obtive com meus outros mui sigilosos furtos. Não teve nada de sombria, na verdade, mas veio banhada em uma luz balsâmica.

Éramos felizes juntos, ela e eu, simplesmente felizes, no início, em todo caso. Uma espécie de inocência, uma espécie de naturalidade, está ligada ao amor clandestino, a despeito das chamas da culpa e do temor que lambem o traseiro nu e balouçante do amante. Havia qualquer coisa de pueril em relação a Polly, ou assim imaginava eu, algo ao qual ela se agarrara desde a infância, uma avidez e vulnerabilidade crédulas que eu julgava perturbadoramente comoventes. E quando estava com ela, também eu parecia vagar de volta ao coração da tenra idade. Muito pouco crédito se dá aos aspectos lúdicos do amor: podíamos ser uma dupla de crianças pequenas, Polly e eu, brincando de ver quem derrubava quem. E como era cândida e generosa, não apenas ao me permitir reclinar a fronte aflita em seu amplo e pálido seio, mas de um modo mais profundo e ainda mais íntimo. Amá-la era como estar em um lugar onde ela até então estivera sozinha, um lugar que nenhum outro jamais tivera permissão de entrar, nem sequer seu marido — observe, tudo isso no passado, irremediavelmente. O que está feito está feito, o que está ido está ido. Mas, ah, caso ela aparecesse diante de mim nesse instante — que aparição! — poderia eu confiar que meu coração não explodiria de alegria outra vez?

Havia certas reticências entre nós. Por exemplo, enquanto estivemos juntos, Polly nunca mencionou o nome de Gloria, uma única vez, em todo aquele tempo. Eu, por outro lado, falava sobre Marcus ao menor pretexto, como se a mera invocação de seu nome, feita com frequência suficiente, pudesse operar uma mágica neutralizante. A culpa que me remoía em relação ao marido de Polly se abatia sobre mim como um cúmulo-nimbo em miniatura formado exclusivamente em meu nome e que viajava comigo aonde quer que eu fosse. Acho que o agravo que perpetrava contra meu amigo causava-me uma dor quase mais aguda do que a injustiça não menos grave que eu cometia contra minha esposa e, assim suponho, a esposa dele também. E quanto a Polly, por sua vez, como se sentia em relação à infidelidade? Decerto sofria crises de consciência, como eu. Sempre que eu começava a papaguear sobre Marcus, ela fechava a cara com amuo, numa expressão de censura, juntando as sobrancelhas e fazendo uma linha fina e pálida com a boca no mais rosada. Estava com a razão, é claro: não era de bom-tom da minha parte falar de nossos cônjuges bem no momento em que nos ocupávamos de traí-los. Quanto a Gloria, ela e Polly achavam-se em ótimos termos, como sempre havia sido, e quando nós quatro nos reuníamos, agora, como fazíamos

o violão azul 47

com não menos frequência do que antes, as atenções exageradas que Polly prodigalizava sobre minha esposa devem seguramente ter feito essa mulher observadora desconfiar que havia alguma coisa errada.

Mas vamos voltar agora a Polly e eu no ateliê, naquele dia no final de um ano frio em que dávamos um duro danado para nos esquentar. Estávamos deitados juntos no sofá, com os sobretudos empilhados por cima, o suor do esforço recente se transformando num orvalho gelado em nossa pele. Ela passara os braços em torno de mim e repousava a cabeça reluzente na reentrância de meu ombro, conforme recordava para mim em afetuosos detalhes o que alegava ser a primeira vez que nos vimos, muito tempo antes. Eu aparecera com um relógio para Marcus consertar. Provavelmente voltara à cidade não havia mais do que uma ou duas semanas, afirmou. Ela estava à sua mesa, no fundo penumbroso da oficina, cuidando dos livros, e relanceei em sua direção e sorri. Eu estava usando, ela se lembrava, ou alegava se lembrar, uma camisa branca com o colarinho desengomado aberto, uma velha calça de veludo cotelê e sapatos sem cadarço, sem meias. Notou como o dorso dos meus pés estava bronzeado e imediatamente imaginou o resplandecente sul, uma baía semelhante a uma tigela de ametistas salpicada com partículas de prata fundida e uma vela branca inclinada no horizonte e uma veneziana azul-alfazema aberta para tudo isso — sim, sim, você tem razão, adicionei alguns toques de cor a seu amplamente monocromático e provavelmente muito mais acurado esboço. Era verão, ela disse, uma manhã de junho, e o sol penetrando pela janela emprestava um fulgor ofuscante a minha camisa branca — nunca ia esquecer, disse, aquela radiância extraterrena. Perceba uma coisa, estou apenas comunicando suas palavras, ou a essência delas, de todo modo. Expliquei a Marcus que o relógio, um Elgin, pertencera a meu falecido pai, e que eu esperava que pudesse ser posto para funcionar outra vez.

Marcus franziu o cenho e balançou a cabeça, virando o relógio assim e assim em seus longos dedos espatulados e fazendo ruídos indefinidos no fundo da garganta. Estava fingindo não saber quem eu era, por timidez — é um sujeito bastante tímido, assim como eu, a meu modo peculiar —, o que era simplesmente uma tolice óbvia, disse Polly, uma vez que a essa altura todo mundo na cidade ouvira falar do casal que se mudara para a grande casa em Fairmount Hill, o filho de Oscar Orme, Olly, que se tornara nada menos que um artista famoso, e sua jovem esposa de pálpebras caídas e de fala arrastada. Veria o que dava para fazer, disse Marcus, mas avisou que seria difícil encontrar as peças para um relógio como aquele. Quando preenchia o recibo, relanceei Polly outra vez por cima de sua cabeça curvada e sorri de novo, e até pisquei. Tudo segundo o que ela me contou. Acho que nem preciso dizer que não me lembro de nada disso. Ou melhor, eu me lembrava de ter levado o relógio do meu pai para consertar, quanto a sorrir para Polly, menos ainda piscar para ela, não conservei a mais remota memória. Tampouco fui capaz de me reconhecer no retrato que pintou de mim, em meu vistoso desalinho. Vivo desalinhado, é uma doença incurável, mas tenho certeza de que nunca brilhei com o tipo de chama pura, absoluta, que ela enxergou naquele dia.

"Eu me apaixonei por você na hora", disse ela, com um suspiro de felicidade, sua respiração percorrendo como dedos cálidos os pelos acobreados de meu peito nu.

A propósito, por que insisto em me referir a ela como uma mulher pequena? É mais alta do que eu, embora isso não a torne alta, tem ombros tão largos quanto os meus, e provavelmente poderia me fazer beijar a lona com um soco de seus pequeninos — lá vou eu outra vez — punhos rijos, se provocada na medida certa, como sem dúvida deve ter sido, repetidas vezes.

Ontem à noite tive um sonho estranho, estranho e interessante, que se recusa a dissipar, e cujos fiapos permanecem nos

o violão azul 49

cantos de minha mente como sombras recortadas. Eu estava aqui, na casa, mas a casa não era aqui, onde fica, mas à beira-mar, em algum lugar, com vista para uma praia ampla. Uma tempestade se aproximava e da janela do andar de baixo dava para ver uma maré impossivelmente alta se avolumando, as ondas enormes, morosas com o peso da areia revolvida, estourando umas sobre as outras em sua avidez por chegar à costa e explodir com plena força contra o molhe baixo. As ondas eram coroadas por uma espuma branco--suja e suas concavidades profundas e lisas lançavam um brilho vítreo maligno. Era como observar sucessivas matilhas de cães enlouquecidos, as mandíbulas arreganhadas, arremetendo contra a terra num frenesi, para então serem violentamente repelidos. E na verdade havia mesmo um cachorro, um pastor alsaciano preto e marrom-escuro, usando focinheira, as ancas muito próximas do chão, que o mais velho de meus três irmãos, tornado jovem outra vez, levava para passear. Tentei atrair sua atenção pela janela, uma vez que estava preocupado com ele sob aquela intempérie sem um sobretudo sequer, mas não me viu ou fingiu não notar meus acenos insistentes. Pergunto-me o que significou tudo isso, ou por que o sonho vem me assombrando desde que despertei dele, com um sobressalto alarmado, ao amanhecer. Não gosto desse tipo de sonho, tumultuoso, ominoso, carregado de significações inexplicáveis. O que tenho a ver com o mar, ou com cachorros, ou eles comigo? E, além do mais, no Natal que vem, faz dez anos que meu irmão Oswald, pobre Ossie, morreu.

Polly era, e sem dúvida continua sendo, uma grande sonhadora, ou em todo caso uma grande tagarela sobre seus sonhos. "Não é estranho", costumava dizer, "quanta coisa acontece dentro da nossa cabeça quando a gente está dormindo?"

Lembro de outro dia, nas primeiras semanas do ano novo, quando estávamos de novo juntos e languidamente inertes no sofá deformado com a grande janela do ateliê, preenchida pelo céu, pairando obliquamente acima de nós, e ela me contou de um sonho recorrente que tinha com Frederick Hyland. Isso não me surpreendeu, embora tivesse me sentido de fato um pouco desacorçoado. Pelo jeito toda mulher — com exceção de Gloria, e não posso pôr a mão no fogo sequer por ela — que o viu até mesmo de relance sonha com Freddie, também conhecido como Príncipe, que é como a cidade o chama, num espírito de ironia: os homens são objeto de grande mofa entre nós, sobretudo quando são ricos donos de terra que até recentemente eram nossos senhores e lordes por aqui. Freddie é o único e, como parece inevitável, último representante masculino da Casa de Hyland. Neurastênico, infinitamente hesitante, uma figura de insondável melancolia, raramente dá as caras na cidade, mas fica no isolamento de Hyland Heights, como sua residência é enfadonhamente chamada — na verdade, trata-se de uma mansão rural pequena, comum e um tanto quanto decrépita construída numa colina, com um indistinto brasão d'armas blasonado em um escudo acima da porta de entrada e um pátio interno onde há muito tempo Otto Hohengrund/Hyland, papai da dinastia, segundo cujo projeto o lugar foi construído, costumava pôr os Lipizzaners para executar suas intrincadas andaduras. As duas irmãs solteiras de Freddie mantinham a casa para ele. Também raramente eram vistas. Há um homem ligado ao local, um tal de Matty Myler, que vai até a cidade no início de todo mês no grande Daimler preto da família para comprar provisões e buscar, discretamente, na porta dos fundos do Harker's Hotel, dois engradados de cerveja *stout* e uma garrafa de Cork Dry Gin. As esponjas devem ser as solteironas, pois todo mundo sabe que Freddie é homem dado à temperança. Talvez seja precisamente por essa indolência que as mulheres o adoram.

Encontrei-o várias vezes, o velho Freddie, mas ele vive esquecendo quem sou. Tive um encontro curioso e particularmente enervante com ele um dia, pouco depois de ter voltado para

o violão azul 51

a cidade e me instalado em minha aprazível casa em Fairmount Hill — bem mais aprazível, devo dizer, do que Hyland Heights. A festa anual tinha lugar e uma grande tenda fora erguida em um campo cedido para a ocasião pelo próprio Freddie. Haveria uma rifa em apoio aos batalhões de trabalhadores tecnológicos que em anos recentes haviam sido temporariamente dispensados — quão agradável atualmente é o mundo sem o estrépito incessante, qual dentaduras de brinquedo, daquelas hoje obsoletas maquininhas de comunicação cuja fabricação aos milhões exigia tamanha quantidade de robóticos proletários — e num arroubo de espírito público eu contribuíra com uma série de esboços para servir de prêmio máximo no sorteio. Freddie consentira em abrir o evento. Ele ficou em um palanque improvisado a seu modo costumeiro, com um ombro erguido e a cabeça inclinada num ângulo sofrido, e falou, ou antes suspirou, algumas frases quase inaudíveis em um microfone que guinchava e silvava agudamente, como um morcego. Após encerrar, esquadrinhou a multidão com olhar cansado, indeciso, então desceu sob os aplausos esparsos e patentemente sarcásticos. Pouco depois, abrindo caminho até os banheiros temporários no fundo da tenda — eu tomara três taças de um vinho com gosto de vinagre —, encontrei-o emergindo de uma das cabines, abotoando a braguilha. Ele vestia terno de tweed, com uma corrente de relógio pendurada no colete, e sapatos de couro marrom cujas biqueiras reluziam como castanhas recém-descascadas — é um grande admirador do estilo de trajar de nossos primos cavalheirescos do além-mar, e quando novo costumava ostentar um monóculo e mesmo por algum tempo um bigode guidão de bicicleta, até sua mãe, que tinha o porte de um general prussiano e era conhecida como Iron Mag, obrigá-lo a raspar. Em sua garganta havia aquele frouxo artigo de seda azul-escura, cruzamento entre um plastrom e uma gravata, que pelo jeito ele mesmo inventou e que os jovens mais andróginos da cidade, notei, adotaram discretamente como emblema de sua confederação. Paramos, ambos, e nos confrontamos mutuamente com um quê de impotência. Uma troca de palavras parecia se fazer necessária. Freddie limpou a garganta e buliu com a corrente do relógio de um jeito vago e agitado. De longe, aparenta ser bem mais novo do que é, mas de perto dá para notar a palidez seca, acinzentada, de sua pele e o leve leque de rugas irradiando do canto externo de cada olho. Fiz menção de passar, mas notei que me lançava um olhar mais atento, conforme um vislumbre de reconhecimento surgia em seu rosto comprido e ascético, em forma de caixão. "O senhor é o tal do pintor, não?", disse. Isso me deteve. Sua voz é fina, como um fiapo de vento sussurrando nos azulados cimos dos pinheiros em uma floresta forrada de neve, e sofre de leve gagueira, o que é motivo de moderado êxtase para Polly, claro. Disse que dera uma olhada em meus desenhos enquanto esperava que as coisas fossem preparadas para seu discurso. Respondi educadamente que era uma satisfação para mim que os tivesse notado, pensando nesse meio-tempo, com uma pontada de culpa, em meu pobre pai falecido me fuzilando lá de cima, num dos salões inferiores do Valhalla. "Sim, sim", disse Freddie, como se eu nem tivesse aberto a boca, "achei-os bem interessantes, bem interessantes, de fato." Houve uma pausa tensa conforme olhava em torno, buscando uma formulação mais satisfatória, então sorriu — mostrou os dentes, até —, ergueu um dedo indicador e arqueou uma sobrancelha. "Muito introspectivo, devo dizer", continuou, uma piscadela quase marota. "Tem uma visão bem introspectiva das coisas — não concorda?" Surpreso, murmurei uma resposta, só que mais uma vez ele não estava escutando, e com um aceno curto mas não inamistoso, passou por mim e se afastou, parecendo satisfeito consigo mesmo e assobiando baixinho, desafinado.

Fiquei mais do que surpreso: fiquei abalado. Com um punhado de palavras, e num tom de zombaria amena, bem-humorada, ele fora ao âmago da crise artística em cujas garras eu já então me debatia, que era

Pego, por Deus! Ou por Gloria, em todo caso, que em meu presente estado de pavor culpado dá exatamente no mesmo. Ela adivinhou para onde fugi. Um minuto atrás, o telefone no vestíbulo tocou, o antiquado aparelho na parede cujo bramido tremebundo eu não escutava havia anos, e que pensara estar certamente defunto, àquela altura. Pulei assustado ao ouvir o som, um chamado fantasmagórico vindo do passado. Na mesma hora saí correndo da cozinha — eu viera usando a velha mesa de madeira sob a janela como escrivaninha —, tirei o fone do gancho e o levei ao ouvido. Ela disse meu nome e, ao ficar sem resposta, riu consigo mesma. "Estou escutando você respirar", falou. Meu coração, qual um telefone silencioso, sacudia violentamente na caixa torácica. Estou certo de que, mesmo que quisesse ter dito algo, teria sido incapaz de falar. Eu acreditara estar tão seguro! "Você é tão covarde", disse Gloria, ainda achando graça, "correndo pra casa da mamãe." Minha mãe, eu podia ter lhe dito com frieza, morrera havia quase trinta anos, e agradeceria se não fizesse pouco dela, fosse lá do modo indireto que fosse. Mas não disse nada. Não havia na verdade nada que pudesse dizer. Eu fora caçado; acuado; pego. "Seu chefe ligou", continuou. "Queria saber se você tinha morrido. Falei pra ele que achava que não." Ela se referia a Perry Percival, Perry apelido de Peregrine. Que nome, hein? Não é verdadeiro, claro, eu inventei, como tantas outras coisas. Chamá-lo de meu chefe é a ideia que Gloria faz de uma piada. Perry é — como posso descrevê-lo? Ele tem uma galeria. Antigamente, a gente dava muito dinheiro, um para o outro. Era a última pessoa que eu queria encontrar ou de quem ouvir falar nesse momento. Não fiz nenhum comentário, esperando algo mais, mas Gloria ficou em silêncio, e finalmente, devagar, com um mudo suspiro, pus o fone de volta — quando eu era criança, achava isso parecido com um copo de jogar *tiddly-winks* —, prendendo-o no gancho ao lado do negócio de baquelita, o bocal onde a gente fala. Parecia absurdo, aquele pequeno troço preto, se projetando daquele jeito, como uma boca beiçuda e franzida de perplexidade, ou choque. Está vendo como para mim tudo é sempre alguma outra coisa? — tenho certeza de que é por isso em parte que não consigo mais pintar, essa mutabilidade que enxergo em todas as coisas. O último a ter usado esse telefone foi meu pai, quando ligou para me contar que tinha ido ao médico, e o que o açougueiro dissera. Provavelmente um vestígio seu continua dentro do aparelho, algumas partículas de Godley que exalou naquele dia, num dos primeiros de seus últimos suspiros, e que se alojou no bocal, e ali permanece, mais tenaz do que ele próprio já fora algum dia.

Virá ela aqui, Gloria, para me passar um carão em meu covil, eu que tenho sido acareado tão virulentamente e com tamanha frequência nos últimos tempos? A possibilidade disso me põe numa tremedeira abjeta — que covarde sou — e contudo, estranhamente, sinto um pequeno frêmito de empolgação, também. No fundo a pessoa anseia, já disse e repito, por ser alcançada e capturada.

No sonho recorrente que Polly tem com o Príncipe, que acontece três ou quatro vezes por ano, assim me conta, ele aparece para o chá. Quando escutei isso, dei risada, o que foi um erro, é claro, e ela se ofendeu e ficou emburrada pelo resto da tarde. O chá onírico que serve para sua visita ilustre, segundo ela, é na verdade uma brincadeira de criança, com um desses serviços de plástico, sanduíches de cartolina recortada e botões no lugar dos bolinhos. Perguntei num tom ameno em que ponto dos procedimentos Sua

Principalidade dá vazão a suas intenções de apalpá-la, e ela riu, curvou o indicador para me cutucar no esterno com um croque muito dolorido e disse que não era esse tipo de sonho — sei, furtei-me a dizer, e desconfio que ele não seja esse tipo de homem, também, muito pelo contrário. Em vez disso, pedi desculpa e no fim, muito a contragosto, ela me perdoou. Afinal, ela e eu também estávamos brincando.

Quando me contava seus sonhos — e aquele com Freddie, o Príncipe, não era de modo algum o único sobre o qual ouvi em detalhes —, seu rosto assumia uma expressão de concentração sonâmbula, cujo efeito era intensificar seu ligeiro estrabismo. A despeito de meus protestos em contrário, talvez eu esteja sendo descortês em insistir nessa tecla de suas imperfeições, se é que estou de fato batendo nessa tecla. Mas aí é que está: era precisamente por suas imperfeições que eu a amava. E eu de fato a amava, honestamente. Melhor dizendo, honestamente, eu a amava, não que a amasse honestamente. Como a língua é traiçoeira, mais escorregadia até do que a pintura. Polly tem pernas um tanto curtas, e panturrilhas que uma pessoa menos favorável do que eu talvez chamasse de gordas. Vale mencionar, também, suas mãos rechonchudas e dedos atarracados, e aquele leve bambolear gelatinoso na pálida parte inferior de seus braços carnudos. Seja condescendente comigo, sou, fui, um pintor, eu noto tais coisas. Mas essas eram, insisto, exatamente as coisas que eu apreciava nela, tanto quanto seu traseiro torneado e seus seios apreciavelmente tortos, sua voz doce e seus olhos cinzentos brilhantes, seus delicados pezinhos de gueixa.

Vou dizer a você, foi um tremendo choque para mim quando do Marcus descobriu a nosso respeito — descobriu a metade, de qualquer maneira —, mas, bastante curiosamente, era a única coisa que eu não havia esperado, não daquele lado, decerto. Por meses eu vivera aterrorizado de que chegasse aos ouvidos de Gloria, mas Marcus, eu o achava absolutamente sonhador e distraído demais, por demais enredado em seu mundo miniaturizado de molas, volantes e rubis do tamanho de uma cabeça de alfinete para notar que sua esposa andava se engraçando com um estranho, que, no entanto, mal podia ele imaginar, de estranho não tinha nada, ou pelo menos, nada de desconhecido.

Foi a mim que Marcus procurou, é claro, em um dia de outono chuvoso e horrendamente memorável, que parece remontar a um passado assaz longínquo, mas que não é o caso, de modo algum. Eu estava no ateliê, enrolando, raspando a tinta velha das paletas, limpando pincéis que já estavam limpos, esse tipo de coisa. Era só o que eu fazia por lá agora, a título de trabalho, em meu estado ultimamente estéril e ocioso. Uma boa coisa Polly não estar comigo: eu precisaria tê-la escondido debaixo do sofá. Marcus subiu a escada com passos firmes — o ateliê tem uma entrada separada na rua, além da lavanderia — e bateu tão forte na porta que achei que pudesse ser a polícia, quando não o próprio anjo vingador em pessoa. Certamente não esperava que fosse Marcus, que normalmente não é do tipo que pisa firme ou bate forte. Chovia, e ele não vestia casaco, só o colete de couro que usa para trabalhar, e estava encharcado, os cabelos ralos escuros de umidade e colados ao crânio. No início, achei que estivesse bêbado, e de fato ao passar intempestivamente por mim a primeira coisa que fez foi pedir uma bebida. Ignorei o pedido e perguntei qual era o problema. Tive dificuldade em manter a firmeza da voz, pois já adivinhava qual devia ser o problema. "O problema?", exclamou. "O problema? Há!" Havia gotículas nas lentes de seus óculos de armação metálica. Ele marchou até a janela e ficou olhando para os telhados, os braços apoiados nos flancos e os punhos fechados e virados para dentro, como se tivesse acabado de distribuir cruzados nas orelhas de alguém. Mesmo de costas parecia nervoso. A essa altura eu tinha certeza

o violão azul   57

de que descobrira sobre Polly e eu — o que mais o teria deixado tão perturbado? — e eu começara desesperadamente a procurar algo que pudesse dizer em minha defesa assim que começasse a me acusar. Perguntei-me se tentaria me agredir e achei a possibilidade estranhamente gratificante. Imaginei a cena, ele tentando me dar um soco e eu me atracando com ele, e nós dois cambaleando para cá e para lá, grunhindo e gemendo, como uma dupla de lutadores à moda antiga, depois desabando vagarosamente, nos braços um do outro, e rolando pelo chão, primeiro para esse lado, depois para aquele outro, com Marcus gritando e soluçando e tentando agarrar minha garganta ou arrancar meus olhos, enquanto eu, ofegante, protestava minha inocência.

Fui até ele e pus a mão em seu ombro, que imediatamente afundou, como que sob imenso peso. Tomei como um bom sinal que não se desvencilhasse furiosamente de meu gesto. Perguntei outra vez qual era o problema, e ele baixou a cabeça e a abanou lentamente de lado a lado, como um touro ferido e atordoado. Sob o cheiro de suas roupas molhadas e cabelo encharcado, captei o vestígio de alguma outra coisa, crua e quente, que reconheci como sendo o cheiro da própria tristeza — um cheiro, digo a você, e um estado com os quais não estou pouco familiarizado. "Vamos lá, parceiro", disse eu, "conta pra mim o que está havendo." Notei, com um estremecimento de vergonha, como soei calmo e avuncular. Ele não respondeu, mas se afastou de mim e começou a andar de um lado para o outro, moendo o punho de uma mão na palma da outra. É terrível dizer, mas existe algo quase cômico no espetáculo da infelicidade e tristeza alheias. Deve ter a ver com o excesso, com a extravagância operística, pois sem dúvida essas óperas antigas sempre me dão vontade de rir. No entanto, que figura verdadeiramente desolada ele fazia, marchando rigidamente da janela até a porta e executando um contido pivô ao retornar, para dar meia-volta e repetir com ar atormentado toda a manobra outra vez. Enfim estacou no meio do ateliê e começou a olhar em torno, como que em desespero à procura de algo.

"É a Polly", disse, numa voz amortecida pela dor. "Ela se apaixonou por algum outro."

Fez uma pausa e franziu o cenho, parecendo surpreso com o que escutara sua própria voz dizer. Percebi que eu estivera prendendo a respiração e agora soltava o ar, num suspiro lento, inaudível. Alguém. Algum outro.

Marcus mais uma vez olhou em torno do ambiente com ar desamparado, então fixou o olhar ferido em mim, numa espécie de súplica emudecida, como uma criança doente buscando o pai ou a mãe para alívio da dor. Passei a língua pelos lábios e engoli em seco. "Quem", perguntei — grasnei, na verdade —, "ela está apaixonada por quem?" Ele não respondeu, apenas abanou a cabeça daquele mesmo jeito entorpecido, ferido, de alguns momentos antes. Torci para que não começasse a andar de um lado para o outro novamente. Considerei pegar o brandy que eu guardava em um armário, atrás dos vidros de aguarrás e latas de óleo de linhaça, mas pensei melhor: se começássemos a beber ali, quem poderia dizer aonde aquilo iria levar, a que revelações torturadas, a que confissões gaguejadas? Se já houve uma ocasião para manter a cabeça lúcida, a ocasião era essa.

Murchando outra vez, como que física e emocionalmente exausto, Marcus foi até o sofá, desenganchou os óculos de trás das orelhas e sentou. Me encolhi todo por dentro, pensando em todas as vezes em que Polly e eu deitáramos juntos naquelas almofadas verdes manchadas. Eu estava suando e não parava de enfiar as unhas espasmodicamente na palma das mãos. Um tremor débil e contínuo, como uma corrente elétrica, me percorria. Quando está excitado ou preocupado, Marcus tem o hábito de enroscar as longas pernas uma na outra, enganchando um pé atrás do tornozelo, unindo as mãos como que em oração e enfiando-as entre

o violão azul   59

os joelhos dobrados, pose que sempre me lembra o letreiro das farmácias, mostrando o bastão de Esculápio com uma serpente enrolada. Enroscado desse jeito agora, ele começou a falar numa voz lenta, sem modulação, fitando o vazio. Era como se tivesse escapado de uma calamidade natural com o corpo incólume, mas entorpecido do choque, coisa que, se a gente pensa a respeito, era mesmo o caso. Fiquei feliz por estar com a janela às minhas costas, já que no lugar onde me sentava ele não conseguiria divisar meu rosto com clareza: teria sido uma visão e tanto, estou certo. Ele disse que por um longo tempo, muitos meses — desde o último Natal, na verdade —, suspeitara que as coisas não andavam bem com Polly. Ela viera se comportando de um modo estranho. Não havia algo preciso que pudesse apontar, e dissera para si mesmo que estava imaginando coisas, e contudo a pulga não queria sair de trás da sua orelha. A voz dela sumia no meio de uma frase e às vezes parava, imóvel, com alguma coisa esquecida na mão, perdida num sorriso secreto. Começara a ficar cada vez mais impaciente com Little Pip. Um dia, contou, quando estava com pressa para sair, gritara com a criança porque a menina se recusava a tirar seu cochilo, e no fim enfiara a pequenina em seus braços, dizendo-lhe que cuidasse dela, já que não aguentava mais nem olhar para ela. Quanto a sua atitude em relação a ele, oscilava entre a irritação a custo contida e a solicitude exagerada, quase pegajosa. Vivia insone, também, e à noite ficava deitada ao lado dele, no escuro, virando e suspirando por horas, até os lençóis se enroscarem em seu corpo e a cama esquentar com seu suor. Ele quisera confrontá-la, mas não ousara, seu receio grande demais do que pudesse lhe dizer.

Acima de mim, a chuva caía nas vidraças com um sussurro sugestivo, lúbrico.

Mas o que acontecera, perguntei, mais uma vez lambendo compulsivamente os lábios, que a essa altura haviam ficado secos e rachados, o que exatamente era isso que acontecera para convencê-lo de que Polly o traía? Ele deu de ombros, num gesto desesperançado, e se enroscou ainda mais em si mesmo, como um saca-rolha, e começou a balançar para frente e para trás, também, emitindo um murmúrio suave e cantarolado, fios flácidos de cabelo úmido pendendo sobre seu rosto. Houvera uma briga, disse, não conseguia se lembrar como começara ou mesmo qual o motivo. Polly gritara com ele, e continuara a gritar, como que enlouquecida, e ele — nisso hesitou, horrorizado com a lembrança —, ele dera um tapa em seu rosto, e a aliança, logo o que, cortara sua bochecha. Erguendo um dedo no ar, mostrou-me o estreito anel de ouro. Tentei imaginar a cena, mas não consegui; falava de pessoas que eu não conhecia, estranhos violentos movidos por paixões ingovernáveis, como personagens em um, isso mesmo, em um drama operístico particularmente exagerado. Eu era simplesmente incapaz de imaginar Polly, minha tímida e dócil Polly, guinchando com tal fúria a ponto de incitá-lo a esbofeteá-la. Após o tapa, ela pusera a mão no rosto e o fitara sem dizer uma palavra pelo que pareceu um tempo impossivelmente longo, de um modo que o assustara, contou, os olhos dela estreitados e os lábios pressionados numa linha fina, franzida. Ele nunca presenciara tal expressão antes, tampouco aquele silêncio. Então, acima de suas cabeças, um choramingo começou — a briga acontecera na oficina de Marcus —, e Polly, o rosto pálido a não ser pela impressão lívida da mão dele em sua bochecha e o borrão de sangue onde a aliança a cortara, se afastou para cuidar da criança.

Fiquei com a sensação de que um buraco se abrira no ar diante de mim e eu estivesse caindo de cabeça lentamente; uma sensação não completamente desagradável, mas de vertigem e desamparo apenas, como a de estar voando em um sonho. Já experimentei essa sensação antes: ela acontece, um momento de resgate ilusório, nas horas mais terríveis.

o violão azul 61

"O que eu vou fazer?", suplicou Marcus, erguendo o rosto para mim com olhos que queimavam de sofrimento.

Bom, velho amigo, pensei, sentindo-me de repente muito cansado, o que nós vamos fazer, cada um de nós? Fui até o armário e o abri. Dane-se a prudência — já estava mais do que na hora de servir aquele brandy.

Sentamos lado a lado no sofá e juntos, no espaço de uma hora, esvaziamos a garrafa, passando-a de um para o outro e bebendo do gargalo; quando começamos, havia pelo menos metade. Fiquei afundado em silêncio enquanto Marcus falava, narrando os pontos essenciais da história — da lenda! — de sua vida com Polly. Ele contou dos dias de namoro, quando o pai dela o desaprovara, embora o velho nunca dissesse por que; esnobismo, suspeitava Marcus. Polly mal terminara a escola e já estava ajudando na fazenda, cuidando das galinhas e, no verão, vendendo morangos em uma banca montada no portão da propriedade, pois o valor da terra caíra, ou algo assim, e a família descera a um estado de branda penúria. Marcus terminara seu aprendizado e trabalhava para um tio, cuja relojoaria com o tempo iria herdar. Polly, disse, a voz tremendo de emoção, era tudo que podia ter esperado em uma esposa. Quando começou a falar de sua lua de mel, me encolhi todo, mas não precisava ter me preocupado: não é homem de confidenciar esse tipo de coisas que eu receava, nem mesmo ao amigo que acreditava que eu fosse. Sua felicidade não poderia ter sido maior naqueles primeiros tempos com Polly, disse, e quando Little Pip veio, parecia que seu coração iria explodir com o excesso de felicidade. Nisso se interrompeu, procurou se endireitar no sofá e ficou com os olhos rasos d'água, e engoliu um grande soluço e limpou o nariz com o dorso da mão. Sua tristeza era tristeza, sem dúvida, pródiga e incontida, porém, como não pude deixar de notar com interesse, podia igualmente ter sido um tipo de euforia: todos os sinais aparentes eram os mesmos.

"O que vou fazer, Olly?", choramingou outra vez, com mais desespero do que nunca.

Eu continuava com aquela sensação de queda flutuante, que se intensificava agora, devido ao brandy exercendo seu inevitável efeito, para se transformar numa crescente e absolutamente imprópria despreocupação. Como podia ter tanta certeza, perguntei outra vez, de que suas suspeitas em relação a Polly fossem de fato o caso? Não era possível que estivesse imaginando a coisa toda? A mente, quando começa a duvidar, disse eu, não conhece limites, e dá crédito às fantasias mais estapafúrdias. Eu devia ter ficado de boca fechada, é claro, mas em vez disso insisti em puxar essa ponta solta do fio. Era como se quisesse ver a coisa toda deslindada, quisesse que Marcus parasse, e pensasse, e virasse e me fitasse, seus olhos se arregalando de perplexidade e a fúria se acumulando à medida que se dava conta da terrível verdade. Uma parte desesperada de mim queria que soubesse! Mas como é perverso temer o destino de alguém e ao mesmo tempo lutar ansiosamente por sua consumação.

Nesse ponto, Marcus fez uma pausa, virou para mim e, com outro lúgubre soluço, pousou a mão em meu braço e perguntou, numa voz embargada pela emoção, se eu me dava conta do quanto minha amizade significava para ele, que privilégio era, que consolo. Murmurei que eu, é claro, de minha parte, ficava feliz em desfrutar de sua amizade, muito feliz, muito, muito, muito feliz. Tive a sensação em seguida de que tudo dentro de mim murchava devagar. Encorajado, Marcus enveredou por um extenso solilóquio em louvor à minha pessoa como amigo ponta firme, alma resoluta e, de quebra, pintor incomparável, o tempo todo avultando diante do meu rosto com uma sinceridade ansiosa. Eu queria, ah, como queria, sentindo-me um convidado de casamento com os ouvi-

o violão azul 63

dos alugados, desviar o rosto daquele olhar brilhante, mas ele me manteve cravado no lugar. Sim, declarou, ainda mais febrilmente, eu era o melhor amigo que alguém poderia esperar conseguir. Enquanto falava, seu rosto parecia inchar cada vez mais, como que gradualmente inflando por dentro. Finalmente, com um poderoso esforço, consegui me desgarrar de seu olhar transbordante de melancolia. Sua mão continuava em meu braço — dava para sentir o calor através da manga do casaco, e quase estremeci. Agora ele interrompia a peroração, curvava bem a cabeça para trás e sugava uma derradeira gota da garrafa. Não havia dúvida de que tinha muito mais coisas para dizer, e certamente o diria, com paixão e sinceridade cada vez maiores, não encontrasse eu um meio de distrair sua atenção.

"Você estava me falando", eu disse, com olhos baixos, de um modo afetado, e bulindo com um botão do sofá, "estava me falando da briga com Polly."

Grande distração.

"Estava?", perguntou. Deu um suspiro aflautado. "Ah, é. A briga."

Bom, disse ele, pondo os óculos outra vez — sempre fui fascinado pelo jeito intrincado que tem de enroscá-los em suas orelhas —, depois de ter dado um tabefe em Polly e ela ter subido ao andar de cima, ele marchara pomposamente pela oficina por algum tempo, discutindo consigo mesmo e chutando coisas, depois fora atrás dela, mais furioso do que nunca, e confrontou-a no quarto. Ela sentava na beirada da cama, com a criança em seus braços. Tinha, quis saber, algum outro? Não havia imaginado que houvesse, nem por um segundo, e só dissera isso para provocá-la, esperando que risse dele e lhe dissesse que estava louco. Mas, para sua consternação, ela não negou, apenas ficou ali com o rosto erguido em sua direção, sem dizer palavra. "A mesma expressão outra vez", disse ele, lágrimas renovadas brotando em seus olhos, "a mesma expressão, só que pior, do que a que ela fez na oficina quando bati nela!" Não imaginara que fosse capaz de tal distanciamento vago, tal calma e gélida indiferença. Então se corrigiu: não, já a vira com uma expressão como aquela em outra ocasião, parecida com aquela, nos estágios iniciais da gravidez, quando o bebê começara a chutar e a se tornar uma presença real. Era a mesma situação, disse, de alguém aparecendo na vida dela, de uma terceira parte — foram essas suas palavras, uma terceira parte — entrando nela — essas também suas exatas palavras — e absorvendo toda sua concentração, toda sua preocupação; em resumo, todo seu amor. Na época, ele se sentira excluído, excluído, sim, mas não rejeitado, não como agora, quando sentava na cama daquele jeito com o olhar frio e assustador cravado nele e ele caía em si de que a perdera.

"Perdeu?", falei, e ensaiei uma risada admonitória, mesmo quando uma mão de dedos gelados envolvia meu coração. "Ah, vamos lá."

Ele balançou a cabeça, seguro do que sabia, e rosqueou ainda mais forte uma perna na outra, e enfiou as mãos entre os joelhos e mais uma vez emitiu aquele som débil e lamuriento, como um animal agonizante.

A chuva cessara e as últimas grandes gotas escorriam pelas vidraças em zigue-zagues de arroios cintilantes. As nuvens se abriam e, esticando o pescoço um pouco para a frente e olhando lá em cima, pude ver um retalho de puro azul outonal, o azul que Poussin tanto amava, vibrante e delicado, e, a despeito de tudo, meu ânimo se elevou um ou dois pontos, como sempre faz quando o mundo descortina seu inocente olhar azul desse jeito. Acho que a perda de minha capacidade para pintar, vamos dizer assim, foi resultado, em grande parte, de uma consideração florescente, irresistível e, em última instância, fatal por esse mundo, quero dizer, o mundo cotidiano e objetivo das meras coisas. Antes, eu sempre

o violão azul 65

olhava para além delas num esforço de chegar à essência que eu sabia estar ali, oculta nos recessos, mas não inatingível a alguém determinado e perspicaz o bastante para penetrá-los. Eu era como um homem indo ao encontro da amada numa estação de trem e que anda apressado entre a multidão que desembarca, erguendo a cabeça e desviando das pessoas, relutante em olhar para qualquer rosto salvo o daquela que anseia ver. Não me entenda mal, não era do espírito que eu estava atrás, de formas ideais, linhas euclidianas, não, nada disso. A essência é sólida, tão sólida quanto as coisas da qual é a essência. Mas é essência. À medida que a crise se aprofundava, não demorou muito para que eu reconhecesse e aceitasse o que me parecia ser uma verdade simples e óbvia, a saber, que não havia essa coisa de a coisa propriamente dita, apenas os efeitos das coisas, o generativo remoinho da relação. Você se permite discordar?, eu dizia, fazendo uma pose desafiadora, as mãos na cintura. Tente isolar a decantada coisa-em-si, então, retrucava eu a um bando de objetores imaginários, e veja o que obtém. Vá em frente, chute aquela pedra: só o que vai conseguir será um dedão inchado. Eu não me deixava demover. Nada de coisas em si, somente seus efeitos! Esse era meu lema, meu manifesto, minha — perdoe-me — minha estética. Mas em que apuros isso me meteu, pois o que mais havia para pintar senão a coisa tal como se me apresentava, impassível, impenetrável, inacercável? A abstração não resolveria o problema. Eu tentei, e a via como meramente uma prestidigitação, meramente um truque da mente. E desse modo ela continuava a se impor, a coisa inexprimível, continuava a reclamar seu lugar de direito, até que preencheu todo meu campo de visão e se tornou quase real. Então percebi que ao tentar atravessar as superfícies para chegar ao âmago, à essência, eu negligenciara o fato de que é na superfície que a essência reside: e lá estava eu, de volta ao início outra vez. De modo que era com o mundo, o mundo em sua completude, que eu tinha de lidar.

Mas o mundo é resistente, ele vive de costas para nós, em jovial comunhão consigo mesmo. O mundo não permite nossa entrada.

Não me compreenda mal, meu esforço não era por reproduzir o mundo, nem sequer representá-lo. Os retratos que eu pintava estavam destinados a ser coisas autônomas, coisas a equiparar às coisas do mundo, cuja inalcançável presença tinha de ser alcançada de algum modo. Foi isso que Freddie Hyland quis dizer, soubesse ele ou não, quando falou comigo naquele dia sobre a introspecção que identificara naqueles pressurosos esboços meus. Eu lutava por absorver o mundo em mim e recriá-lo, fazer algo novo com ele, algo vívido e vital, e a essência que fosse pentear macacos. Uma jiboia, era o que eu era, uma boca imensa, escancarada, engolindo devagar, vagarosamente, ensaiando engolir, engasgando com a enormidade. Pintar, como roubar, era um esforço incessante de possuir, e incessantemente fracassei. Roubar os pertences alheios, perpetrar minhas borraduras, amar Polly: dava tudo no mesmo, afinal.

Mas existe esse mundo, o que aqui chamei de mundo? Talvez o homem na plataforma do trem esteja correndo em direção a alguém que nunca vai chegar, que sempre vai ser a amada distante, uma imagem que criou para si, uma imagem alojada dentro dele cuja presença ele tenta materializar, tenta e fracassa, a imagem de uma pessoa que nunca embarcou no trem, para começo de conversa.

Vê meu aperto? Volto a afirmar, simplesmente: o mundo lá fora, o mundo cá dentro, e no intermédio de ambos, a fenda intransponível, impulável. E assim desisti. O grande pecado de que sou culpado, o maior, é a desesperança.

A dor, dor do pintador, crava sua lâmina em meu coração estéril.

Marcus pegou no sono ao meu lado. Zonzo com o álcool e exausto com o próprio sofrimento, deixara que sua cabeça desabasse no encosto do sofá, com os olhos fechados, e agora roncava levemente, a garrafa de brandy vazia embalada em seu colo. Continuei sentado, pensando. Gosto de pensar quando estou um pouco bêbado. Embora talvez pensar não seja a palavra, pensar talvez não tenha nada a ver com o que faço. O brandy parecia ter expandido minha cabeça até ficar do tamanho de uma sala, não aquele ateliê, mas um desses salões de banquete que os pintores da corte costumavam fazer com ponta-seca, vigas, vitrais, grupos de cortesãos a circular, os cavalheiros em botas justas de cano alto e chapéus chiques emplumados e as mulheres pavoneando-se em vestidos de anquinhas e, no meio deles todos, o margrave, ou o eleitor do palatinado, ou quem sabe até o próprio imperador em pessoa, não maior nem mais ostentosamente trajado do que o resto e contudo, graças à habilidade do pintor, o centro indubitável de toda aquela conversa importante e surda, todo aquele azáfama imobilizado.

Como minha mente é errática, tentando evadir-se a si mesma, só para tornar a encontrar ela própria, com um terrível susto, vindo pelo lado oposto. Um círculo fechado — como se houvesse de algum outro tipo —, é nisso que vivo.

Marcus certamente acordaria mais cedo ou mais tarde e, nesse ínterim, eu mais uma vez olhava em torno, com desespero, pensando em algo a lhe dizer, qualquer coisa neutra, plausível, tranquilizadora. A pessoa precisa dizer alguma coisa, mesmo se essa alguma coisa for uma nulidade. Ficar calado teria sido meu melhor expediente, e o mais seguro, mas a culpa tem uma necessidade irresistível de tagarelar, sobretudo nos estágios iniciais, ardentes. Eu sabia que o jogo acabara. Polly, pobre alma honesta, não manteria em segredo por muito tempo a identidade de seu amante — não teria tenacidade para tanto, fraquejaria no fim e desembucharia meu nome. E quanto a mim? Eu mentira toda minha vida, nadava num oceano de falsidades menores — roubar transforma o homem num mestre da dissimulação —, mas será que podia confiar em mim mesmo agora para manter a cabeça fora d'água, nesse estreito turvo e cada vez mais fundo? Se eu hesitasse, se piscasse, até, a mera reação me entregaria na hora. Marcus podia ser abstraído e desatento no geral, mas o ciúme, quando efetivamente cravasse suas garras nele, lhe daria o olhar imperturbável, prismático, de uma ave de rapina, e desse modo ele certamente enxergaria o que, afinal de contas, estava bem na sua frente.

Levantei-me em silêncio, embora não muito firme, e fui até a janela. Soprava um vento forte que varria o céu, naquele momento puro Poussin para todo lado, azul enquanto azul com majestosas massas de nuvens flutuantes, em branco-gelo, cinza-descorado, cobre-polido. Eu teria usado uma rala aguada cobalto e, para as nuvens, grandes esbatidos de branco-zinco — sim, minha velha reserva! —, carvão em cinzas e, para as bordas de cobre refulgente, um pouco de amarelo ocre nuançado com, digamos, uma pitada de vermelho indiano. O sujeito sempre pode se permitir um céu, mesmo em seu momento mais decididamente introspectivo. Um dirigível singrava a considerável altura, seu flanco azul-couraçado captando o sol e a hélice gigante na traseira um diáfano borrão prateado. Será que o incluiria em meu céu, caso o estivesse pintando? Uma coisa absurda, esses aeróstatos, lembram-me elefantes ou, antes, cadáveres de elefantes, intumescidos de gás, e no entanto há qualquer coisa de cativante neles também. Matisse incluiu um desses hoje obsoletos aparelhos voadores — como sinto falta deles, tão elegantes, tão lestos, tão excitantemente perigosos! — num pequeno estudo a óleo, *Janela aberta para o mar*, que produziu após deixar Londres e voltar à França com sua adorada nova esposa, Olga, em 1919 — está vendo os fatos que tenho na ponta da língua?

Quando vi, estava fuçando em dezenas de telas amontoadas num canto, contra a parede. Fazia muito tempo que não as exa-

o violão azul 69

minava — não podia suportar — e elas estavam empoeiradas e cobertas de teias de aranha. Queria achar aquela natureza-morta em que estivera trabalhando quando fui subjugado pelo que gosto de chamar de minha catástrofe conceitual — quanta nudez elas encobrem, as grandes palavras — e minha determinação me faltou e não pude seguir pintando, tentando pintar. Devo ter feito uma dúzia de versões dela, cada uma mais pobre do que a anterior, aos meus olhos cada vez mais desesperados. Mas só consegui encontrar três, duas delas meros estudos exploratórios, com mais tela aparecendo do que tinta. Tirei a terceira do bolo e a levei até a janela, soprando o pó no caminho. Era um retângulo de tamanho razoável, com pouco mais de um metro de largura e pouco menos de um metro de altura. Quando a pus sob a luz do dia e recuei, percebi que devia ter sido a visão do dirigível ronronante passando lá no alto que me trouxera aquilo à lembrança. No centro da composição há um grande formato de rim azul-acinzentado com um buraco mais ou menos no meio e uma espécie de toco se projetando no canto superior esquerdo. Quando Polly viu a tela um dia, antes que eu a pusesse finalmente voltada para a parede, de desgosto, ela perguntou se o troço azul, como chamou, era para ser uma baleia — achou que o buraco podia ser um olho e o toco uma cauda com nadadeiras —, mas então riu de si mesma, constrangida, e disse que não, que quando olhava mais de perto, dava para ver que era um dirigível, claro. Fiquei me perguntando como podia imaginar que eu quisesse pintar tal coisa, mas também pensei, por que não? Quando se trata de tema, qual a diferença entre um balão e um violão? Qualquer objeto velho serve e quanto mais amorfo for, mais sobra espaço para a imaginação trabalhar.

A imaginação! Imagine ouvir uma risada cavernosa, aqui.

Às minhas costas Marcus se mexeu e murmurou alguma coisa, então sentou direito, tossindo. A luz vinda da janela transformou as lentes de seus óculos em discos opacos, aquosos. A garrafa de brandy caiu no chão e rolou num meio círculo, ebriamente. "Cristo", disse ele com voz pastosa, "a gente bebeu tudo?"

Parecia tão desamparado, tão perdido, que fiquei comovido, de repente, e poderia quase ter lhe dado um abraço, ali sentado, bêbado, desolado, com o coração partido. Afinal, ele era, ou fora, meu amigo, fosse lá o que isso significasse. Mas como me atreveria a lhe oferecer consolo? Fiquei com a sensação de estar diante de um prédio em chamas, com o feroz calor das labaredas em meu rosto e os gritos das pessoas presas ecoando em cada janela, sabendo que tinha sido o fósforo que eu jogara fora que dera início ao incêndio.

Sugeri que saíssemos e procurássemos algo para comer, de acordo com o princípio geral, inventado por mim naquele exato momento, de que a tristeza sempre requer alimento. Ele fez que sim, bocejando.

Quando saíamos, parou junto à mesa de carvalho marcada e manchada que eu usava para deixar os instrumentos de meu mister — tubos de pigmento, potes com os pincéis de pé, coisas assim. Ainda mantenho esses materiais ali, junto com uma porção de tranqueiras, tudo bagunçado, mas não são mais o que costumavam ser. A energia se esvaiu deles, o potencial. Ficaram pesados demais, quase monumentais. Na verdade, estão mais para o tema de uma natureza-morta, dispostos daquele jeito, à espera de serem pintados, em toda sua inocência e falta de desígnio cotidiano. Marcus, detendo-se ali, apanhou algo e observou com atenção. Era um camundongo de vidro, em tamanho natural, com orelhas pontudas e minúsculas garras entalhadas, um negócio bonitinho, sem nenhum valor real. "Gozado", ele disse, "a gente tinha um igual a esse — até mesmo com um pedacinho faltando na ponta do rabo." Fiz um olhar vago e disse que era coincidência. Esquecera que o deixara ali. Ele balançou a cabeça, franzindo o rosto, ainda virando o objeto em seus dedos. Podia ficar com ele, disse

o violão azul 71

eu rapidamente e com excessiva ansiedade. Ah, de jeito nenhum, respondeu, nem sonharia em aceitar, se era meu. Então o devolveu à mesa e saímos.

Se era meu? Se?

Há um calafrio particular que percorre a espinha em determinados momentos de perigo e assustadoras possibilidades. Eu o conheço bem.

Lá fora, furiosas rajadas de vento varriam as ruas, soprando cortinas de chuva prateada adiante, e enormes folhas de plátano, parecidas com garras, caídas mas ainda verdes, algumas delas, deslizavam pelas calçadas, fazendo um som de raspagem. Perversamente, senti-me revigorado e com o coração mais leve do que nunca — era eu que me transformava num balão de ar quente! —, ainda que tudo que estimasse, ou devia estimar, ameaçasse se dissolver. Já notei antes, como num estado do mais profundo pavor, e talvez por causa disso — é um ladrão falando, não esqueça —, posso ficar intensamente alerta para as nuances mais delicadas do tempo e da luz. É do outono que mais gosto, adoro estar por aí em tempestuosos dias de setembro como esse, com o vento chacoalhando as vidraças e grandes ebulições luminosas de nuvens ascendendo em um céu enxaguado, imaculado. Nem me fale no mundo e suas coisas! — não admira que não consiga pintar. O pobre Marcus arrastava os pés ao meu lado com o andar de um velho cansado. Produzia um som diferente agora, um silvo débil, entrecortado, agudo. Parecia o som da própria dor, sua genuína nota, soprada de dentro dele nessas lufadas constritivas de gaita de foles. E quem, me perguntei, quem era a causa secreta de toda essa dor? É, quem.

Fomos ao Fisher King, um caído restaurante de costelas com mesas de metal e cadeiras de aço inoxidável e o cardápio do dia anunciado a giz em um quadro-negro. Quando eu era pequeno, ali costumava ser a peixaria de Maggie Mallon. Maggie, a dona original, tornou-se por algum motivo havia muito esquecido objeto de ridículo na cidade. A molecada cantava uma canção escarnecendo dela — *Maggie Mallon sells fish, three ha'pence a dish!* — e atirava pedras pela porta aberta nos fregueses ali dentro. Não é verdade o que Gloria afirma, que fugi para cá com medo do mundo. O fato é que não estou aqui de fato, ou o aqui onde estou não é o aqui, de fato. Talvez eu seja uma criatura de um dentre essa multiplicidade de universos que nos asseguram existir, todos eles aninhados uns nos outros, como as cascas de uma cebola infinitamente vasta, que por acidente cósmico deu um passo em falso e veio parar neste mundo, onde fui outrora e me tornei de novo o que sou. Qual seja? Um alienígena familiar, apartado e ao mesmo tempo estranhamente contente. Devo ter percebido que meu dom, como vou chamá-lo, ia me deixar na mão. Que animal é aquele que volta para morrer no lugar onde nasceu? O elefante, outra vez? Pode ser, esqueci. Estou liquidado, um saco de tristeza, remorso e culpa. Porém, às vezes, também, dou livres rédeas à fantasia de que em algum lugar nessa infinidade de imbricadas outras criações haja um eu inteiramente outro, um tipo galante, insolente, arrojado e diabolicamente bonitão, de quem todos os homens se ressentem e aos pés do qual todas as mulheres se atiram, que vive ao sabor dos acontecimentos, se virando só Deus sabe como, e que zombaria da ideia de mexer com estojos de pintura e essas quinquilharias pueris. Sim, sim, eu o vejo, esse Outro Oliver, um homem de ação, que tira do caminho, com um pontapé, bunda-moles como o distante doppelgänger dele, sinceramente seu, grosseiramente seu, ciumentamente seu; mui ardentemente oh, oh, oh seu. No entanto, será que eu iria embora outra vez e tentaria ser ele, ou algo como ele, em outro lugar? Não: este é um lugar apropriado para ser um fracasso.

o violão azul   73

Marcus se curvava sobre o prato, abrindo caminho em meio a uma montanha de peixe frito e purê de batata, parando de vez em quando para aplicar ao corrimento incontrolável de seu nariz uma esfregada com o nó dos dedos. O sofrimento e a aflição aparentemente não mitigaram sua fome, notei. Não pude deixar de observá-lo, absorvido nele, a despeito da tonitruante sensação de horror reverberando dentro de mim. Eu era como uma criança em um velório examinando disfarçadamente o pesaroso principal, perguntando-me como devia ser sofrer daquele jeito e ainda assim ser presa de todos os apetites, comichões e incômodos do dia a dia. Então, ociosamente, meu olhar divagou, e comentei com meu botões como as mesas estavam manchadas e riscadas, como as cadeiras de aço inoxidável estavam amassadas e oxidadas, como o antes impecável piso emborrachado estava desgastado. Tudo revertendo ao que costumava ser, ou assim nos asseguram as sumidades que sabem sobre tais coisas. Progressão retrógrada, é como chamam — parece ter algo a ver com aquelas tempestades na superfície do sol. Não demora muito e haverá canapés de madeira por aqui, bem como palha de juncos no chão e peles de animais nas paredes, e meio boi assando num espeto sobre uma fogueira de galhos e esterco de vaca seco. O futuro, em outras palavras, será o passado, conforme o tempo gira em seu fulcro para mais um ciclo de eterno retorno.

O passado, o passado. Foi o passado que me trouxe de volta para cá, pois aqui, nessa cidadezinha de dez mil e poucas almas, um lugar que poderia ter sido sonhado pelos Irmãos Grimm, aqui é eternamente o passado; aqui estou retido, imobilizado aqui, encasulado; não preciso me mexer nunca mais até chegar o momento da grande e derradeira mudança. Sim, devo ficar por aqui, parte deste mundinho, este mundinho uma parte de mim. Às vezes a obviedade disso tudo me deixa sem ar. As circunstâncias em que me encontro me chocam e me deleitam em igual medida, essas

circunstâncias de minha própria criação. Chamo-as de vida-na-
-morte e morte-em-vida. Já disse isso?

Marcus havia limpado o prato e agora o empurrava para o
lado e se curvava para a frente com os antebraços sobre a mesa e
os longos dedos finos entrelaçados e, dessa vez num tom brusco e
casual que não pude deixar de achar irritante — como me atrevia
a ficar irritado com um homem que traíra de maneira tão atroz? —,
insistiu que lhe dissesse o que deveria fazer a respeito de Polly e
seu incógnito conquistador. Ergui as sobrancelhas e soprei o ar,
inflando as bochechas, para lhe mostrar como me sentia desenco-
rajado por suas carentes insistências, e como seria incapaz de lhe
oferecer grande ajuda. Ele me encarou por um longo momento,
pensativo, assim me pareceu, mordiscando um pedacinho de alguma coisa dura entre seus dentes da frente. Eu me senti como
uma estátua em um terremoto, balançando em meu pedestal enquanto o solo arfava e arqueava. Sem dúvida acabaria se dando
conta da verdade, sem dúvida não continuaria a deixar de enxergar
o que estava bem debaixo do seu nariz. Então percebeu que mal
toquei na comida. Afirmei que não tinha fome. Ele esticou o braço, pegou uma lasca de meu filé de cavalinha e a enfiou na boca.
"Esfriou", disse, franzindo o nariz e mastigando. O ato de comer é
um espetáculo tão peculiar que fico surpreso de não ser permitido
só na intimidade, a portas fechadas. Ambos continuávamos um
pouco bêbados.

De férias na srta. Vandeleur eu vadiava um dia pelo campo de
golfe arenoso que se esparramava por dois ou três quilômetros no
flanco das dunas dando para a terra quando topei com uma bola
de golfe atrevidamente caída no gramado aparado do fairway, para
quem quisesse ver e, pelo jeito, sem dono. Apanhei-a e a enfiei no
bolso traseiro de meus shorts. Quando endireitava o corpo, dois
golfistas se aproximaram, suas cabeças emergindo de um declive no campo, como um par de Tritões projetando-se entre as on-

o violão azul 75

das do verde mar. Um deles, de cabelos claros e rosto rubicundo, usando calça amarela de veludo cotelê e suéter sem mangas Fair Isle — como posso me lembrar tão claramente? —, fixou em mim seu olhar acusador e perguntou se eu vira a bola. Não, respondi. Vi que não acreditou em mim. Disse que eu devia ter visto, que caíra por ali, que a acompanhara até sumir de vista além da borda da depressão onde dera sua tacada. Abanei a cabeça. Seu rosto enrubesceu mais um pouco. Ficou ali me fuzilando, brandindo ameaçadoramente um driver de madeira na mão direita enluvada, e eu lhe devolvi o olhar, com a mais imperturbável expressão de inocência, mas tremendo por dentro, de alarme e júbilo culpado. Seu parceiro, cada vez mais impaciente, instou-o a deixar para lá e seguirem seu caminho, e contudo ele não arredava pé, lançando-me seu olhar feroz, rilhando o maxilar. Como se recusava a se mexer, tive de fazê-lo. Comecei a me afastar devagar, caminhando lentamente de costas, de modo que não visse a saliência da bola em meu bolso. Eu tinha certeza de que iria me agarrar, me virar de cabeça para baixo e me sacudir como um cachorro faz com um rato. Por sorte, nesse exato momento o outro sujeito, que se ocupava de esquadrinhar com irritantes ceifadas o capim alto na beira do fairway, soltou uma exclamação triunfante — encontrara a bola perdida de alguma outra pessoa —, e enquanto meu acusador ia até lá para olhar, aproveitei a deixa, girei nos calcanhares e saí em disparada para me refugiar na pensão periclitante da srta. Vandeleur. Era assim que eu estava agora com Marcus, do modo como ficara aquele dia no campo de golfe, suando frio e em trêmulo tumulto, sentado de frente para ele, sem ousar lhe dar as costas para não correr o risco de que notasse a protuberância denunciadora e percebesse na mesma hora que fora eu que, no maior descaramento, embolsara sua selênica, pálida e pululante esposazinha.

A propósito, não conto essa escamoteação da bola de golfe como roubo, propriamente dito. Quando vi a bola, presumi que alguém a esquecera e deixara ali por engano, e desse modo seria jogo limpo para quem quer que a apanhasse. O fato de que não a devolvi ao seu dono quando este apareceu deveu-se mais a acidente do que intenção. Fiquei com medo dele, de seu rosto vermelho e sua calça ridícula, receando que, caso lhe mostrasse a bola, pudesse me acusar de tê-la roubado deliberadamente e, vai saber, cometer alguma violência contra mim, dando-me uma bofetada na orelha ou me batendo com seu taco. Com efeito, há uma tênue distinção entre aproveitar a oportunidade para roubar uma coisa e ser levado pelas circunstâncias a escafeder-se com ela, mas distinções, tênues ou de outro tipo, não admitem discussão.

Agora Marcus descambava por uma nova enfiada de reminiscências, em tons deploravelmente apaixonados, virando para olhar pela janela. Limpei a garganta, baixei os olhos e mexi nos talheres sobre a mesa, mudando os pés de lugar e me contorcendo como um mártir obrigado a sentar num banco de ferro incandescente. Ele falou de seus primeiros dias com Polly, logo depois que se casaram. De como adorava ficar por lá para observá-la, disse, quando estavam em casa juntos e ela cuidava das tarefas domésticas, cozinha, limpeza e coisa e tal. Tinha o hábito ocasional de se lançar em pequenos e curtos corre-corres, contou, ligeiras e breves precipitações ou disparadas sem objetivo aqui e ali, o andar célere, dançante. Enquanto me dizia isso, eu a imaginava como uma daquelas virgens da Grécia antiga, em sandálias e túnica amarrada na cintura, lançando-se adiante em arrebatada acolhida ao regresso de algum deus guerreiro ou guerreiro divino. Tentei pensar se já a vira agindo como na descrição, movendo-se alegre pelo meu ateliê, sob a janela oblíqua plena de céu. Não, nunca. Comigo ela nunca dançou.

Lá fora, no dia, uma massa de fumaça cinza-azulada foi cuspida de uma chaminé elevada e desceu rolando pela rua.

Observei o ambiente frio e melancólico. Em uma dúzia de mesas, vagos fregueses de sobretudo curvavam-se acentuadamente sobre seus pratos, parecendo sacos de comida empilhados mais ou menos na vertical, em dois e três. Numa pequena prateleira triangular em um canto elevado havia um falcão empalhado sob uma redoma de vidro, acho que era um falcão, algum tipo de ave de rapina, em todo caso, as asas dobradas, e a cabeça altiva virada em acentuado ângulo para o lado, com o bico para baixo. Vem, pássaro terrível, orei em silêncio, vem, vingador terrível, desce sobre mim e consome meu fígado. E contudo, pensei, e contudo como era feroz — como era encrespado, fumegante e feroz! — o fogo que roubei.

Pisquei, e estremeci com uma espécie de calafrio. Eu não percebera que Marcus ficara em silêncio. Seu olhar ferido continuava voltado para a janela e para o brilhante tumulto do dia lá fora. Olhei para nossos pratos, executando a haruspicação dos restos de nosso almoço. Não auguravam coisa boa, como poderiam? "Não sei quem é a Polly, agora", disse Marcus, com um suspiro que foi quase um soluço. Cravou aqueles seus pobres olhos pálidos em mim, debilitados por anos de trabalho minucioso e marejados do brandy. "Não sei mais quem ela é."

Alguns pecados, em si talvez não os mais graves de todos, são agravados pelas circunstâncias. Na noite em que ela morreu, nossa filha, minha e de Gloria, eu estava na cama não com minha esposa, mas com outra mulher. Digo mulher, embora fosse pouco mais que uma menina. Anneliese, seu nome, muito lindo, tanto o nome como a garota. Eu a conheci — onde? Não consigo lembrar. Sim, consigo, era parte do pequeno séquito de Buster Hogan, eu a conheci com ele. O que acontece, de fraudes como Hogan sempre conseguirem as garotas? Seguramente era cada polegada o artista, impossivelmente belo, com esse tipo de olhos azuis alegremente frios, os dedos esguios sempre estudadamente manchados de tinta, o ligeiro tremor na mão, o sorriso diabolicamente sedutor. Anneliese só foi para a cama comigo na esperança de deixá-lo com ciúme. Que esperança. Eu posso ser um canalha, sou o primeiro a admitir, mas Hogan era, e sem dúvida continua a ser, *hors-concours*. Isso foi nos tempos da Cedar Street. Uma época besta, irresponsável, olho para ela hoje com um estremecimento de náusea. De nada adianta dizer a mim mesmo que eu era novo, isso não é desculpa. Eu deveria estar me devotando a trabalhar, em vez de perder meu tempo atrás de rabos de saia como as garotas de Buster Hogan. *Il faut travailler, toujours travailler.* Às vezes me pergunto se careço de uma seriedade fundamental. E no entanto, realmente trabalhei, eu trabalhei. Uma aplicação tremenda, quando a febre me acometia. Aprendendo meu ofício, aperfeiçoando minha arte. Mas o que aconteceu comigo, como me perdi? Isso não é uma pergunta, nem sequer retórica, apenas uma parte, um verso, um cântico, das presentes lamentações. Se eu não lastimar por mim, quem o fará?

Olivia, era como se chamava nossa filha, em minha homenagem, óbvio. Nome pesado para um bebê, mas ela teria crescido para lhe fazer justiça, houvesse tido tempo. Foi um grande choque quando chegou: meu desejo era um menino e nem sequer considerara a possibilidade de que fosse menina. Um parto difícil, também — Gloria sobreviveu bravamente. A criança, não, não de verdade. Pareceu saudável, no começo, depois não mais. Criaturinha pertinaz, não obstante. Viveu três anos, sete meses, duas semanas e quatro dias, um pouco mais, um pouco menos. E foi assim que se deu: foi entregue e, pouco depois, tirada.

Eu não sabia que estava morrendo. Ou melhor, sabia que ia morrer, mas não sabia que seria naquela noite. Ela se foi rapidamente, no fim, surpreendendo a todos nós, mandando-nos um até mais ver. Como me encontraram? Por Buster, provavelmente: deve ter sido uma festa para ele lhes contar onde eu estava e o que estava fazendo. Era o meio da noite e eu estava dormindo na cama de Anneliese com uma de suas pernas incrivelmente pesadas,

o violão azul   79

tão pesada quanto um tronco, jogada sobre meu colo. O telefone teve de tocar uma dúzia de vezes para ela acordar, resmungando, e atender. Ainda posso vê-la, sentada na beirada da cama à luz do abajur com o fone na mão, afastando uma mecha de cabelos que ficara presa em algo grudento no canto de sua boca. Era uma garota robusta, com um generoso rolo de dobrinhas em torno da cintura. Seus ombros reluziam. Permitam-me me demorar aí nesse último momento antes da queda. Posso contar, se desejar, cada delicada saliência na espinha de Anneliese, de cima a baixo, uma e duas e três e —

De tantos em tantos metros ao longo dos corredores aparentemente sem fim do hospital havia luzes noturnas no teto e, conforme eu me deslocava apressado de poça em poça de fraca luminosidade, sentia como se eu próprio fosse uma lâmpada ruim, falhando e piscando, prestes a pifar. O pronto-socorro infantil estava sobrecarregado — era plena epidemia de sarampo — e puseram nossa menininha numa enfermaria adulta, em um leito tamanho adulto, no canto. A luz era fraca ali também e, quando atravessava a ala com rápidas passadas, imaginei confusamente que os pacientes em repouso dos dois lados fossem na verdade cadáveres. Um abajur fora preso de improviso no lugar onde a menina estava, e Gloria e uma pessoa de jaleco branco se curvavam sobre a cama, enquanto outras figuras vagas, enfermeiras, suponho, e outros médicos, permaneciam recuados nas sombras, de modo que a coisa toda parecia nada mais, nada menos que uma cena de natividade, faltando só um boi e um burro. A menina morrera um ou dois minutos antes da minha chegada, havia, como Gloria me contou depois, simplesmente partido com um suspiro longo e entrecortado. O que significava, ambos estávamos determinados a acreditar, que não sofrera, no fim. Desabei de joelhos junto ao leito — não estava completamente sóbrio, há isso a confessar também — e toquei a fronte úmida, os lábios entreabertos, as bochechas onde o vigor da morte já se instalava. Nunca vi uma carne tão serena e impassível, nunca antes nem depois. Gloria ficou de pé ao meu lado com a mão pousada no alto da minha cabeça, como que conferindo uma bênção, embora presumo que fosse apenas para manter minha firmeza, pois tenho certeza de que eu estava penso como um navio soçobrando. Nenhum de nós dois chorou, não na hora. Lágrimas teriam parecido, sei lá, triviais, digamos, ou excessivas, de mau gosto, em certo sentido. Eu me sentia tão esquisito; era como de repente ser um adolescente outra vez, constrangido, desajeitado, com um desnorteio incapacitante. Fiquei de pé e Gloria e eu passamos o braço em torno um do outro, mas não foi mais que um gesto perfunctório, um agarramento, mais do que um abraço, e que não nos trouxe consolo algum. Baixei o rosto para aquela criança no leito desproporcional; com apenas a cabeça exposta, podia ser um minúsculo viajante perecido, coberto até o pescoço após a nevasca. Dali para a frente, tudo seriam para sempre destroços.

Gloria perguntou onde eu estivera a noite toda, não como acusação ou queixa, mas distraidamente, quase. Não lembro que mentira contei. Talvez tenha dito a verdade. Dificilmente teria feito alguma diferença, se tivesse, e provavelmente nem teria me escutado, de todo modo.

O que quero saber, e não tenho como, é isto: ela sabia que estava morrendo, nossa filha? A pergunta me assombra. Digo a mim mesmo que era impossível que soubesse — sem dúvida nessa idade uma criança não tem ideia clara do que seja morrer. E contudo, às vezes, ela ficava com um olhar distante, preocupado, delicadamente indiferente a tudo a sua volta, o olhar que as pessoas exibem quando estão prestes a partir numa viagem longa e árdua, a mente já longe nesse distante outro lugar. Ela manifestava certas ausências, também, certas intermitências, quando ficava quase imóvel e parecia tentar escutar alguma coisa, divisar

o violão azul   *81*

algo incomensuravelmente distante e tênue. Quando ficava assim, era inútil falar com ela: seu rosto ficava inerte e vazio, ou ela virava para o lado bruscamente, impaciente conosco e nossos ruídos, nossa animação fajuta, nossas bravatas brandas, inúteis. Estarei dando demasiada importância a tudo isso? Um peso espuriamente pressago? Assim espero. Meu desejo seria que houvesse mergulhado naquelas trevas em alegre inconsciência.

Eu podia ter contado para Marcus, ali naquele lugar pavoroso que costumava ser a peixaria de Maggie Mallon, podia ter lhe contado sobre a criança, sobre a noite em que ela morreu. Podia ter lhe contado sobre Anneliese, também. Teria sido uma espécie de confissão, e a ideia de mim na cama com uma garota talvez o sacudisse o suficiente para enxergar a coisa imediata que não estava enxergando, a coisa real que eu deveria estar confessando. Eu teria ficado aliviado, acho, se ele tivesse adivinhado o que eu estava escondendo, embora só no sentido de ficar aliviado de um fardo desajeitado e desgastante — ou seja, não teria feito com que me sentisse melhor, apenas menos subjugado por minha carga. Certamente não teria esperado uma catarse, muito menos absolvição. Catarse, isso mesmo. Enfim, não falei nada. Quando saímos do Fisher King, meu desconsolado amigo murmurou um rápido adeus e se afastou com as mãos afundadas nos bolsos e os ombros curvados, a imagem da desolação. Fiquei parado um minuto observando-o ir, depois dei meia-volta. O tempo mudara mais uma vez e o dia estava limpo e claro agora, um vento mercurial a soprar. Estação do outono, estação da memória. Não sabia aonde ir. Para casa estava fora de questão — como poderia olhar Gloria nos olhos, depois de tudo que se passara entre Marcus e eu? Uma das coisas que aprendi sobre o amor ilícito é que nunca parece tão real, tão sério e tão gravemente precioso quanto nos momentos de ofegante perigo, em que está prestes a ser descoberto. Se Marcus fosse contar a Gloria o que contara para mim, e Gloria somasse dois mais dois — ou um mais um, para ser mais preciso — e chegasse a uma conclusão, e me confrontasse com isso, eu me desmancharia na hora e confessaria tudo. Só conseguia mentir para Gloria por omissão.

Havia alguma coisa em meu bolso, peguei e olhei. Eu afanara um saleiro da mesa do restaurante, sem perceber. Sem sequer notar! Isso mostra a você em que estado eu me achava.

Fui para o ateliê, por não ter nenhum outro lugar aonde ir. O vento tremulava as poças, transformando-as em discos de aço corroído.

Alguém, dissera Marcus, *alguém*: então eu estava seguro, por enquanto, em meu anonimato. Minha sensação era de ter caído sob um trem e com o simples expediente de ficar deitado e imóvel no meio dos trilhos poder depois me levantar, quando o último vagão se afastava estrepitosamente, para voltar à plataforma sem nenhuma outra coisa para dar testemunho de minha desventura além de uma mancha na testa e um persistente zumbido nos ouvidos.

Quando parti da cidade pela primeira vez, há tantos anos, para ir em busca de meu destino — tente me imaginar, o clássico aventureiro, minhas posses terrenas sobre meu ombro em um lenço amarrado a uma vara —, carreguei certas coisas seletas comigo, armazenadas na cabeça, para que pudesse revisitá-las após alguns anos com as asas da memória — as asas da imaginação, mais provavelmente —, o que com frequência fiz, sobretudo quando Gloria e eu fomos morar no distante e esbatido sul, para me evadir às saudades. Um desses itens preciosos era o instantâneo mental de um lugar que sempre fora um totem para mim, um talismã. Não tinha nada de notável, era apenas a curva numa estrada de concreto no flanco de uma colina que levava a uma pequena praça. Não era algo que se poderia chamar de um lugar, na verdade, apenas o caminho entre um lugar e outro. Ninguém teria pensado em parar ali e admirar a vista, já que não havia vista alguma, a menos que se

o violão azul 83

conseguisse captar um relance do rio Ox, antes um fio d'água do que um rio, no sopé da montanha, serpenteando por uma manilha de drenagem gradeada. Havia uma parede de pedras alta, um poço antigo, uma árvore inclinada. A estrada se alargava à medida que subia e era um pouco pensa. Em minha lembrança, sempre é quase o crepúsculo ali e uma luminescência acinzentada se difunde pelo ar. Nesse quadro não vejo ninguém, nenhuma figura em movimento, apenas o próprio local, silente, resguardado, sigiloso. Há uma sensação de que ele é remoto, de certo modo, de que é virado para outro lado, com seu real aspecto de frente para algum outro lugar, como se fosse a parte de trás de um cenário. A água no poço bate contra pedras cobertas de musgo e um pássaro oculto nos ramos de uma árvore definhada ensaia uma ou duas notas, depois fica em silêncio. Uma brisa se eleva, murmurando algo inaudível, vaga e inquieta. Algo parece prestes a acontecer, porém nada acontece. Está vendo? É disso que é feita a memória, seu verdadeiro revestimento. Seria isso que eu estava procurando em Polly: a estrada na colina, o poço, a brisa, o canto vacilante do pássaro? Poderia tudo dizer respeito apenas a isso? Macacos me mordam. Polly, a auxiliar de Mnemosine — a ideia nunca me ocorreu, até agora.

Permita-me tentar deslindar esse negócio.

Ou melhor, não, por favor, não me permita.

Enfim, foi para esse lugar que me retirei depois de deixar Marcus, e me demorei ali por um tempo, escutando o vento nas folhas e o marulhar da água no poço. Quem dera algum deus aparecesse para me transformar em um loureiro, em líquido, no próprio ar. Eu estava abalado; com medo. O fim de meu mundo se aproximava.

Fui para o ateliê, meu último refúgio dotado de paredes e teto. Não um grande refúgio, porém, porque encontrei Polly à minha espera no topo da escada íngreme. Não tinha chave — prudentemente, eu não a deixara com uma, a despeito de suas repetidas insinuações e, com o passar do tempo, queixas cada vez mais ressentidas —, mas a esposa do dono da lavanderia permitira que entrasse no prédio. Estava sentada de lado no último degrau, reclinando o ombro contra a porta e segurando os joelhos junto ao peito. Assim que subi a escada — a imagem que me vem é de um cadafalso —, pulou e me abraçou. Ela em geral é uma garota ardente, mas nesse dia estava quase pegando fogo, e com o corpo todo trêmulo, e mais ofegando que respirando; podia muito bem ser um potro arisco que fora parar nos meus braços. Tinha um cheiro quente, também, carnal e úmido, quase o mesmo cheiro, parecia, da aflição lacrimosa que eu captara em Marcus um pouco antes. "Ai, Oliver", disse, numa lamúria abafada, a boca espremida na lateral do meu pescoço, "onde você estava?" Contei para ela, em um tom sombrio de agente funerário, com um nó nas entranhas, que fora almoçar com — escuta só essa — com Marcus! Ela recuou na mesma hora, mantendo-me a um braço de distância, e me encarou, tomada de horror. Notei a marca acima de seu malar, da aliança de Marcus; não era bem um corte, mas a pele em volta estava lívida. "Ele sabe!", exclamou. "Ele sabe da gente — ele falou pra você?"

Desviei o rosto e balancei a cabeça. "Ele me falou de *você*", eu disse. "De mim, não parece estar sabendo." Por mais sórdido que pudesse ser o momento, me envergonho em contar que fiquei um pouco excitado — como somos recatados —, mas também, com o cheiro tentador que estava exalando e a pressão do quadril contra o meu. Da primeira vez que estive com uma garota em meus braços, numa esfregação — tanto faz quem era, vamos nos poupar de tudo isso —, o que me assustou e excitou profundamente, por mais paradoxal que possa soar, foi a inexistência, no vértice de suas pernas, de qualquer coisa além de um calombo mais ou menos liso, ósseo. Não sei dizer o que havia esperado que estivesse ali. Eu não era tão inocente, afinal. De algum modo,

o violão azul 85

porém, foi a própria ausência que me pareceu uma promessa de explorações até então nunca imaginadas, deliciosas, de êxtases insubstanciais. Como eram fantásticos, meus sonhos e desejos. Deve ser assim para todo mundo. Ou talvez não. Até onde sei, as coisas que se passam dentro dos outros talvez não guardem a menor semelhança com seja lá o que acontece dentro de mim. Essa é uma perspectiva vertiginosa e me empoleirei ali em cima sozinho, diante dela.

"Claro que não sabe que é você!", disse Polly. "Acha que eu ia contar pra ele?" Lançou-me uma fungada magoada, aparentemente esperando alguma gratidão. Fiquei quieto, apenas tirei a chave do bolso, estiquei o braço em volta dela, abri a porta e entrei primeiro. Eu era como um homem feito de pedra, ou não, de calcário, impassível e rígido, porém, fácil de esfarelar.

Após a penumbra da escada o ateliê ardia com uma radiância branca, quase fosforescente, e a janela brilhava tanto que mal pude olhar naquela direção. Pairava ainda um tênue aroma de brandy no ar, misturado ao cheiro aquoso e onipresente de sabão vindo de baixo. Fazia frio ali dentro — eu nunca conseguira encontrar um jeito de aquecer o lugar direito — e Polly ficou com os ombros arqueados e os braços cruzados com força diante do peito, encolhida. Estava sem maquiagem, nem mesmo batom, e seus traços pareciam borrados, e quase anônimos. Usava um casacão de *duffel* cor de farelo e aqueles sapatos baixos, parecidos com sapatilhas de balé, que desconfio que use, ou costumava usar, em deferência a minha baixa estatura — volto a dizer, se é que já não o disse, sua consideração e bondade são de fato inesgotáveis, e ela certamente não merecia a dor e o sofrimento que lhe causei, que ainda estou lhe causando. Comentei sobre os sapatos, dizendo que não devia ter saído com um calçado tão leve num dia como aquele. Dirigiu-me uma carranca sombria de reprovação, meio que perguntando como eu podia falar dessas coisas, mau tempo e calçados, num momento como aquele. Com toda razão, é claro: sempre fui péssimo em momentos muito dramáticos e costumo ficar mudo ou incontrolavelmente tagarela. É sempre difícil quando uma pessoa que você conheceu intimamente dá um passo súbito, subindo ou descendo, para um nível novo e absolutamente diferente. Quase não reconheci minha adorada e sempre adorável Polly naquela criatura lívida, aflita e ansiosa em seu casaco informe e sapatos deploráveis. Particularmente inquietante foi a expressão em seus olhos, uma mistura de medo, dúvida e desafio, bem como do mais completo desamparo. Por que, com mil diabos, ela foi permitir que eu abrisse caminho melifluamente até seu coração? Que oportunidade de fuga e realização parecera se abrir perante ela quando comecei a apalpá-la verbalmente naquela noite longínqua da Clockers, a noite que levara com ébria inevitabilidade a esse momento, com nós dois ali parados à gelada luz do dia, sem saber o que fazer, com nós mesmos ou um com o outro?

Não se passaram mais do que duas horas desde que eu estivera lá com Marcus, meu coração igualmente pesado de agouro, minha mente igualmente perdida. Só faltava mesmo Gloria entrar intempestivamente e a grotesca farsa de alcova estaria completa.

De repente, por nenhum motivo em que pudesse ou possa pensar, peguei-me recordando a última visita que meu pai fizera à oficina de impressão, quando o lugar já tinha sido vendido mas o dono da lavanderia ainda não se mudara. O que fazia eu ali naquele dia? Papai estava mortalmente doente, viria a falecer poucas semanas depois, então suponho que precisasse de alguém para acompanhá-lo em seu passeio de despedida. Mas por que eu? Eu era o mais novo da família. Por que um dos meus irmãos ou minha irmã não viera com ele? Eu tinha quinze anos, e muita raiva. Era jovem, insensível, a morte me aborrecia — a morte, tal como era, dos outros, melhor dizendo, a minha própria e a perspectiva dela sendo um dos mais fascinantes e temidos tópicos para o pensa-

o violão azul 87

mento e a especulação. Eu já perdera minha mãe e estava indignado por ter tão em breve de acompanhar meu pai na mesma queda final, funesta. Havia ainda um monte de coisas na oficina. Papai tentara se livrar de tudo, mas a essa altura a cidade sabia que estava morrendo e ele foi desse modo contaminado pela má sorte, e no dia da Venda Monstro Positivamente Final, poucos interessados deram as caras. Agora, curvado e cadavérico, ele vasculhava caixas de gravuras, procurando sabe-se lá o que, folheava livros de contabilidade cheios de orelhas, espiava a caixa registradora vazia, suspirando quando não estava tossindo. Era uma tarde de sábado no verão e constelações douradas de partículas suspensas ondulavam no ar, e pairava um cheiro de madeira apodrecida e papel ressecado. Fiquei junto à porta aberta com as mãos nos bolsos, fitando furiosamente a rua ensolarada. "Qual o problema com você?", exclamou meu pai com impaciência. "Já termino aqui num minuto, depois você pode ir." Não falei nada, e continuei de costas. As pessoas passando na rua abaixavam a cabeça e não olhavam ali dentro. Ocorreu-me o pensamento de que em certo sentido meu pai já morrera, e todo mundo, inclusive eu, estava impaciente para que se tocasse disso e fosse embora, sumisse da nossa atormentada vista. De repente, escutei um tremendo estrondo atrás de mim, tão alto que instintivamente me abaixei. Meu pai derrubara um pesado mostruário, a peça estava caída de frente no chão junto a seus pés, em meio a uma nuvem de poeira. A lateral quebrara e lembro de olhar maravilhado para a brancura imaculada, chocante, do lasco, onde o interior da madeira podia ser visto, desnudado. Meu pai estava de cócoras, os joelhos flexionados e os cotovelos dobrados, observando o que fizera e tremendo dos pés à cabeça, o rosto contorcido e os molares expostos num rosnado furioso que me levou a ponderar por um momento que, de uma maneira completa e violenta, enfim enlouquecera, desmoronando sob o estresse de encarar a morte iminente. Fitei-o boquiaberto, assustado mas também fascinado. Lamentável, não é, como a calamidade mais horrível pode parecer uma pontuação bem-vinda para o tédio geral da vida. O tédio, o medo dele, é o aguilhão mais sutil e penetrante do Diabo. Após um instante meu pai ficou flácido, como se todos os seus ossos tivessem derretido bem ali, e fechou os olhos e levou a mão trêmula à testa. "Desculpe", murmurou, "caiu. Acho que bati sem querer." Nós dois sabíamos que isso era mentira, e ficamos constrangidos. Ele estava usando camisa branca e gravata escura, como sempre fazia na oficina, um cardigã bege com esses botões feitos de couro trançado, e os sapatos de couro rachado que foram, quando os encontrei sob sua cama um dia depois que morreu, os objetos que enfim pressionaram uma alavanca secreta em mim que me permitiram desmoronar e chorar, sentado no chão em meio à poça de meu pesaroso eu, segurando-os, um em cada mão, conforme grandes, quentes e extravagantes lágrimas escorriam por minhas bochechas e pingavam titilantes da ponta de meu queixo. Será que os outros, ao lembrarem de seus pais, ficam, como eu, com a sensação de inadvertidamente ter causado um agravo pequeno mas significativo, irreversível? Penso nos sapatos gastos de meu pai, naquele cardigã com os bolsos esgarçados, em seu pescoço fibroso tremendo dentro de um colarinho que nos últimos tempos ficara três ou quatro vezes grande demais para ele, e é como se eu tivesse acordado para descobrir que enquanto dormia dera cabo de uma pequena criatura indefesa, a última, a derradeira, de sua maravilhosa espécie. Há perdão? Nenhum. Ele teria livrado a minha, papai teria, se estivesse aqui, mas não está, e não estou autorizado a me eximir. Sem crime, não há acusação, absolutamente, nem absolvição, tampouco.

Conduzi Polly ao sofá, como tantas vezes antes, mas com intenção bem diferente dessa feita, e sentamos lado a lado, como uma dupla de delinquentes culpados aboletando-se resignadamente no banco dos réus. Ela não tirara o casaco e isso fez com que parecesse ainda mais miserável, toda apresilhada num amorfismo volumoso. "O que vou fazer?", falou, num lamento débil, estrangulado. Disse-lhe que era isso que Marcus tinha me perguntado quando esteve ali e que eu tampouco soubera o que lhe dizer. "Ele esteve aqui?", perguntou, me encarando. Contei-lhe sobre como aparecera na escada, entrando de supetão e me pedindo uma bebida; contei-lhe sobre nós esvaziando a garrafa de brandy. "Achei mesmo que você estivesse bêbado", comentou. Depois disso, ficou em silêncio por algum tempo, ruminando. Então começou a falar sobre sua vida com Marcus, assim como Marcus, um pouco antes, falara sobre sua vida com ela. Seu relato a respeito — os primeiros dias juntos, a bebê, a felicidade deles, tudo isso — foi extremamente semelhante ao dele. Isso me irritou. Na verdade, eu estava a essa altura num estado de irritação generalizada. A vida, que parecera tão variegada antes, um vasto diorama de aventura e incidente, estreitara-se subitamente a um ponto, o nexo deste pequeno trio: Polly, seu marido, eu. Soturno, antevi os dias e semanas por vir, conforme nosso drama pouco a pouco se desenrolava em toda sua previsível feiura. Polly admitiria quem era seu amante secreto e Marcus viria gritar comigo e ameaçar-me de violência — talvez mais do que ameaçar —, então Gloria descobriria e eu teria de lidar com ela também. Me senti desmoralizado só de pensar. Polly continuava contando sua história, mais para si mesma, assim me parecia, do que para mim, numa voz sonhadora, monótona. Eu não parava de me distrair com a janela e o céu azul lavado lá fora, com suas nuvens peroladas e acobreadas velejando sedativamente. As nuvens, as nuvens, nunca consegui me acostumar com elas. Por que têm de ser tão barrocas, tão espalhafatosa e naturalmente adoráveis? "A gente costumava tomar banho junto", disse Polly. Isso captou minha atenção. Na mesma hora formei uma imagem dolorosamente vívida deles, sentados cada um numa ponta da banheira, as pernas ensaboadas enroscadas, espirrando água um no outro, Marcus rindo e Polly dando gritinhos de hilaridade. Era estranho, mas até esse dia eu nunca pensara neles na intimidade de sua vida a dois. É admirável como a mente pode manter as coisas hermeticamente lacradas em tantos compartimentos separados. Eu sabia, é claro, que compartilhavam uma cama — havia uma única cama onde moravam, de casal, a própria Polly me contara —, mas eu me recusara a visualizar as ramificações desse fato simples porém notável. Era tão capaz de imaginá-los fazendo amor quanto poderia ter concebido meus pais, quando ainda eram vivos, atracados um ao outro entre espasmos apaixonados. Tudo isso mudara agora. Dava para sentir minhas escápulas começando a suar. Existe alguma coisa mais esmagadora do que o acesso súbito do ciúme? Ele vem e recobre a pessoa, inexorável como lava, borbulhando e fumegando.

"Acho que vou ter que me separar dele", disse, num tom esquisitamente brando, prosaico, sentando ereta no sofá e endireitando os ombros, como que já se preparando para a tarefa. "Quer dizer, se ele não me largar primeiro."

Não fiz nenhum comentário. Mal estava escutando. Viera-me à mente, ou se insinuara nela, mais precisamente, um fragmento de memória dos meus primeiros dias com Polly. Estávamos ali certa tarde, no ateliê, ela e eu, comendo bolachas de água e sal e tomando uma garrafa de vinho vagabundo. Não tinha hábito de beber, decerto não durante o dia, mas uma ou duas taças exerceram um efeito calmante sobre ela e sua consciência — continuava espantada consigo mesma e aquela coisa que ousava fazer comigo. Após a segunda taça, retirou-se recatadamente para o banheirinho apertado e caiado no canto e eu enfiei os dedos resolutamente nos ouvidos — por que tão pouco é dito, tão pouco é admitido, acerca dos constrangimentos menores, das suscetibilidades embaraçosas, como também das polidas indulgências que marcam as vidas eróticas compartilhadas de homens e mulheres?

o violão azul   *91*

Bem diante do lavabo, na parede da direita, fica um grande espelho antigo, quadrado, com moldura rococó dourada e descascando nas beiradas, no qual eu costumava testar a composição de um retrato *in progress*; a imagem espelhada oferece uma perspectiva inteiramente nova e sempre revela a fragilidade de uma linha.

Após um minuto ou dois, vi a porta do lavabo se abrir e rapidamente tirei as mãos dos ouvidos.

Cáspite, como me irritam, os espelhos. Tanto ouvimos falar hoje em dia da multiplicidade de universos em meio aos quais cegamente nos movemos, mas quem nota esse mundo inteiramente outro que existe nas profundezas do espelho? Parece tão plausível, não é, essa versão impecável, cristalina, deste domínio cafona onde estamos fadados a viver nossas vidas unidimensionais. Como tudo é parado e calmo ali dentro, de que maneira vigilante esse mundo invertido presta atenção em nós e em toda ação que empreendemos, sem deixar passar nada, nem o mais tênue gesto, o relancear mais furtivo.

Quando Polly saiu do banheiro, a porta, antes que a fechasse, ficou às suas costas, ocultando-a de minha vista, mas no espelho, para onde havia se virado — quem de nós consegue resistir a dar uma olhada em si próprio no espelho? —, estava de frente para mim, e nossos olhares se cruzaram, nossos olhares refletidos, melhor dizendo. Talvez tenha sido a intervenção do espelho, ou sua interpolação, devo dizer, devido à tênue sugestão de infidelidade que a palavra insinua, que nos fez parecer, apenas por um segundo, não reconhecer um ao outro, com efeito, desconhecer completamente um e outro. Podíamos ter sido, naquele instante, estranhos — não, mais do que estranhos, pior do que estranhos: podíamos ter sido criaturas de mundos totalmente diversos. E talvez, graças à ardilosa magia transformativa dos espelhos, fôssemos. Acerca da simetria dos espelhos não diz a nova ciência que determinadas partículas que parecem encontrar exatos reflexos de si mesmas são com efeito a interação de duas realidades separadas, e que na verdade nada têm de partículas, mas são microperfurações na interseção invisível dos universos? Não, eu também não entendo isso, mas soa convincente, não?

Claro, estou pensando neste momento em Marcus, na última vez em que nos encontramos, na peixaria de Maggie Mallon, que não era mais, dizendo que não conhecia mais sua esposa. Ele também sofrera seu momento de estranhamento, quando ela sentara na beirada da cama naquela manhã e o fitara num silêncio raivoso e austero.

Enfim, aquela passagem de não reconhecimento nos deixara abalados, Polly e eu. Não falamos a respeito — o que haveríamos de dizer? — e continuamos juntos como se não tivesse ocorrido. Embora intimidante, e muito, pelo tempo que durou, aquilo dificilmente foi único: a vida, a vida com microperfurações, é pontuada por esses relances do mistério insondável de estarmos aqui, todos juntos e irreconciliadamente sozinhos. E contudo, não consigo deixar de me perguntar agora se Polly e eu voltamos plenamente de seja lá que realidade outra, seja lá que mundo do espelho era, a que vagamos, por mais brevemente que fosse, naquele instante. Ainda que tão no início de nosso romance, teria sido esse o momento em que, sem que em absoluto nos déssemos conta, começamos a nos afastar? Tenho a impressão, e deposito fé nisso, de que em certos casos a união nem bem é forjada e já brota a semente da separação.

Depois que foi embora, aos prantos, angustiada, cheia de terna preocupação comigo, consigo e com os dois juntos, passei sebo nas canelas e fugi. Nem sequer fiz a mala, apenas fui. Um anoitecer tempestuoso se abatia pelos caminhos, as árvores vergastando seus galhos em uníssono e uma lua cheia lampejando entre nuvens velozes como um olho inchado piscando para mim em severa reprovação. Mas e eu com os elementos? Eu tinha meu sobretudo,

o violão azul

minhas botas, minha fiel bengala. Firmei a mão no chapéu e ergui o rosto, numa espécie de êxtase lacrimoso, como a enlevada santa Teresa de Bernini, para o vento e a chuva, assim como em outras épocas costumava oferecê-lo à salina luz solar meridional. Eu me via como o herói errante de uma antiga saga, o coração dolorido, ensandecido com a perda e a saudade, e afligido pela irresolução. Mal sabia o que estava fazendo, ou aonde ia. Cavalos brancos empinavam nas águas negras do estuário. Ocaso e tormenta, no mundo e em mim. Na antiga ponte de metal em Ferry Point um fazendeiro parou e me ofereceu carona em seu caminhão. Era o artigo vetusto genuíno, com uma boca desdentada e frouxa e pelos hirtos brotando para todos os lados no queixo e nas bochechas e um pito encravado entre as gengivas reluzentes. Cheirava a feno, porcos e tabaco rançoso, e aposto com você que para prender a calça usava um cinto feito de corda. O caminhão sacolejava e bufava como um cavalo de arado nos estertores. Old MacDonald dirigia em alta velocidade e com abandono lunático, dando trancos no câmbio e torcendo o volante como se tentasse arrancá-lo de sua coluna. Enquanto dirigia, contou-me com satisfação de um suicídio cometido naquele lugar anos antes. "Se afogou, foi, depois que a moça largou ele." Casquinou. Puxei a aba do chapéu sobre os olhos. Diante de nós os faróis amarelos sondavam o avanço da escuridão. Não ser ninguém, não ser nada, desgarrado na noite tempestuosa! "Encontraram ele ali, debaixo da ponte", continuou o velho, com voz asmática, "os dois braços duros agarrados num daqueles paus debaixo d'água — arre, acredita numa coisa dessas?"

Polly Polly Polly Polly Polly

A casa quando eu cheguei estava

Acho que é o carro de Gloria que escuto parar lá fora. Ai, droga.

II

O SILÊNCIO FOI A PRIMEIRA COISA QUE NOTEI. Assentava sobre a edícula como uma geada enrijecida e sob ele tudo ficou gelado e duro. Pensei nas noites de inverno de minha infância — é, lá vem ele, o passado outra vez —, quando os filhos, e também aquelas pimentinhas das filhas, de nossos vizinhos nos bucólicos arredores se reuniam na colina diante da nossa casa para entornar baldes d'água na estrada e fazer um escorregador. Eu imaginava que podia ver a geada caindo conforme a noite se aproximava, uma cintilante névoa cinza aspergida das reluzentes trevas cobalto do domo celestial. Parecia escutar, ainda, um surdo tinido metálico por toda parte ao meu redor, no ar pungente. E mais tarde, quando o escorregador endurecera qual pedra polida, como brilhava negro o gelo à luz das estrelas, tão tentador quanto intimidante, desafiando-me a aguardar minha vez e me lançar à frente como os demais, a me abandonar deslizando colina abaixo, abraçando os joelhos trêmulos, com o ar gelado queimando em meus pulmões. Mas eu era tímido e não ousava, e ficava de longe, ao abrigo das sombras da edícula, observando invejosamente. As vozes das crianças ecoavam agudas na escuridão acetinada e as árvores permaneciam imóveis, como espectadores silenciosos daquela brincadeira frenética, e as estrelas incontáveis também pareciam observar, tremeluzindo como pederneiras malévolas. Quando vinha algum carro, as crianças corriam em debandada, entre risos e gritinhos, e o motorista baixava o vidro rogando imprecações, ameaçando chamar os guardas.

Esse lugar tranquilo de que estou falando, o lugar onde me vejo agora, é Fairmount, minha casinha de cachorro de fidalga fachada em Hangman's Hill, também conhecida por mim, em segredo, com humor nada consolador, como Château Désespoir. Devo dizer, estar de volta é estranho, a despeito do breve tempo que fiquei longe — será mesmo possível que tenha me ausentado por questão de dias, apenas? Tem o silêncio, como digo, mas também a calma glacial de minha esposa, embora o primeiro seja em grande medida um efeito da segunda. Sobre minha precipitada partida e meu acabrunhado regresso ela não faz menção. Não parece ter ficado com raiva de mim por eu ter fugido, e nem uma palavra foi dita sobre Polly e tudo mais. Até que ponto sabe? Será que falou com Marcus — e ele, terá falado com ela? Gostaria encarecidamente de saber, mas não me atrevo a perguntar. Seus modos são absortos, sonhadores e remotos; nessa sua nova versão, lembra-me, coisa desconcertante, minha mãe misteriosamente impassível. Ao longo do dia, conforme cuidamos de nossos afazeres domésticos, quase não olha para mim, e quando o faz, um ligeiro vinco se forma entre suas sobrancelhas, não uma carranca, exatamente, mas uma espécie de perplexidade reflexa, como se não conseguisse lembrar exatamente de quem sou — um eco de Polly e eu no espelho do ateliê naquele dia, na verdade. Eu poderia dizer que esse comportamento distante é uma censura tácita, só que não acredito que seja. Talvez tenha desistido de mim, talvez eu tenha sido banido de vez do primeiro plano de sua mente. Está aparentemente concentrada no futuro. Fala de voltar para o sul, à

Camargue, antigo lar dos ímpios, beligerantes e triunfantes cátaros, onde moramos por um tempo em relativa tranquilidade. Diz que sente saudade das lagunas de lá, dos céus incomensuráveis e das perspectivas ilimitadas, ensolaradas. Há uma casa para alugar em Aigues-Mortes em que está de olho — é o que ela diz, que está de olho. Não sei até que ponto devo levar a sério. Será que pretende me deixar, ou não passa de provocação, voltada, como seu silêncio, a me magoar e afligir? Foi em Aigues-Mortes que fizemos nossas juras esponsais, sentados na calçada de um café numa tarde ensolarada de outono, muito tempo atrás. Soprava um vento quente, descascando o céu até deixá-lo de um azul esbranquiçado e seco e fazendo os guarda-sóis na pracinha estalar como chicotes. Estendi uma palma aberta sobre a mesa e Gloria me deu sua mão forte, fria, ossuda para segurar, e lá estávamos, comprometidos.

Conheço Fairmount House desde a infância, embora naquele tempo só a conhecesse por fora. Um médico bem de vida e sua família moravam aqui na época, ou talvez fosse um dentista, não consigo me lembrar. Ela foi construída em meados do século dezoito, sobre a colina de onde, cem anos antes, meu xará Oliver Cromwell comandou suas forças em um infame e infrutífero ataque contra a cidade. Após a debandada do New Model Army e o fim do cerco, a guarnição católica vitoriosa pendurou meia dúzia de capitães com casacos cor de ferrugem aqui em cima, numa forca improvisada construída com esse propósito, no mesmíssimo lugar, assim se conta, onde pouco antes fora erguida a barraca do Lord Protector, que não tardaria a fugir com o rabo entre as pernas para conhecer um fim ignominioso. A casa é quadrada e sólida e suas altas janelas frontais dominam a cidade com um enfadado pouco caso digno do Old Ironsides em pessoa. Eu costumava imaginar que a vida vivida dentro destas paredes devia decerto ser compatível com um exterior tão grandioso, que aqueles cá dentro deviam ter uma percepção de si mesmos igualmente grandiosa e imponen-

o violão azul 99

te. Uma fantasia pueril, sei disso, mas me agarrava a ela. Comprei o lugar três décadas depois como uma forma de vingança, não tinha certeza contra o que — talvez contra todas as vezes que passara pelo lugar e olhara com inveja e cobiça para essas janelas vagas, sonhando que era eu atrás delas, vestindo *smoking-jacket* de veludo e plastrom de seda, uma taça de vidro trabalhado na mão, bebericando um borgonha encorpado e aromático como o sangue de seus ancestrais, e acompanhando com olhar sardônico o progresso daquele menininho que laboriosamente atravessava o sopé da colina com sua mochila às costas, curvado e lento como uma lesma em seu casaco escolar cinzento.

Mal durmo, nesses dias, nessas noites. Ou melhor, recolho-me para dormir, nocauteado por galões de álcool e pílulas às mancheias. Então, às três ou quatro da manhã, minhas pálpebras se abrem de repente como persianas defeituosas e vejo-me num estado de alerta lúcido cujo equivalente, ao que parece, nunca conheço em vigília. A escuridão nesse horário é de uma variedade especial, também, mais do que meramente a ausência de luz, mas um ambiente em si, uma espécie de goma negra e imóvel em que estou preso, fera selvagem espreitada pelos chacais da dúvida, da angústia, do temor mortal. Acima de mim não há teto, apenas um vácuo maleável e sem fundo em que a qualquer momento posso ser arremessado de cabeça. Escuto os labores abafados de meu coração e tento inutilmente não pensar na morte, no fracasso, na perda de tudo que me é caro, o mundo com suas coisas e criaturas. A janela cortinada ao lado da cama é como um gigante escuro e indistinto, monitorando-me com atenção fixa, maníaca. Às vezes a imobilidade em que estou dá a impressão de uma paralisia e sou compelido a me levantar e a zanzar num estado de pânico descontrolado pelos cômodos vazios, de cima e de baixo, sem me dar ao trabalho de acender as luzes. A casa ao meu redor zumbe debilmente, de modo que pareço estar dentro de uma grande máquina, um gerador, digamos, em *stand-by*, ou o motor de um trem a vapor desviado para um ramal à noite, ainda trêmulo com as lembranças do dia: o fogo, a velocidade, o barulho. Paro em uma janela do patamar, pressiono a testa contra o vidro, perscruto a cidade adormecida e penso que figura byroniana devo parecer, empoleirado aqui em cima, solitário e de aspecto trágico, não mais a deambular.* Assim são as coisas comigo, sempre olhando para dentro ou olhando para fora, uma vidraça gelada interposta entre mim e o mundo remoto e almejado.

Desconfio que Gloria odeie esta casa, desconfio que sempre odiou. Consentiu em voltar para cá comigo e se fixar na cidade só para aceder a mim e a meu capricho de estar novamente onde estive antes. "Você quer viver entre os mortos, é isso?", ela disse. "Cuidado pra não morrer também." Coisa que fiz, de certo modo, quero dizer como pintor, então bem feito para mim. *Rigor artis*.

Queria entender minha esposa um pouco melhor do que entendo, ou seja, quem dera eu a conhecesse melhor. A despeito do tempo que estamos juntos, ainda me sinto como um noivo das antigas em sua noite de núpcias, aguardando com ardente impaciência e não pouca trepidação que sua noiva nova em folha deixe cair a camisola, solte o espartilho e enfim se revele em toda sua ruborizada nudez. Pode a disparidade de idade entre nós explicar essas lacunas? Mas talvez, afinal de contas, ela não seja esse enigma pela qual a tomo. Talvez por trás do exterior sereno não haja nenhuma férvida paixão, nenhuma tormenta no coração, nenhuma catarata vertiginosa nas veias, ou pelo menos nenhuma que seja exclusiva sua. Não posso crer nisso. Acho que é só que a tristeza pela perda de nossa filha endureceu em torno dela numa carapaça tão impenetrável quanto porcelana. Às vezes, à noite sobretudo,

---

* Lord Byron, "We'll go no more a-roving". (N.T.)

o violão azul *101*

quando estamos deitados lado a lado no escuro — ela também sofre de insônia —, é como se eu sentisse, escutasse, quase, bem lá do fundo de seu ser, uma espécie de seco, surdo soluçar.

Ela me culpa pela morte da nossa filha. Como eu sei? Porque me disse. Mas espere, não, espere — o que ela disse foi que não podia me perdoar por isso, o que é coisa bem diferente. Acrescento rapidamente que a criança morreu de uma rara e catastrófica doença do fígado — fui informado do nome, mas fiz questão de esquecer na mesma hora —, ninguém poderia tê-la salvo. Na verdade, é difícil até mesmo pensar numa criaturinha daquelas como tendo um fígado. Foi anos mais tarde que Gloria virou para mim e disse, do nada — do nada? do tudo, está mais pra isso —, "Sabe que não posso perdoar você, não sabe?". Falou num tom de voz calmo, casual, aparentemente sem rancor, na realidade sem emoção de nenhum tipo que eu pudesse identificar; nada mais era que um fato que estava asseverando, uma circunstância de que me punha a par. Quando fiz menção de protestar, me interrompeu, delicadamente mas com firmeza. "Eu sei", falou. "Eu sei o que você vai dizer, mas é só que precisa ter alguém para eu não perdoar, e é você. Se importa?" Pensei a respeito por um momento e disse apenas que me importar dificilmente tinha alguma coisa a ver com aquilo. Ela também refletiu por um instante, depois balançou a cabeça brevemente, sem dizer mais nada, e se afastou. Muito peculiar, pensará você, um diálogo assaz peculiar, e foi mesmo; contudo, não pareceu que fosse, na hora. O luto tem os efeitos mais esquisitos, posso lhe afirmar; a culpa também, mas isso são outros quinhentos, um assunto mantido numa câmara separada do sofrido e sobrecarregado coração.

Esqueci tanta coisa sobre nossa filha, nossa pequena Olivia — bem a calhar, esses sorvedouros que escavei no leito oceânico da memória. Ela permaneceu mumificada, para mim. Perdura dentro de mim como um desses cadáveres santos milagrosamente preservados que ficam atrás de vidros sob os altares das igrejas italianas; ali repousa, minúscula, cérea, surrealmente imóvel, ela mesma e no entanto outra, permanente ao longo dos anos impermanentes.

Nós a tivemos quando morávamos na cidade, numa casa alugada na Cedar Street, um lugar apertado com janelas minúsculas e assoalho de tábuas mal ajustadas que guinchavam de pavor quando pisadas. O que me atraía ali era o sótão com uma claraboia que recebia luz do norte, sob a qual montei meu cavalete. Estava cheio de energia naqueles dias, metade do tempo profundamente admirado de meu dom e na outra metade tomado pelo terror, receando não estar indo a lugar algum e me iludindo do contrário. O pior da casa na Cedar Street era o fato de nossa senhoria ser a mãe de Gloria, a viúva Palmer. Um nome pouco apropriado, pois a mulher nada tem do porte refinado e lânguido da palmeira. Pelo contrário, é uma bruaca austera com bofes de ave de rapina — continua lá em seu poleiro até hoje —, de cachinhos férreos e boca cerrada e exangue, e um desses narizes — *retroussé, on dit*, embora essa seja uma palavra bela demais para a coisa descrita — que oferece uma visão indesejável das narinas cavernosas até mesmo quando o rosto é visto de frente. Mas estou sendo duro. A vida dela não era fácil, não só na viuvez, como também, sobretudo, quando o marido ainda estava por perto para atormentá-la. Esse sujeitinho dissoluto, Ulick Palmer, procedente dos Palmer de Palmerstown, como costumava se referir a si mesmo, sem mover um músculo do rosto, era um perdulário que desdenhou dela enquanto estava vivo e, após falecer, deixou-a quase sem vintém, a não ser por uns poucos imóveis modestos espalhados pela cidade, daí a casa da Cedar Street, pela qual eu era forçado a pagar uma exorbitância de aluguel, motivo de latente ressentimento de minha parte e de defensiva belicosidade por parte de Gloria. Aliás, como foi acontecer de uma dupla ímpar como Ma e Pa Palmer conseguir produzir criatura tão magnífica quanto minha Gloria é algo que sem dúvida

o violão azul 103

não faço ideia. Talvez fosse adotiva e nunca lhe contaram; não me surpreenderia.

Foi a tristeza que nos impeliu para o ofuscante sul. A tristeza encoraja o deslocamento, incita à fuga, à busca incansável de novos horizontes. Após a morte da menina, tornamo-nos alvos móveis, Gloria e eu, de modo a desviar, tentar desviar, das setas flamejantes que o deus do luto dispara de seu arco em chamas. Pois a perda e o amor têm mais em comum do que pode parecer, ao menos no que respeita ao sentimento. Suponho que fosse inevitável voltarmos correndo ao cenário de nossos primeiros flertes, como que a abolir os anos, como que a retroceder no tempo e fazer com que o acontecido não acontecesse. Gloria sofreu mais do que eu o baque da nossa tragédia e isso também era inevitável: fora uma parte dela, afinal, carne de sua carne, que morrera. Meu papel fora pouco mais que liberar, três trimestres antes, o girino mínimo e afobado cujo único desígnio havia sido escoicear para fora de mim e nadar rumo ao seu desdenhoso mas no final das contas por demais receptivo alvo. Mais uma perfuração, entre perfurações. Como parece tudo se encaixar tão exemplarmente, esta vida, estas vidas.

Eu nunca teria imaginado que a criança ficara conosco tempo suficiente para fazer sua presença, ou antes sua ausência, ser tão fortemente sentida. Ela era tão nova, se foi tão cedo. Sua morte provocou um amortecimento geral em nossas vidas, a de Gloria e eu; alguma coisa em nós morreu junto com ela. Não é bem uma surpresa, sei disso, e não é bem uma exclusividade nossa; crianças morrem o tempo todo, levando consigo parte do eu de seus pais. Nós — e nesse caso acho que posso falar tanto por Gloria como por mim —, nós tínhamos a impressão de estar diante da porta da casa sem a chave, batendo e batendo sem escutar nada ali dentro, nem sequer o eco, como se a casa toda houvesse sido enchida até o teto com areia, com barro, com cinzas. Houve ainda efeitos mais sutis, como quando por exemplo eu raspava a unha contra o mais leve e mais potencialmente musical dos objetos, a borda de uma taça de vinho, digamos, ou a tampa daquela caixinha de jacarandá Luís XIV que roubei da mesa de um negociante de arte na rue Bonaparte, anos atrás, e nenhuma ressonância era produzida de volta. Tudo parecia oco, oco e sem peso, como essas frágeis carcaças de si mesmas que vespas mortas deixam nos peitoris das janelas ao final poeirento do verão. O luto era enfadonho, em outras palavras, uma dor enfadonha, embotada, esvaziada. Presumo que seja por isso que, quando as crianças morrem nas abafadas zonas desérticas, onde os sentimentos são mais prontamente liberados, os pais, junto com os demais filhos, tias, tios, primos e múltiplos parentes, amarram todos trapos pretos na cabeça e rasgam o ar com gritos ululantes e gorjeios guturais, determinados a fazer terrível e barulhenta justiça a sua perda. Eu de minha parte não teria me incomodado com um pouco de panos rasgados e gritos dilacerados; antes isso do que as lamúrias e fungadas reprimidas que sentíamos ser tudo que as regras do decoro nos permitiriam, ao menos em público. Deveria haver, assim nos parecia, um limite para o quanto poderíamos prantear uma vida não vivida. Essa, porém, era a questão. A causa de nosso pesar era tudo que não seria, e esse tipo de vácuo, pode acreditar, suga qualquer lágrima que você tenha a derramar.

O luto, como a dor, só é real quando você o está vivenciando. Até então eu não fazia muita ideia do que era prantear alguém. Minha mãe mal entrara na meia-idade quando adoeceu e simplesmente foi levada, sua morte parecendo pouco mais que uma intensificação, um aperfeiçoamento final, do estado geral de abstração em que passara sua vida lamentavelmente breve. Meu pai também se foi com quietude, após aquele momento de protesto violento em sua última visita à oficina, quando derrubou o mostruário de madeira. Parecia menos preocupado com seu próprio sofrimento do que com a aflição e os problemas que estava causando nas vidas dos que o cercavam. Em seus momentos finais no leito de morte, apertou minha mão e tentou sorrir de forma tranquilizadora, como se não fosse ele, mas eu a ser lançado por distâncias não mapeadas sem perspectiva de regresso.

Gloria e eu tivemos uma briga um dia desses, não faz muito tempo. Foi estranho, pois é raro até mesmo discutirmos. Nossa desavença, por assim dizer, foi a respeito de uma árvore ornamental que ela deixa em um vaso junto à janela da cozinha. Não tenho certeza sobre o tipo de árvore de que estamos falando. Murta, talvez? Digamos que seja uma murta. Não me dei conta do quanto ela gostava da planta, ou da tenacidade de seu apego, até que, ao que parece por motivo algum, a arvorezinha começou a definhar. As folhas ficaram cinza e murcharam desoladoramente, e se recusavam a reviver, a despeito de todo amor com que ela regava a terra ou adicionava nutrientes às raízes. Até que enfim descobrimos qual era o problema. A planta estava infestada de parasitas, minúsculos insetos aracnoides que medravam sob as folhas e pouco a pouco sugavam sua vida. Fiquei fascinado com a fervilhante horda impiedosamente devoradora e até comprei uma potente lente de aumento para estudar melhor as pequenas bestas rastejantes, tão industriosas, tão dedicadas, tão indiferentes a tudo que as rodeava, incluindo eu. Particularmente impressionante era a intrincada filigrana de teias esticadas entre os ângulos das nervuras, onde a prole, menor do que partículas de poeira, ficava suspensa. Gloria, porém, com lábios brancos e olhos estreitados, passou na mesma hora, com furor implacável, à tarefa de erradicar as criaturas, borrifando a árvore com um forte inseticida e depois levando-a para o quintal, onde despejou jarras e mais jarras de água com sabão para lavar quaisquer possíveis sobreviventes. Eu, desajuizadamente, protestei. Não lhe ocorrera, perguntei, que suas prioridades talvez estivessem fora de ordem? Sem dúvida, a árvore estava viva, mas os pulgões, mais ainda. Por que não mereciam o direito de seguir vivendo, pelo tempo que a árvore pudesse sustentá-los? Acaso o espetáculo de beleza que a árvore nos proporcionava era mais importante que a miríade de vidas que ela estava destruindo a fim de protegê-la e preservá-la? Por um longo minuto, ela me encarou com o cenho vincado, então atirou o frasco de spray em mim — errou — e saiu da sala pisando duro. Um pouco depois, encontrei-a sentada no último degrau da escada, a cabeça baixa e as mãos afundadas nos cabelos, exatamente como minha mãe, chorando. Pensei em pedir desculpa, não sabia exatamente por qual motivo, mas em vez disso me afastei em silêncio e a deixei ali com suas lágrimas. O que significou tudo isso? Não sei, mas deve ter significado alguma coisa — várias coisas reais com que me deparo quando acordado são para mim tão desconcertantes quanto as aparições fantásticas que encontro nos sonhos. Tentei lhe falar sobre isso, quando sua fúria passou, mas ela me cortou com uma fatiada lateral de mão, levantou de onde estivera agachada e se afastou. Minha teoria é de que estava pensando em nossa falecida Olivia. A árvore se recuperou, mas recusa-se a florescer.

Falando na morte — e eu dificilmente pareço falar em alguma outra coisa, hoje em dia, mesmo quando o assunto são supostamente os vivos —, quero contar de um acidente fatal que testemunhei quando jovem, mais do que testemunhei, e que ainda me assombra. Aconteceu em Paris. Eu estava lá como estudante, trabalhando no ateliê de um borra-tintas academicista que a contragosto me acolhera, sob os auspícios de um pintor francófilo idoso que minha mãe de algum modo conhecia e que, valendo-se de seus encantos, convencera a me avalizar com uma carta de apresentação para o Maître Mouton. Alojava-me num hotel vagabundo na rue Molière, em um quarto de empregada no quinto andar, imediatamente sob o telhado. Fazia um calor sufocante ali e o teto era tão baixo que mal dava para ficar em pé. Além disso

o violão azul 107

a escada, que era de uma largura normal no começo, ficava cada vez mais estreita à medida que subia e, ao voltar à noite, quando a *minuterie* no segundo andar desligara as luzes, eu tinha de galgar o último lance no escuro e de quatro, sentindo-me como se estivesse engatinhando pelo interior de uma chaminé. Não tinha um tostão, vivia com fome e sofria quase o tempo todo, passando meus dias num estado, peculiar aos jovens, creio, de tédio entorpecido misturado a um desespero acachapante. Certa tarde nublada e de ar parado ao longo do cais, eu aguardava numa esquina pela mudança do semáforo. Um jovem francês mais ou menos da minha idade esperava ao meu lado, em um terno de linho branco esplendidamente amassado. Lembro de como o terno brilhava, emitindo uma espécie de aura, a despeito, ou talvez por causa, da obscuridade úmida do dia e, invejoso, em minha imaginação eu o concebi como o filho mimado de um rico fazendeiro das colônias enviado de volta para pretensamente terminar os estudos em alguma *grande école* impossivelmente exclusiva. Seu rosto estava voltado para trás e falava por cima do ombro, gárrulo e alegre, com alguém às suas costas, uma garota, imagino, embora não me lembre dela. O trânsito barulhento e trepidante passava da maneira como faz nessas vias amplas, parecendo não uma série de veículos individuais, mas uma imensa engenhoca periclitante composta de inúmeros componentes porcamente soldados uns aos outros, um Juggernaut clangoroso, fumacento e de extensão infinita. O jovem de branco, agora rindo, tornava a voltar o rosto para a frente e, de algum modo, perdeu o pé — sempre que começo a pegar no sono e, como que dando um passo em falso, acordo sobressaltado, é ele que vejo de repente, em sua roupa absurdamente luminosa ali no quai des Grands Augustins, diante da Pont Neuf — e tropeçou para fora da calçada no exato instante em que um caminhão verde-oliva do exército se aproximava, beirando o meio-fio, e correndo a uma velocidade alucinante — a palavra cabe. Um caminhão alto e quadrado com um oleado trêmulo esticado na carroceria. Um grande retrovisor se projetava no lado do motorista, preso no lugar por dois ou três rebites de aço. Foi esse espelho que atingiu o jovem em cheio no rosto no momento em que ele cambaleou na guia, tentando recuperar o equilíbrio. Eu costumava me perguntar se teria havido tempo, no derradeiro instante, de captar um relance de si mesmo, assustado e incrédulo, quando o eu e o reflexo se encontravam e se aniquilavam no vidro, até me dar conta de que, é claro, o espelho estaria virado para o outro lado, e que foi o metal do retrovisor que o acertou. E será mesmo que vi uma corona escarlate perfeita explodindo em torno de sua cabeça no momento do impacto? Tenho cá minhas dúvidas, uma vez que é o tipo de coisa que a imaginação, sempre ávida por um detalhe sanguinolento, gosta de imaginar; além disso, é suspeitosamente um eco daquele halo de luz que notei ao redor de seu terno. Ao cair para trás, foi em meus braços por instinto esticados que desabou. Lembro do calor úmido de suas axilas e do sapateado breve, rápido, que seus calcanhares executaram na calçada. Por mais leve e magro que fosse não tive força para segurá-lo — era já um peso morto — e quando escorregou de meus braços e caiu no chão, sua cabeça esmagada tombou entre meus pés abertos e colidiu contra a calçada com um baque gelatinoso. Uma perna de sua calça, a direita, fora perfeitamente seccionada acima do joelho, não me pergunte como, e a parte de baixo se juntara como uma sanfona em torno do tornozelo. A perna assim exposta era bronzeada, lisa e sem pelos; vi que não usava meias, à moda francesa casual que emulei, se a lembrança que Polly tem de mim da primeira vez em que estive na oficina de Marcus pode ser considerada digna de confiança. O rosto daquele pobre infeliz — ah, aquele rosto. O leitor o terá visto em mais de uma das minhas produções iniciais, em particular naquele pavoroso tríptico báquico — como o mero pensamento do meu trabalho passado me incomoda e enver-

o violão azul   *109*

gonha! —, onde assoma baixo sobre a planície coberta de cadáveres, um disco indistinto, espectral e hostil, o vermelho-azulado de um flanco recém-esfolado e pingando balas de goma de coágulos rosa brilhante. Eu mesmo fiquei com o rosto azul por ter de assegurar seguidas vezes a comentadores míopes que aquela bolha manchada e avermelhada não era um caso de distorção deliberada à maneira de Pontormo, digamos, ou Bosch, o sonhador-demônio — e muitos disseram isso mesmo —, mas pelo contrário era a representação cuidadosa e precisa de uma visão real que eu tivera, com meus próprios olhos, e me sentira invocado a celebrar, repetidamente, na pintura.

Todo o ocorrido até o instante da morte do jovem eu recordava com dolorosa clareza, mas tudo que veio depois foi varrido da minha mente. As pessoas devem ter se juntado em volta, a polícia deve ter chegado, bem como uma ambulância, essa coisa toda, mas para mim os momentos subsequentes ao acidente são um bem-aventurado branco. Lembro com efeito do caminhão do exército continuando a toda, a despeito de tudo — o que era para ele mais uma morte dentre as inúmeras que devia ter testemunhado em seu tempo? Mas e quanto à garota com quem o jovem estivera conversando, se de fato era uma garota? Será que se ajoelhou ao seu lado e aninhou a pobre polpa de sua cabeça no colo? Teria jogado a própria cabeça para trás e gemido? Como a mente suprime as coisas, por proteção. Algumas.

Coube a mim me livrar dos pertences de nossa Olivia — uma criança de três anos tem pertences? —, suas roupinhas, vestidinhos e botinhas de lã. Era para ter doado tudo à igreja da esquina para que distribuíssem aos pobres, mas em vez disso fiz uma grande bola de pano, amarrei com barbante e joguei no rio, a uma meia-noite melancolicamente indistinta. A bola não afundou, claro, mas saiu boiando com a marola em direção às docas e ao mar aberto. Por meses depois disso fiquei preocupado de que houvesse parado na margem do rio em algum ponto e sido encontrada por um trapeiro, e que um dia eu ou, pior, Gloria topasse com uma criancinha na rua vestida dos pés à cabeça numa roupa dolorosamente familiar.

Um dos fenômenos de que sinto terrível falta, dos tempos em que ainda pintava, é a tranquilidade que costumava se produzir em torno de mim quando trabalhava, e na qual eu era capaz de obter uma espécie de escape temporário de mim mesmo. Esse tipo de paz e quietude que a pessoa não obtém por nenhum outro meio, ou eu não obtenho, pelo menos. Por exemplo, diferia inteiramente, em profundidade e ressonância, da calma furtiva que acompanha um roubo. Diante do cavalete, o silêncio que descia sobre tudo era como o silêncio que imagino se esparramando pelo mundo depois que eu tiver morrido. Ah, não me iludo com o pensamento de que o mundo vai interromper seu clamor só porque dei minha derradeira pincelada. Mas haverá um cantinho de tranquilidade especial assim que minhas inquietações houverem cessado. Pense num beco qualquer, em algum subúrbio desagradável, numa tarde cinzenta de estação indefinida; o vento sopra espirais de pó, faz voar pedaços de papel, vira um farrapo sujo para um lado e depois outro; então tudo para, aparentemente por nenhum motivo, uma calma desce, e a quietude predomina. Não em meio à luz celestial e à voz dos anjos, mas ali, nesse tipo de nada, nesse tipo de nenhures, minha imaginação opera mais ditosamente e forja suas fantasias mais profundas.

Sei que você quer ouvir sobre nosso período por lá, no cálido sul, com o mistral estalando os guarda-sóis na place du Marché e nossas mãos entrelaçadas sob a mesa em meio a pratos de azeitonas e taças de esverdeado *pastis* e nossas aprazíveis caminhadas e as pessoas pitorescamente pouco respeitáveis que encontrávamos e o vinho cor de palha que costumávamos tomar ao jantar naquele lugarzinho sob os baluartes aonde íamos toda noite e a velha casa

o violão azul *111*

esquisita que alugamos da senhora excêntrica dos gatos e o toureiro que se encantou com Gloria e meu breve porém tempestuoso *affaire* com aquela nobre inglesa expatriada, a adorável Lady O — tudo isso. Bom, pode esperar sentado. Admito que é um paraíso na terra, por aquelas bandas, mas foi um paraíso corrompido, para nós, com mais de uma serpente deslizando entre as convolutas vinhas. Não me entenda mal, não era pior do que qualquer outro lugar para duas pobres almas entorpecidas perdidas em prostrado pranto, mas também não muito melhor, tampouco, uma vez que o viço exaurisse a decantada *douceur de vivre* e as peroladas borbulhas cintilando na borda houvessem todas se extinguido.* Esqueça suas ideias de idílio. Parece que passei a maior parte do tempo em estacionamentos de supermercado, assando no banco do passageiro de nosso pequeno Deux Chevaux cinza, escutando alguma *chanteuse* de alma opressa soluçar sobre o amor no rádio do carro, enquanto Gloria sumia nalgum canto ensombrecido para fumar um cigarro e chorar outra vez em silêncio.

Droga, eis aqui mais uma digressão: deve haver sem dúvida alguma coisa ou algum lugar a que não quero chegar, de onde todos esses meandros por estradas poeirentas. Certo verão de minha infância em que nos hospedávamos na srta. Vandeleur, um circo chegou à cidade. Pelo menos chamavam a si próprios de circo, embora estivesse mais para um teatro mambembe. As apresentações tinham lugar numa tenda quadrada cujas paredes de lona o vento estalava e enfunava como as velas de um mastro. O público ficava em bancos de madeira sem encosto diante do palco improvisado, sob lâmpadas multicoloridas penduradas em varais que balançavam e ameaçavam cair, criando um efeito assombroso e inebriante. Não havia mais do que meia dúzia de

---

* John Keats, "Ode to a Nightingale". (N.T.)

artistas, incluindo uma contorcionista de olhar provocante, que nos intervalos sentava numa cadeira na frente do palco entoando cançonetas sentimentais ao acompanhamento de um acordeão, cujo lustro perolado iluminou para mim um sem-número de fantasias noturnas. O circo ficou por uma semana e fui a todas as sete apresentações da noite, bem como à matinê de sábado, arrebatado pela ostentação e esplendor daquilo tudo, ainda que fosse a mesma experiência toda noite, já que o espetáculo era sempre igual, a não ser pela eventual fala esquecida ou pelo inesperado tombo de um acrobata. Então, na manhã seguinte à apresentação final, cometi o erro de ficar por perto para presenciar a desmontagem da magia. A barraca veio abaixo com um enorme suspiro amarrotado, os bancos foram empilhados como cadáveres na carroceria de um caminhão e a contorcionista, que trocara os paetês por um suéter de gola alta e um jeans com a barra dobrada, ficou à porta de um dos trailers de madeira com o olhar vazio, fumando um cigarro e coçando a barriga. Bom, foi exatamente assim que foi no sul, no fim. O fulgor iridescente se embotou e, quando acabou, era como se tudo tivesse sido desmontado e guardado. E isso mesmo, esse sou eu em todos os aspectos, sempre a criança decepcionada, desencantada.

Minha cronologia está ficando relapsa outra vez. Vejamos. Ficamos por lá durante o que, três, quatro anos? Houve a primeira visita, quando demos uma escapada para umas férias juntos e pedi sua mão, e Gloria aceitou, após o que voltamos para casa e nos alojamos na Cedar Street. Era na Cedar Street que Ulick Palmer, meu sogro degenerado, vinha bater na porta na calada da noite, embriagado e às lágrimas, para implorar por uma cama, e Gloria, contra meus protestos sussurrados, trazia-o para dentro e o punha para dormir no sofá da sala, onde empesteava o ar com um terrível fedor de uísque rançoso e peidos sulfurosos, e ainda por cima vomitava no carpete, no mais das vezes. Ma Palmer também era

o violão azul *113*

visita frequente, dando o ar da graça sem se fazer anunciar, em seu casaco preto-corvo e chapéu velado, permanecendo sentada por horas a fio no mesmo sofá da sala de estar, as costas eretas como um poste, as narinas de dragão dilatadas e parecendo sempre prestes a cuspir jatos de fumaça e fogo. Então veio a criança, inesperadamente, e tão inesperadamente quanto, partiu. Depois disso, não havia outra coisa a fazer senão abandonar tudo e fugir para o sul em desespero, para o único lugar onde havíamos sido inequívoca, ainda que brevemente, felizes. Tolice, dirá você, patética autoilusão, e tem razão. Mas desespero é desespero, e pede por medidas desesperadas. Pensávamos que nossa dor seria de algum modo mitigada, por lá; certamente, pensávamos, nem mesmo o luto podia fazer frente a toda aquela jovialidade e encanto provençais. Estávamos errados. Nada mais cruel do que o sol e o doce ar quando se está sofrendo.

Para falar a verdade, acho que a estadia no sul foi uma das coisas que me fez enveredar pela estrada da ruína pictórica. A luz, as cores me distraíram. Aqueles palpitantes azuis e dourados, os verdes doloridos, eles não tinham um lugar de direito em minha paleta. Sou filho do norte: meus matizes são o ouro martelado do outono, o cinza-prateado sob as folhas, na primavera chuvosa, a luminosidade cáqui das praias frias de verão e os roxos brutos do mar hibernal, sua viridência ácida. E contudo, quando abandonamos as planuras salgadas e o canto estridente da cigarra e voltamos para casa — ainda chamávamos de casa — para nos estabelecer aqui em Fairmount, na colina de Cromwell, o bacilo de toda aquela beleza banhada em sol que deixáramos para trás continuava alojado em meu sangue e não pude me livrar da febre. Será isso mesmo, ou estou tentando me agarrar mais uma vez a explicações, exculpações, exonerações, todos os exes em que você puder pensar? Mas pegue aquela última coisa em que eu estava trabalhando, a tela inacabada que deu cabo permanente de mim: olhe para o violão cor de aeróstato e a mesa com toalha xadrez sobre a qual ele repousa; olhe para a janela fasquiada aberta para o terraço e o azul chapado além; olhe para aquele gaiato veleiro. Não era o mundo que eu conhecia; esse não era meu verdadeiro tema.

Mas também, qual é meu verdadeiro tema? Estamos falando de autenticidade aqui? Meu único objetivo sempre foi, desde o início, dar forma a essa tensão informe flutuando nas trevas de meu crânio, como a pós-imagem indelével de um relâmpago. Que importava sobre quais fragmentos do naufrágio geral eu me debruçava para tema? Violão, terraço, mar celeste com vela, ou peixaria de Maggie Mallon — que diferença fazia? Mas, de algum modo, fez; de algum modo, havia sempre o velho dilema, ou seja, a tirania das coisas, do inevitável factual. Mas o que, afinal de contas, eu sabia sobre as coisas factuais, quando quer que viessem me confrontar? Era precisamente na realidade que eu não estava interessado. Então pergunto outra vez se era de fato isto que me impedia: que o mundo que escolhi para pintar não fosse meu. É uma pergunta simples e a resposta parece óbvia. Mas tem uma falha. Dizer que o sul não era meu é sugerir que algum outro lugar fosse, e diga-me, onde pode esse raro lugar ser encontrado, pálido Ramon?*

Não foi o carro de Gloria que escutei parando diante da edícula naquele dia — não mais do que meia semana após minha tormentosa fuga para a liberdade —, quando fui enfim rastreado e desentocado pela orelha. Minha esposa não era a única a adivinhar onde eu me escondera. Devo admitir que fiquei irritado de ser recapturado com tamanha facilidade. Pelo que imaginava, todo mundo teria presumido que eu me mandara para algum lugar distante e

---

* Wallace Stevens, "The Idea of Order at Key West". (N.T.)

exótico, o tipo do destino preferido de lendários *artistes maudits*, como Harar, na nigérrima Etiópia, digamos, ou uma ilha dos Mares do Sul, com mulheres escuras e peitudas de rosto achatado, e não que eu voltara correndo para esse que é o mais banal dos refúgios, a casa onde nasci. Meu primeiro impulso, quando escutei o carro se aproximando do portão e parando com um som de cascalho esmagado, foi correr até a porta, passar o ferrolho, entrar debaixo da mesa e me esconder. Mas não fiz isso. A verdade é que fiquei aliviado. Eu não quisera desaparecer de fato, e meu sumiço fora menos uma escapada do que uma travessura, por mais desesperado por fugir que eu imaginava que estivesse. Eu exultara em percorrer as estradas naquela noite de tempestade e chuva negra, quando o velho fazendeiro hirsuto me pegou em seu caminhão e me contou sobre o apaixonado que foi encontrado afogado sob a ponte. Parecera não que eu corria de algo, mas para algo, a violência da intempérie combinando com a tempestade que se agitava em meu peito. Mas o que parecera bravata era, na verdade, pura pusilanimidade. Eu continuara alegremente com Polly em segredo, mas quando o segredo foi descoberto, puxei a gola do casaco e dei no pé, só que nem assim tive a coragem de responder por meus atos, e o tempo todo havia esperado em secreta expectativa ser alcançado e — o quê? Reclamado, ou resgatado? Sim: resgatado de mim mesmo.

Gloria aparecer em casa, então, era o que eu estivera em parte esperando e mais do que em parte torcendo para acontecer o tempo todo, mas qualquer outra pessoa, Marcus, digamos, ou a mãe alada e escamosa de Gloria, botando fogo pelas ventas, ou até a polícia, brandindo um mandado de prisão sob a acusação de torpeza moral inaceitável, não teria constituído surpresa maior do que o que de fato me confrontou quando cautelosamente abri a porta. Pois lá estava ela, Polly em pessoa, minha querida e adorada Polly — como meu sangue zumbiu à visão dela! —, com a criança em seus braços. Meu queixo caiu — sério, queixos caem, como já tive oportunidade de descobrir em mais ocasiões do que gosto de lembrar — e, junto com ele, meu coração, o pobre ioiô de meu coração já tão maltratado e machucado.

Mas por que a grande surpresa? Por que não teria sido Polly? Sei lá, é só que eu não havia imaginado que seria ela quem me encontraria. Por que não Gloria, eu queria saber. Não deveria ter sido minha esposa a vir me buscar? Que não tenha sido ela é um enigma. Havia me telefonado, sabia onde eu estava. Por que não entrou em seu carro e foi para a edícula, como decerto qualquer esposa teria feito? Mas não fez. É estranho. Podia ser que não me quisesse de volta? Eis uma coisa que me recuso a considerar.

Polly tem um hábito, quando está preocupada e agitada, de se pôr em movimento de uma hora para outra de forma inesperada e surpreendentemente rápida. Essas precipitações súbitas e ágeis, algo notável numa jovem de constituição tão robusta, devem estar relacionadas aos caprichosos arroubos dançantes que Marcus a descreveu realizando pela casa, em tempos mais felizes, antes que a catástrofe se abatesse e enquanto as colunas do templo continuavam de pé. Agora nem bem a porta era aberta e ela praticamente se atirava sobre mim, com um som sufocado que pode ter sido uma expressão de alegria, raiva ou alívio, de recriminação ou angústia, ou de todas essas coisas juntas, e grudava a boca na minha tão violentamente que eu sentia a forma de seus dentes da frente sobrepostos pela polpa quente de seus lábios. Fiquei chocado e confuso e não pude pensar em nada para dizer. O que eu senti foi algo como uma náusea feliz, meus joelhos bambos e minhas entranhas suspensas. Eu não me dera conta de quão intensamente sentira sua falta — não tem uma vez que eu não ache espantoso quanta coisa pode estar acontecendo dentro de mim sem que eu saiba. Polly disse alguma coisa similar certa vez, não foi, sobre sonhos e a mente que sonha? Agora, com a boca ainda colada à minha e murmurando pa-

o violão azul 117

lavras incompreensíveis, empurrou-me de costas pelo vestíbulo, enquanto a criança, ensanduichada entre nós, se contorcia e chutava. Era como ser capturado por uma mamãe polvo carregando um de sua prole consigo. Finalmente me libertei de seu abraço tentacular e segurei ambas, mãe e filha, longe de mim — segurei, veja bem, não empurrei. Eu respirava pesado como se tivesse sido inesperadamente detido no meio de uma fuga desesperada, o que era mesmo o caso, de certa forma. O corte que a aliança de Marcus provocara no rosto de Polly havia cicatrizado, mas deixara uma minúscula marca lívida. Como, perguntei, como me encontrara, como soubera onde me procurar? Ela deu uma risada breve e aguda, com um nuance de histeria, assim me pareceu, e disse que sem dúvida ali era o lugar óbvio para ir, uma vez que eu falei tanto sobre a edícula e sobre morar ali com meus pais e meus irmãos, há muito tempo. Isso me deixou em choque. Não conseguia me lembrar de algum dia ter mencionado para ela a vida de tons foscos que levara ali na infância. Será possível dizer coisas e não ter consciência delas, falar acordado como se estivesse dormindo, num estado de hipnogenia loquaz? Ela riu outra vez e disse que eu a deixara tão curiosa que viera certa tarde, durante o verão, dar uma vista-d'olhos, como disse, no cenário de minha infância. Encarei-a com espanto entorpecido. "Você esteve aqui", falei, "aqui na edícula?"

"Não, aqui dentro não, claro que não", exclamou, com mais uma risada que soou desvairada. "Só parei no portão sem sair do carro. Fiquei com vontade de chegar perto e olhar pelas janelas, mas não tive coragem. Eu queria ver onde você tinha nascido e crescido." Mas por que, perguntei, ainda sem entender, por que faria isso? — por que teria ficado curiosa com tais coisas? Por um momento, ela não respondeu. Ficou ali parada diante de mim, segurando a menina encaixada no quadril, e inclinou a cabeça para o lado e me estudou com um sorriso afetuosamente penalizado. Estava usando um pesado pulôver de lã e saia de lã e prendera o cabelo rebelde atrás da cabeça com uma grande piranha de casco de tartaruga. "Porque eu te amo, seu bobo", disse.

Ah. Amor. É. O ingrediente secreto. Sempre esqueço e acabo deixando de fora.

Na cozinha, pôs a criança sentada sobre a mesa — de onde, devo dizer, eu já destramente removera para um lugar oculto o grosso caderno escolar contendo estas preciosas ruminações — e olhou em torno do ambiente, franzindo o nariz. "Tem cheiro de umidade", disse. "E é frio, também." Tinha razão — eu estava de sobretudo e cachecol —, porém me senti imediata e absurdamente na defensiva. Observei todo cerimonioso que a casa ficara vazia por muito tempo e que não havia ninguém para cuidar do lugar. Ela bufou com desdém e disse, claro, isso estava óbvio. A luz muito forte entrando pela janela emprestava a seu rosto um aspecto rude, como que esfregado, e parada ali, em seu pulôver e matronais sapatos sem salto, pareceu, embora não houvesse espelho por perto, quase uma estranha, e poderia ter sido alguém com quem eu não tivesse mais que uma familiaridade distante, ainda que eu desejasse ardentemente tomá-la em meus braços, segurá-la com ternura contra mim e friccionar suas bochechas frias para lhes devolver o róseo calor. Era, afinal de contas, e a despeito de tudo, minha garota querida, então como eu poderia em algum momento ter pensado que não? Longe de me animar, no entanto, essa compreensão, essa compreensão renovada, causou-me uma espécie de sensação de queda livre, como se o fundo de algo dentro de mim tivesse sido removido. As armadilhas de que eu acreditara ter me livrado continuavam firmemente enlaçadas em torno dos meus tornozelos, no fim das contas. E contudo eu estava tão feliz por ela estar ali. Uma tristeza feliz, uma felicidade triste, a história da minha vida e de meus amores.

Polly, atentando para as prateleiras vazias e os armários que aparentemente estavam na mesma situação, perguntou como eu

o violão azul *119*

andava me virando. Respondi que ia até o Kearney's, o pub no cruzamento, onde serviam sopa na hora do almoço, e sanduíches ao final do dia, preparados em segredo especialmente para mim pela filha do dono, Maisie, seu nome, que pelo jeito se afeiçoara a mim. "É mesmo?", disse Polly, e fungou. Quase ri. Imagine ficar com ciúme da pobre e mal-apanhada Maisie Kearney, beirando os cinquenta, cronicamente desconsiderada e definitivamente encostada. Fiquei quieto; o comportamento de Polly agora, cético e imperioso, estava me deixando irritado. Não é extraordinário como até mesmo as circunstâncias mais bizarras, após um minuto ou dois, acomodam-se num padrão enfadonho? Ali estava eu, surpreendido por uma amante cruelmente abandonada, na antiga casa de meus progenitores, onde fora me esconder dela, bem como de seu marido e de minha esposa, e já então, após a chocante irrupção inicial, estávamos de volta mais uma vez às velhas trivialidades de costume, brigas, ressentimentos, recriminações mesquinhas. É, eu podia ter dado risada. E contudo, tal era o estado de confusão em que me achava, a um só tempo estressado, nervoso e desejoso, que mal conseguia pensar no que dizer ou fazer. Desejoso, isso mesmo, você me ouviu. Eu anelava pela carne aneladamente lembrada de minha garota, tão familiar e não obstante sempre um novo e não mapeado território. Que patife desavergonhada ela é, a libido.

A criança começou a choramingar, mas foi ignorada. Continuava sentada no meio da mesa, com sua barriguinha e seu beicinho fútil, como um circunspecto Buda em miniatura. Perguntei-me vagamente, não pela primeira vez, se não haveria alguma coisa errada com ela — tinha quase dois anos e exibia poucos sinais de desenvolvimento, estava praticamente na fase de andar e ainda não falava. Mas o que sei sobre crianças? "Deve se sentir sozinho aqui", disse Polly, num tom amuadamente acusatório. "Não ficou com saudade de mim?" Sim, respondi rápido, claro que sentira saudade dela, claro que sentira. Mas houvera, falei, inspirado, houvera meu rato para me fazer companhia. Ela baixou a cabeça, enfiando o queixo naquele chanfro acima da clavícula onde eu costumava adorar enfiar a língua, e me encarou com o cenho franzido. "Seu rato", disse, numa voz ominosamente destituída de tom. Sim, falei, incapaz de parar, era um sujeitinho amigável e costumava sair de sua toca sob o fogão a gás para ver o que eu andava aprontando. Era, eu supunha, de idade avançada, e solitário, como eu. A fachada que me apresentava era uma mistura em partes iguais de curiosidade, desfaçatez e circunspecção. Muitas vezes, à noite, eu voltava do pub com as sobras de um dos sanduíches carinhosamente preparados de Maisie, uma côdea amanteigada ou um pedaço de Cheddar, e punha no chão diante do fogão, até que no fim, infalivelmente, ele aparecia farejando o ar, executando pequenas fintas e estocadas com o focinho, as narinas rosadas brilhantes se contraindo e as patas esguias, delicadas, raspando no linóleo, um som tão diminuto e débil que para ouvir eu tinha de ficar perfeitamente quieto e até suspender a respiração. Enquanto comia, o que fazia com o fastidioso refinamento de um gourmet idoso e dispéptico no enésimo prato de um banquete imperial, relanceava-me de vez em quando com expressão especulativa e, assim me parecia, friamente sardônica. Imagino que me considerasse um simplório afável, apenas levemente intrigante, e obviamente inofensivo. Sua cauda, delgada, pelada e terminando numa ponta fina, não era a coisa mais agradável de se olhar; além disso, consumindo os bocados que eu lhe oferecia, tinha um jeito de contrair o corpo e arquear as ancas que dava a impressão de que se preparava para vomitar, embora nunca o tivesse feito em minha presença. À parte isso, eu gostava dele, cauteloso velhinho das antigas que era.

Os olhos de Polly estavam deste tamanho. "Isso era pra ser uma piada?"

o violão azul *121*

"É, acho que sim", murmurei, e baixei a cabeça.

"Bom, não tem graça." Ela fungou outra vez. "Então sou eu ou um rato, tanto faz." Fiz menção de protestar, mas ela não estava com disposição para ouvir. "Imagino que tenha dado um nome pra ele?", disse. "E imagino que converse com ele, conte histórias? Você fala pra ele sobre mim, sobre a gente? Meu Deus, você é patético." Puxou a criança e acomodou-a quase com violência contra o seio. "E germes por todo lado, também", disse. "Ratos andam por toda parte, sobem nas pernas das cadeiras, na mesa, principalmente se você dá comida pra eles — o que você é louco por fazer, aliás."

Quase não consegui deixar de sorrir, embora receasse que pudesse me dar um tapa, se não me contivesse. Por mais que me irritassem, eu gostava dessas breves pelejas de pilhérias domésticas a que Polly e eu costumávamos nos entregar — ou a que ela costumava se entregar, enquanto eu aguardava numa prontidão indulgente, irradiando uma espécie de ternura possessiva, como se a tivesse moldado a partir de uma argila originalmente grosseira, mas preciosa e primordial. Sou, como você pode adivinhar de tudo que tenho a dizer sobre o tema *passim*, um defensor entusiasmado do comum. Pegue esse momento na cozinha, com Polly e eu ali de pé entre as sombras diáfanas de minha infância. O céu na janela estava nublado e no entanto tudo ali dentro era intensificado por uma luz mercurial que realçava as curvas polidas e os cantos pontudos das coisas e lhes emprestava um brilho suavizado, uniforme: o cabo de uma faca sobre a mesa, o bico da chaleira, a maçaneta de latão delicadamente arredondada. O vento invernal entrando no ambiente cheirava a coisas obliteradas, mas havia também uma qualidade de urgência, de imanência, uma sensação de eventos momentosos no futuro iminente. Eu ficara ali quando menino, junto a essa mesma mesa, diante dessa mesma janela, à mesma luz metálica, sonhando com o estado inimaginável, ilimitado que estava por vir, a saber, o futuro, o futuro que para mim agora era o presente e em breve desvaneceria para se tornar o passado. Como era possível que eu tivesse estado lá então e estivesse aqui agora? E contudo assim era. Esse é o mundano e inexplicável truque de ilusionismo operado pelo tempo. E Polly, minha Polly, no meio disso tudo.

"Quero pintar você", falei, ou melhor, saiu sem querer.

Ela me relanceou de esguelha. "Me pintar?", disse, arregalando os olhos. "Como assim?"

"Exatamente o que eu disse: quero pintar você." Meu coração batia do jeito mais alarmante, batia de verdade, como um grande bumbo.

"Ah, é?", ela disse. "Com dois narizes e um pé saindo da minha orelha?"

Ignorei essa caricatura do meu estilo. "Não", falei, "quero pintar seu retrato — um retrato seu como você é."

Ela continuava a me olhar com um sorrisinho cético. "Mas você só pinta coisas", disse, "não pessoas, e mesmo quando pinta, faz elas parecerem coisas."

Isso também eu deixei passar, embora não fosse destituído de certa dose de razão, certa dose dolorida de razão, tivesse ela consciência ou não, mais um exemplo do fato de que insights verdadeiros vêm dos lugares mais inesperados. A verdade é que o que eu queria, o que estava tentando levá-la a fazer, com essa conversa insistente de pintura e retratos, era que tirasse a roupa, naquele minuto, ali mesmo, naquela cozinha gelada, ou melhor ainda que me deixasse fazer isso, descascá-la como um ovo e olhar, olhar, *olhar* para ela, nua, no que era literalmente a fria luz do dia. Não me entenda mal. Eu não fora dominado pela luxúria, pelo menos, não pela luxúria no sentido usual, que é uma classe de coisa completamente diferente do desejo, na minha opinião. Sempre achei as mulheres mais interessantes, mais fascinantes, mais, sim, dese-

o violão azul 123

jáveis precisamente quando as circunstâncias em que as encontro são as menos apropriadas ou promissoras. É uma questão para mim de inescapável assombro e admiração que sob a roupa mais desleixada — aquele pulôver deformado, a saia sem graça, aqueles sapatos banais — esteja escondido algo tão intrincado, abundante e misterioso como o corpo de uma mulher. Para mim, é um dos milagres seculares — há de algum outro tipo? — que as mulheres sejam como são. É o fato visível, tátil, apreensível da carne feminina, vestida de forma tão aconchegante sobre seu arcabouço ósseo — é disso que estou falando. O corpo pensa e tem sua própria eloquência e o corpo de uma mulher tem mais a dizer do que o de qualquer outra criatura, infinitamente mais, ao meu ouvido, em todo caso, ou ao meu olho. Eis o motivo para eu querer que Polly se livrasse das roupas a fim de que eu olhasse para ela, não, que a escutasse, enlevada e enlevadamente despida, quero dizer, escutasse seu eu corpóreo, se é que tal coisa seria possível. Olhando e escutando, escutando e olhando, isso, para alguém como eu, são os modos mais intensos de tocar, acariciar, possuir.

Bem, por que, perguntará o leitor, a seu modo sensato, não convidei Polly para me acompanhar a um dos quartos, até mesmo o úmido e embolorado dos fundos da casa, que eu costumava dividir com meus irmãos quando era um rapazote, e fazê-la se desvestir ali, como certamente teria feito, de bom grado, se nossa história recente juntos fosse qualquer coisa em que se basear? Isso apenas mostra quão pouco você me compreende, e o que venho dizendo, não só aqui, como também esse tempo todo. Não percebe? O que me interessa não é as coisas como elas são, mas como se oferecem para serem expressas. O expressar é tudo — e oh, que expressar.

Polly ficara me encarando com o cenho perplexo e agora, com um sobressalto, estremecia, como se estivesse voltando de um transe. "Do que você está falando?", disse, na voz flauteada, trêmula, em que viera falando desde que chegou, num registro tão agudo que dava a impressão de que pudesse perder o equilíbrio e despencar de si mesma. "Vim aqui descobrir por que você fugiu e você aí com essa conversa mole de pintar um retrato meu. Deve estar maluco, ou acha que eu estou." Baixei o olhar, expressando emudecida contrição, mas ela não se deixou aplacar tão facilmente. "Então?", quis saber. Içou a menina um pouco mais no quadril — tinha um jeito de ostentar aquela sua filha como uma arma, ou como um escudo que podia ser transformado em arma — e esperou, fuzilando-me furiosamente até que me explicasse. Se os seus olhos fossem de um matiz mais vívido do que o cinza, eu diria que ardiam. Mesmo assim, continuei mudo. Tinha todo o direito de estar irritada comigo — todo o direito de estar furiosa —, mas de todo modo eu não sabia o que lhe dizer, tanto quanto não soube o que dizer a seu agoniado marido naquele outro dia, quando subiu tropegamente a escada do ateliê e desembuchou todas as suas agruras. Como eu poderia deslindar a complexa teia de motivos para meus atos, uma vez que eu mesmo estava irremediavelmente enredado nela? "Sei que você não gosta mais de mim", disse, com um tremor intensificado na voz, a um só tempo pesarosa e acusatória, "mas fugir desse jeito, sem nem avisar — nunca pensei que alguém pudesse ser tão cruel, nem mesmo você." Ela me olhava com uma espécie de súplica magoada e como eu continuasse em silêncio, apenas ficando ali com a cabeça baixa, mordeu o lábio, engoliu um soluço terminante, seco, e sentou de repente numa das cadeiras da cozinha, aboletando pesadamente a criança no colo.

Lá fora, no dia nublado mas estranhamente radiante, uma chuva suave e vacilante começou a cair. Noto, falando nisso, como a chuva pontua minha narrativa com suspeita regularidade. Talvez seja uma substituta para as torrentes de lágrimas que com justiça eu deveria estar derramando, ante a mera tristeza de tudo isso que transcorria entre nós, entre Polly e eu, entre Polly e eu e Marcus, entre Polly e eu e Marcus e Gloria, e sabe-se lá mais quantos ou-

o violão azul *125*

tros? Deixe cair um seixo no mar e as ondulações se propagarão por todos os lados, portando suas pesarosas marolas de más novas.

Enchi a chaleira amassada e a pus no fogão para ferver e preparar um chá, feliz pela desculpa de fazer alguma coisa, como qualquer ser humano normal, matando o tempo sem precisar falar nada, ou pelo menos nada em que Polly pudesse se pegar para usar contra mim. No fundo, não passo de uma velha toupeira cautelosa. E de fato, com frequência acho que gostaria de estar realmente velho e nas últimas, arrastando os pés em minhas pantufas, vestindo ceroulas e luvas sem dedos, e um cachecol imundo enrolado na garganta fibrosa, e ter uma gota permanente pendurada na ponta do nariz, e viver reclamando do frio, e rosnar para as pessoas, e ligar para a polícia e me queixar das crianças chutando bolas de futebol no meu jardim. De algum modo fico convencido de que as coisas seriam mais simples, então — serão mais simples, com nada além do fim à vista. Polly sentava com o punho pressionado contra a bochecha, com um olhar fixo e austero, como aquele anjo esquisitamente corpulento na *Melancolia* de Dürer. Uma lágrima cintilante correu pelos nós de seus dedos, mas fingi não perceber. A criança a fitava com olhos muito abertos, o lábio inferior úmido, rosa brilhante, projetado num beicinho. Comentei — tendo primeiro de fazer um ruidoso serviço de limpeza em minha garganta — que criança silenciosa ela era, como era dócil, como era boazinha, de um modo geral; isso nada mais era, claro, do que uma tentativa covarde de me aproximar da mãe enaltecendo a criança. Polly, porém, estava perdida em pensamentos e não escutou. A chaleira ferveu. Preparei o chá e pus o bule sobre a mesa, uma delicada coluna de vapor espiralando do bico como um gênio pouco entusiasmado tentando sem sucesso se materializar. Sentei. A criança — não consigo deixar de pensar nela como um pequeno animal — transferiu seu olhar especulativo para mim. Fiz o melhor que pude para sorrir.

Erguendo a mãozinha gorducha, inseriu o indicador na narina direita e começou voluptuosamente a sondar ali dentro. Já comentei antes como as crianças são esquisitas? Para mim parecem ser, em todo caso. Minha própria pequena, minha Olivia perdida, surge para mim em sonhos, às vezes, não como era, mas como seria agora, uma menina crescida. Eu a vejo, essa ela onírica, com bastante clareza. Parece com a mãe, a mesma beleza pálida, loira, embora seja mais miúda, de feitio mais delicado. Sim, delicado; é assim que costumavam descrever meninas como ela, quando eu era novo. Queriam dizer que não viveriam muito, ou que, se vivessem, seriam anêmicas, e não teriam filhos, por sua vez. Em meus sonhos, está usando um vestido cor-de-rosa, muito recatado, de corpete pregueado, florido — lembra do tipo a que me refiro? — e meias soquetes brancas e sapatos de couro envernizado. Não faz coisa alguma, apenas fica parada com uma expressão solene e ligeiramente interrogativa, os braços pressionados contra as laterais do corpo, uma figura brilhante no centro de um lugar vasto e escuro. Não parece haver nada estranho ou sequer digno de nota no fato de estar ali, mais velha do que jamais chegou a ser na vida, e é só quando acordo que me pergunto o que significam essas visitações, ou se significam alguma coisa — afinal, por que meus sonhos deveriam ter algum significado, quando minha vida em vigília não tem?

Little Pip tirou o dedo do nariz e inspecionou com gravidade o que retirara das profundezas de sua narina.

"Não vai dizer nada?", Polly quis saber de mim. "Que adianta a gente estar aqui se não conversa?" Fiquei tentado a observar que fora ela que aparecera ali, sem ser convidada e, para ser honesto, não exatamente bem-vinda, tampouco; mas evitei o confronto. Ela suspirou. "Eu me separei do Marcus, viu."

"Ah."

"É isso que você tem pra dizer? — ah?"

Fiz menção de encher sua xícara, mas ela recusou o bule bruscamente, meneando a mão.

"Vocês brigaram?", perguntei, mantendo um tom firmemente neutro, não sei como. Eu me sentia como um soldado preso numa cratera sob bombardeio inimigo a cujos pés está depositado um projétil recém-lançado, ainda quente e sem explodir. Polly deu de ombros com desprezo furioso, afundando e contorcendo as escápulas, como uma acrobata com dor. "Por que você cansou de mim assim tão de repente?", lamuriou. A criança parou de examinar a ponta do dedo e fixou a atenção na mãe; seus olhos, percebi, levaram um instante para se ajustar, e me perguntei se ela também seria um pouco estrábica, como a mãe. Polly erguera para mim um rosto aflito; com essa expressão, e a criança em seu colo, me fez pensar, de forma desconcertante, numa *pietà* clássica — é isso que faço, transformo tudo numa cena e emolduro. Disse que não cansara dela — o que a levou a pensar tal coisa? "Cansou, cansou!", exclamou. "Eu percebi isso na sua cara bem antes de você fugir, o jeito que você olhava pra mim, o jeito que vivia arrumando desculpa e ficava resmungando sozinho e suspirando." Parou, e seus ombros afundaram. Há de fato, como já observei, um quê de operístico em toda conversação: temos as árias, as passagens de *coloratura*, os recitativos alternadamente alvoroçados, reflexivos ou furiosamente sibilados no ar, numa borrifada de saliva. "Depois que você foi", disse ela, "eu acordava de manhã e dizia pra mim mesma que era naquele dia que você ia ligar, que era naquele dia que ia ouvir sua voz, mas as horas passavam devagar até chegar a noite e nada de o telefone tocar. Eu não conseguia pensar em outra coisa além de você, e por que tinha ido embora e onde podia estar. E o tempo todo fiquei me sentindo perdida. Ontem, quando estava lavando a louça, um copo quebrou na pia. Eu não vi por causa da espuma e só percebi que tinha me cortado quando a água ficou vermelha." Ergueu a mão para me mostrar o curativo no polegar, um chumaço de tecido preso no lugar com um band-aid, manchado de sangue cor de ferrugem, e subitamente vi Marcus, no ateliê, erguendo a mão para me mostrar o dedo e a aliança com que machucara o rosto dela. Fiz menção de tocá-la, mas ela recolheu a mão na hora e a ocultou atrás da criança. Silêncio. A chuva fina batia nos vidros. Me desculpei, tentando soar humilde e deprimido. Eu estava deprimido, eu estava humilhado, mas parecia incapaz de me fazer soar como se estivesse. Polly deu uma risada raivosa. "Ah, sei", disse, sarcástica, "você está arrependido, claro."

A criança começou a chorar, debilmente e como que de forma exploratória, emitindo um som parecido com uma dobradiça enferrujada sendo pouco a pouco aberta, com dificuldade. Polly achegou-a junto ao peito outra vez e a embalou, e ela fez silêncio na mesma hora. Maternidade. Mais um enigma que acho que nunca vou decifrar.

Ficamos ali sentados, à mesa, por um longo tempo. O chá, intocado, esfriou, a luz vespertina tornou-se plúmbea, a chuva deprimente lá fora passou a um chuvisco oblíquo. Eu não estava tão nervoso como por direito deveria me sentir. Tenho um talento para encontrar pequenos bolsões de paz e sossego secreto até na mais tensa das circunstâncias — o coração carregado precisa de alívio. Polly, agora com a criança cochilando no colo, falava sem parar, mais consigo mesma do que comigo, assim me pareceu, exigindo apenas que eu escutasse, ou talvez nem isso sequer — talvez tivesse esquecido que eu estava lá. O pesar, ela descobrira, era uma sensação física, uma espécie de enfermidade que a afetou por completo. Isso foi uma surpresa, disse; ela pensara que esse tipo de sofrimento era uma coisa inteiramente das emoções. Eu sabia o que queria dizer; sabia exatamente o que ela queria dizer. Eu também estava familiarizado com o estado febril da alma, mas não o disse, o momento na ribalta era dela. Os dedos sob a unha estavam inflamados, falou, como se os sabugos estivessem

o violão azul *129*

expostos — mais uma vez, meneou a mão diante de mim, embora dessa vez não houvesse nada para mostrar —, e seus olhos ardiam, e até seu cabelo parecia doer. Sua temperatura subia nas alturas e despencava; num minuto sentia o sangue pegando fogo, no seguinte ficava com frio até a medula. Sua pele estava quente e túrgida ao contato, e levemente pegajosa, do modo como suas partes mais delicadas, as dobras do joelho ou as pregas gorduchas de suas axilas, costumavam ficar quando era criança e tomava sol em excesso. "Dá pra sentir?", disse, puxando a manga do pulôver e esticando a parte inferior do braço para mim. "Dá pra sentir o calor?" Dava para sentir.

Marcus, ela disse, pegara mania de ignorá-la, ou de tratá-la com uma polidez gelada que doía mais do que qualquer insulto ou recriminação que pudesse lhe lançar. Tinha um sorrisinho, um tênue tremor irônico, superior, contra o qual ela ficava impotente para se proteger e que a deixava furiosa e com vontade de bater nele. Quando sorria desse jeito, em geral no momento em que lhe dava as costas, e dar as costas sempre era só o que parecia fazer agora, ela percebeu que podia chegar a odiá-lo, assim como ele parecia odiá--la, e isso a assustou, essa violência que sentiu dentro de si. E ele também, que sempre fora leniente e acanhado, parecia tão furioso, tão vingativo. Um dia depois que eu fugi, ela sofreu uma queda ao descer a escada para a sala de trabalho, pisou em falso no último degrau e mergulhou, caindo de frente, com tudo, machucando os seios e batendo o nariz no chão. Quando se levantava devagar, grandes gotas alarmantes de sangue pingando em sua blusa, relanceou o marido sentado diante de sua bancada de trabalho e captou uma expressão de fria satisfação em seus olhos, o que a deixou em choque. Sua amargura podia chegar a tal ponto que se regozijasse de vê-la naquele estado, de joelhos, machucada e sangrando?

"Aquele vento horrível", disse-me, "soprou vários dias depois que você foi embora, o dia inteiro e a noite inteira." A casa em torno parecera um navio a todo pano enfrentando uma tempestade incessante. Janelas rangiam, lareiras gemiam, portas batiam com estrondo, os buracos de fechadura sibilando. Às vezes mal podia distinguir entre a tempestade do lado de fora e o som de sua dor, erguendo-se e mergulhando dentro dela. Ia se esconder em seu quartinho sobre a oficina, o dela, o quarto que sempre fora seu por um acordo tácito entre ela e Marcus. Ficava sentada durante horas numa cadeira de balanço junto à janela, enquanto a criança brincava no chão a seus pés. O sal carregado pelo vento do estuário embaçara os vidros e as pessoas na rua abaixo pareciam fantasmas indo e vindo em silêncio.

Então, no segundo ou terceiro dia depois de eu ter partido, Marcus a surpreendeu, subindo da oficina para bater em sua porta. A batida foi tão leve que ela mal escutou, com o tumulto do vendaval lá fora. Ele lhe trouxera uma xícara de chá, numa bandeja com toalhinha de renda. Perguntou por que estava sentada no escuro, mas ela disse que ainda não anoitecera. "Devia acender a luz", ele disse, como se não a tivesse escutado. Esperava que a olhasse, mas ele se recusava. A visão da toalhinha quase a fez chorar. Sua aparência era horrível; parecia tão chocado quanto ela por aquela terrível coisa que viera à tona entre eles, borbulhando como águas fétidas em um poço envenenado. Ele foi até a janela. Teve de se curvar um pouco para ver lá fora, pois a janela era baixa e ficava em um fundo recesso. Pôs um braço no vidro, pousou a testa no braço e suspirou. Ela captou o cheiro familiar do óleo de relojoeiro que ele usava no trabalho, um cheiro que nunca saía de seus dedos, mesmo pela manhã, quando ainda não sentara para trabalhar diante de sua bancada. Ela não detectou nenhuma ternura nele, nenhum abrandamento, nenhuma compaixão. Por que subira até lá, então? Little Pip estava em seu berço junto à lareira, deitada de costas e brincando com os dedos dos pés, como gostava de fazer, arrulhando consigo mesma. Ele suspirou outra vez.

o violão azul *131*

"Não entendo por que ele voltou pra cá", disse ele em voz baixa, soando quase exausto. Continuava inclinado ali, olhando a rua, ou fingindo que olhava.

"Quem?", ela perguntou, embora soubesse a resposta. Ele não disse nada, não a fitou, apenas sorriu seu frio e débil fiapo de sorriso. Então: ele sabia. Por um segundo, o coração dela ficou em suspenso. "Será que tinha visto você, fiquei pensando, será que tinha topado com você em algum lugar e você tinha admitido a verdade, e foi assim que ele ficou sabendo?" O fato de saber não fazia diferença, ela disse, não se importava com isso. Só o que lhe interessava era a possibilidade simples, grave, esmagadora de que, caso tivesse me visto, caso tivesse conversado comigo, talvez soubesse para onde eu fugira, onde me encontrar. Mas não, podia perceber por sua expressão que não se encontrara comigo, não falara comigo, que deduzira, isso era tudo, apenas deduzira, no momento em que eu fugi, que eu era o amante secreto de sua mulher. Agora era a vez dela de suspirar. Estaria ele esperando que negasse, que insistisse que estava enganado, que dissesse que não passava da sua imaginação? Ela não conseguiu falar, não achou forças para lhe dizer mais mentiras. Ele podia muito bem ficar sabendo a verdade. Talvez fosse melhor que soubesse; quem sabe as coisas seriam mais fáceis, desse jeito. Mas mesmo assim não conseguiu confessar, não em voz alta, não em palavras, não conseguiu dizer meu nome. Enfim, não precisava. Sabia que ele sabia.

Com que violência o vento soprava, com que rapidez a escuridão descia sobre ambos lá naquele quartinho.

As coisas não haviam melhorado, disse, não ficaram mais fáceis. Não acreditava que ficariam, e assim ela lhe contara, contara sem hesitar, não sobre mim, não, não, nunca pronunciaria meu nome para ele, mas apenas que iria deixá-lo. Ele não se mostrou surpreso, nem desapontado, apenas a encarou com aquela expressão de coruja que sempre costumava fazer, nos velhos tempos, quando ela ficava com raiva dele, e pressionou o indicador na ponte dos óculos antiquados de aros redondos, mais um daqueles pequenos gestos adoravelmente defensivos seus, cada um dos quais eu conhecia bem, assim como ela, atrevo-me a dizer. Pergunto-me se nós dois, ela e eu, ainda o amávamos, ainda que só um pouco, a despeito de tudo. O pensamento apenas esvoaçou por minha mente, como um passarinho voando para uma árvore, sem um ruído.

Ele já devia ter percebido o que ela decidira, ela falou, devia ter deduzido isso também, deduzido que ia se separar dele.

E então, continuou, a coisa mais estranha aconteceu. De repente, naquele momento, ela sentada na cadeira de balanço e Marcus de pé diante da janela, de repente ela soube para onde eu fugira, onde fora me esconder. Claro, era o lugar óbvio, disse. Não conseguia entender como não pensara nisso antes. E agora lá estava ela.

"Quer dizer", falei, devagar, "que você largou ele hoje, acabou de fazer isso, antes de vir pra cá?" Ela balançou a cabeça prontamente, sorrindo com os olhos bem abertos e os lábios bem fechados, alegre como uma colegial que cabulara aula. "O que você vai fazer?", perguntei.

"Voltar para casa", ela respondeu.

"Casa?"

"É." Corou um pouco. "Isso, pode rir", disse, desviando o rosto. "É o que as esposas fazem quando estão com problemas, eu sei, voltam correndo pra casa da mamãe. Não", acrescentou, com uma risada curta e triste, "que minha mãe possa ser de grande ajuda." Parou, e assumiu uma expressão ominosa tão profunda e grave que me senti paralisar ao vê-la; que nova provação elaborara para mim, com que nova argola apareceria para me fazer pular? "Quero que me leve para lá. Quer dizer, quero que vá comigo. Você vai? Me leva pra casa?"

o violão azul   *133*

* * *

Viera no velho Humber de Marcus. Fiquei surpreso, chocado, até. Sem dúvida Marcus não concordara em que o levasse, pois adorava aquele carro, e cuidava dele como se fosse um bicho de estimação muito querido. Teria ela simplesmente entrado nele e caído fora? Achei mais seguro não perguntar; na cratera onde eu estava preso, continuava o obus não detonado, a ponta enterrada na lama e o flanco de latão muito liso e brilhante, pronto para explodir ao meu menor movimento. Observei Polly ao volante. Era uma nova manifestação sua essa que eu estava presenciando, brusca, ágil, o maxilar travado; é preciso uma total calamidade para deixar tão ligada uma garota sossegada como ela é, ou fora, até então. Essa Polly pouco familiar me deixava, admito, precavido, quando não absolutamente assustado.

Fizera uma mala para si e enfiara as coisas da criança numa velha bolsa de críquete que pertencera a seu pai; dava a impressão de que tudo fora recolhido e amontoado numa pressa aflita e raivosa. Era com efeito uma mulher em fuga. Confesso que parecia tudo modestamente excitante, a despeito de meus sombrios pressentimentos.

Pelas estradas estreitas, o carro grande guinava e sacolejava, parecendo mais pesado do que nunca, como que sobrecarregado pelo ônus dos problemas que transportava. A chuva passara a granizo, cobrindo o para-brisa e escorrendo pelo vidro como cusparadas. Árvores assomavam negras à nossa frente e rasgos surgiam nas nuvens, clarões brancos incandescentes num fundo cinza desbotado, embora o vento rapidamente tornasse a cerrá-las. Por trás dos fumos pungentes do motor eu captava indícios vindos de fora, de relva, argila e humo encharcados, os cheiros do outono e da infância. Olhei para as mãos de Polly ao volante, uma delas com o polegar do curativo, e sobressaltei-me com leve surpresa ao ver que continuava usando a aliança. Mas por que fiquei surpreso? Eu tinha certeza de que ela não acreditava que seu casamento com Marcus chegara a um fim irreparável; pelo menos, tinha a forte esperança de que não fosse o caso. Mas o que, então, ela pensava. Ajeitei-me no banco, solene e pouco à vontade. A criança dormia, presa às correias de sua cadeira especial no banco traseiro, a cabeça recostada languidamente de lado e um fio de baba prateada pendendo de seu lábio inferior. Eu notara que Polly não se referia mais a ela como Little Pip, agora; mais um hábito descartado, mais um fragmento da velha vida deixado para trás. Falando nisso, esse não pode ser seu nome de verdade, Pip, não pode ser o seu nome completo, pode? É estranho, as coisas que a gente não sabe, as coisas que a gente nunca se deu ao trabalho de descobrir. Um apelido de Philippa, talvez? Mas quem chamaria uma criança de Philippa, um nome que nem tenho certeza se sei como pronunciar? Embora existam Philippas, que um dia devem ter sido bebês, assim como há Olivias. Esses e outros parecidos eram os pensamentos ociosos que passavam por minha cabeça, se é que podem ser chamados de pensamentos, conforme rodávamos pela estrada chuvosa. Em meu desespero eu estava, é claro, buscando todos os meios possíveis para me manter afastado daquilo tudo, ao menos mentalmente: de Polly, da criança na traseira, do carro chafurdando, de mim mesmo, até, meu eu indeciso e cada vez mais apreensivo. Polly como fugitiva era um fenômeno completamente novo e uma dor de cabeça muito mais séria do que fora até então. Os velhos mestres da apologética tinham razão: o imperativo da autopreservação é mais poderoso do que o ímpeto generativo e todos os seus ditames e implicações. Pobre e velho amor, que flor frágil e trêmula ele é.

Perguntei a Polly se seu pai a estava esperando. Ela não tirou os olhos da estrada. "Claro que está", disse, com um soerguer ligeiro e desdenhoso da cabeça. "Acha que simplesmente ia aparecer assim, sem aviso, e fazer minha mãe começar mais um de seus surtos?" Repelido, não falei mais nada, e passei a girar os polegares e olhar pela janela do carro. O vento fazia a copa das árvores balançar furiosamente e folhas voavam para todos os lados, pintalgando o ar, amarelo com manchas verde-jade, marrom-terra queimado, vermelho de assoalho polido. Estrias de água da chuva brilhavam nos campos encharcados e um bando de passarinhos escuros, lutando contra o vento, parecia voar vigorosamente de ré contra um céu peltre manchado. Eu me abstivera de perguntar a Polly por que quisera que eu, logo quem, a acompanhasse nesse momentoso, na verdade desesperado, regresso ao local de seu nascimento e palco de seus dias de juventude: casa, como ela disse. Até lá, na verdade, eu não lhe perguntara quase nada. Sempre parto do pressuposto de que tudo é perfeitamente simples e óbvio e que sou o único que não entende o que está acontecendo, e desse modo tendo a manter a boca fechada, sem fazer perguntas, e ficar quieto, com medo de passar por simplório e ser alvo de chacota. É um traço essencial da minha personalidade ficar na minha e deixar que os cães passem ladrando com estardalhaço. Costumava servir--me bem, essa política de prudência; agora, não mais, ai de mim.

O lar ancestral dos Plomer — é o nome de solteira de Polly, Plomer, mais uma bela e plástica plosiva — chama-se Grange Hall, ou, mais comumente, a Granja. Era minha primeira visita ao lugar, embora tivesse escutado Polly falar com frequência a respeito — com a mesma frequência, tenho certeza, com que insistia que me escutara falar sobre minha velha casa; como o passado gosta de agarrar, arranhando-nos carinhosamente com suas ternas garras. Os portões de ferro da entrada estreita estavam abertos, como deviam ter ficado por décadas, e cediam tristemente nas dobradiças; a ferrugem criara uma encaroçada filigrana em suas barras e a parte de baixo fora tomada pelo mato e a urtiga. Ao sair da estrada para passar por ele alguma coisa dentro de mim se mexeu e escorregou e, por um momento, senti náusea, e o pânico fez uma conta quente rolar por minha espinha. Também eu ficaria preso ali, como aqueles portões, preso e imobilizado? No que estava me metendo? O que me aguardava no coração daqueles campos acidentados, numa casa desconhecida onde um casal improvável, o pai caquético de Polly e sua pobre mãe destrambelhada, esperava a hora de passar desta para melhor? Pouco a pouco a náusea deu lugar a uma sensação de sufocamento, como se uma coifa fetal invisível estivesse sendo puxada sobre minha cabeça e meus ombros. Porém, um momento depois a criança acordou e o mal-estar passou. "Chegamos", disse Polly, no que me pareceu uma voz tolamente animada, provocando-me um reflexo de irritação. O que, disse com meus botões outra vez, eu estava fazendo ali, junto com aquela jovem desesperada e suas insuportáveis adversidades? Eu teria dado um péssimo cavaleiro errante, o véu de minha dama uma flâmula rota e suja pendendo de minha lança torta.

A casa era feita de granito, sólida e despojada ao ponto da austeridade, salvo pela porta da frente arqueada, um arremedo de gótico, que emprestava um vago efeito eclesiástico ao conjunto. Várias chaminés altas apontavam para o céu, roliças e pomposas; fumaça branca veloz era cuspida de uma delas, como numa proclamação papal, nem bem saindo para ser colhida pelo vento e desfeita em fiapos. O cascalho era fino no caminho circular diante dos degraus de entrada e trechos de marga brilhante e úmida podiam ser vistos sob ele. Um envelhecido golden retriever, que outrora podia ter sido dourado, mas agora tinha a cor do feno úmido, apareceu para saudar o carro. "Ah, olha o Barney!", disse Polly, um lamento de prazer triste. O cão era artrítico e tinha um andar bambo, desconjuntado, como se suas várias partes fossem amarradas a uma estrutura interna de frouxos arames, ganchos e elásticos. Abanou a cauda pesada e deu um latido penoso, ao que pareceu de alegria, dizendo nitidamente, *Woof!*

Polly, gemendo com o esforço, ergueu a criança do banco traseiro, enquanto eu dava a volta no carro para descarregar o porta-malas. Ela chiou comigo por pôr a bolsa de críquete no chão, onde o fundo ficaria molhado. Podíamos ter sido, refleti sombriamente, um prosaico casal de meia-idade, marido e mulher inveterados, alternadamente impacientes, briguentos e indiferentes na companhia mútua. Quando fechei a tampa do porta-malas e endireitei o corpo, peguei-me olhando em torno num súbito choque. O dia pareceu imenso e lugubremente luminoso, como se uma tampa em algum lugar tivesse de repente sido erguida. Quão extraordinário, afinal, o perfeitamente ordinário pode às vezes parecer, o motor do Humber esfriando e tiquetaqueando, as gralhas circulando acima das árvores, a velha casa desairosa com sua incongruente porta de igreja, e Polly, com a filha agarrada à frente, parecendo distraída e irritada e tirando uma mecha de cabelo dos olhos.

"Ai, Deus", disse, entre dentes, "lá vem a mamãe."

A sra. Plomer se aproximava tropegamente pelo cascalho. Era alta e magra como esqueleto, com uma massa amaluada de cabelos encanecidos que lhe dava o aspecto de ter sofrido um forte choque elétrico recente. Vestia um impermeável cor de camundongo, saia de tweed torta e um par de galochas verdes que deviam ser de um número quatro ou cinco vezes maior que o seu. "Ótimo", disse com vigor, parando diante de nós e sorrindo para a criança, "você trouxe a pequena Polly." Franziu o rosto, ainda sorrindo. "Mas quem é você, meu amor", inquiriu delicadamente sobre sua filha, "e como aconteceu de estar com a nossa nenê?"

Quando considero a possibilidade — ou talvez deva dizer perspectiva — da danação eterna, não visualizo minha alma agonizante mergulhada em um lago de chamas ou imersa até as axilas numa planície ilimitada de permafrost. Não, meu cenário dantesco será um troço singelamente trivial, equipado com os aparatos triviais da vida: ruas, casas, pessoas cuidando de seus afazeres, pássaros mergulhando no céu, cães latindo, camundongos mordiscando o rodapé. A despeito do aspecto cotidiano de tudo, porém, há um grande mistério aí, um do qual apenas eu estou ciente, e que envolve eu e mais ninguém. Pois embora minha presença passe despercebida, e pelo jeito sou conhecido de todos que me encontram, não conheço ninguém, não reconheço nada, não tenho o menor conhecimento de onde estou ou de como fui parar ali. Não que eu tenha perdido a memória ou que esteja passando por um trauma de deslocamento e alienação. Sou tão comum quanto todo mundo e tudo mais e é precisamente por esse motivo que sobre mim recai a incumbência de manter um imperturbável ar desinteressado e parecer me enquadrar com tranquila harmonia. Mas não me enquadro, de modo algum. Sou um estranho nesse lugar em que estou aprisionado, sempre serei um estranho, embora perfeitamente familiar para todo mundo, todo mundo, quero dizer, tirando eu. E assim é como é para ser pela eternidade: um inferno em vida, se vida é de fato a palavra.

Antes de mais nada, o chá da tarde. Bules de uma beberagem cor de turfa foram preparados, fatias de pão foram servidas como dominós caídos, frios foram dispostos em pedaços suados, lustrosos. Havia bolachas e pãezinhos, geleia caseira numa travessa grudenta e, prato de resistência, um vultoso bolo de ameixa, muito amanhecido, com uma cobertura de cerejas cristalizadas, que foi trazido, com um floreio de prestidigitador, num grande recipiente acharoado coberto de reluzentes mossas no metal. Janey, a cozinheira-governanta-empregada, sempiterna e feral, com um emaranhado de cabelos ouriçados, grisalhos, que lembravam a peruca de dia das bruxas da sra. Plomer, e através do qual dava para ver o couro cabeludo rosado, veio transportando tudo da cozinha numa vasta bandeja, em três ou quatro cambaleantes levas, os cotovelos

o violão azul *139*

bem abertos de um lado e do outro e a ponta da língua úmida e cinzenta aparecendo. A sra. Plomer, ainda calçando suas galochas, ia e vinha pelas portas, sorrindo para tudo e para todos com benevolência remota, enquanto seu marido pairava por perto, esquentando as mãos e murmurando consigo mesmo num feliz nervosismo. O dia estava morrendo, no entanto um grande clarão de luz amarelo-dourada enchia as janelas da face oeste e lançava sobre todo o ambiente uma sombra marrom-acinzentada. A louça não combinava, a jarra de leite estava rachada. Janey pegou a colher de chá de Polly e usou-a para provar um gole do leite e ver se estava bom, depois deixou a colher cair no chá de Polly, com o ruído do metal contra a xícara e o líquido. Lançou um olhar sombrio à criança. "Tem dado de comer pra essa bebê?", perguntou. "Ela parece morta de fome, pra mim."

Sentado no centro dessa paródia de domesticidade rústica, eu me senti como um cuco recém-chocado, enorme e absurdo, em torno do qual os filhotes legítimos faziam o melhor que podiam para se adaptar, batendo as asas curtas e piando fracamente. Polly me apresentara nos termos mais vagos, dizendo que era um amigo de Marcus que fora junto para ajudá-la com a criança e as malas; do próprio Marcus, de seu paradeiro ou condição, não disse uma palavra. Janey, em seu avental, me ignorava com expressão condenatória, olhando através de mim como se eu fosse perfeitamente transparente; tenho certeza de que me tomou pelo que eu era. Assim como o pai de Polly, devo dizer, embora fosse educado demais para demonstrar. "Orme, Orme", disse, encostando o dedo na testa branca como papel e franzindo o rosto para o teto. "Você é o pintor que está morando na cidade, na velha casa do doutor Barragry?" Eu disse que sim, que morava de fato em Fairmount, mas que não pintava mais. "Ah", ele disse, balançando a cabeça e me olhando com vivacidade inexpressiva. Era um homem pequeno, asseado, com um perfil de bochechas encovadas e olhos cinza-

-pálidos — os olhos de Polly. No geral, tinha um aspecto gasto, seco, como se tivesse sido deixado por um longo tempo exposto à intempérie. O cabelo ralo devia ter sido um dia, por mais improvável que fosse, ruivo, e ainda conservava um matiz de areia, e seu nariz, proeminente e forte, podia ter sido esculpido de um pedaço alvejado de madeira flutuante. Vestia terno de tweed esverdeado e um venerável par de sapatos de couro marrom engraxados com esmero. Embora sua tez fosse no geral descorada, havia uma mancha rósea irregular, com finas veias, na concavidade de ambas as bochechas. Era um pouco surdo e quando abordado se curvava rapidamente para a frente, a cabeça inclinada para o lado e os olhos fixos nos lábios do interlocutor, alerta como uma ave. Pareceu-me de início velho demais para ser pai de Polly. A mãe dela, conforme vim a saber, não batia muito bem da cabeça mesmo na meninice, e a família, olhando em torno à procura de candidatos para um casamento, determinara-se por seu primo Herbert, o último, assim fora esperado, dos Plomer de Grange Hall. Herbert, o sr. Plomer ora sentado diante de mim, era na época um solteirão de meia-idade, abstraído, afável, de fácil coação, e proprietário de uma bela casa antiga e alguns acres de terra decente. Soava tudo plausível demais, a uma maneira novelesca e oitocentista, e por um louco minuto imaginei que talvez a coisa toda — a velha mansão de pedra, o pai idoso e mãe lunática, a ríspida criada com suas bandejas gemebundas de gororoba, até mesmo o mato sob o portão e as gralhas circulando no alto — fora tramada para me levar a pensar que eu era Ichabod Crane almejando conquistar a mão da formosa Katrina e as riquezas de Sleepy Hollow. E será que haveria, perguntei-me, um Cavaleiro Sem Cabeça, também?

Janey, iracunda e resmungona, servia pratos de pão com manteiga, presunto e picles, com pressa indiferente, como se distribuísse um baralho de cartas sebentas. Havia muito tempo que eu não comia cebola em conserva. O gosto foi fortemente familiar,

o violão azul *141*

metálico. É notável de quanto nossas bocas se lembram, com que nitidez, e eras depois.

Pip, que na minha cabeça sempre vai ser Little Pip, ficava em um cadeirão, por sua vez uma relíquia de infância da própria Polly. A mãe de Polly lançava furtivos olhares de soslaio à menina, pestanejando, desconfiada. No começo da refeição, seu marido lhe assegurara, falando alto e devagar, que a jovem sentada na ponta da mesa era na verdade sua filha Polly, já crescida e agora mãe, como evidenciado pela criança aboletada ali no cadeirão, mas pude perceber a pobre mulher se perguntando como isso era possível, uma vez que ali estava Polly, ainda pequena, batendo com a colher na mesa e babando no babador. Deve ter sido tudo muito confuso para uma mente dispersa como a dela. Polly, eu sabia, fora a única filha do casal, sua chegada uma surpresa, se não de fato um choque, para todos, mais do que ninguém sua mãe, que tenho certeza praticamente não fazia ideia de como a coisa se dera. A doença da qual a sra. Plomer sofria, como me foi explicado, era uma precoce, mediana e na maior parte calma variedade de demência, embora ocasionalmente, quando algo a assustava ou irritava, pudesse ficar seriamente agitada e permanecer assim por dias. O sr. Plomer preferia se referir à enfermidade da esposa como se fosse meramente uma forma de excentricidade crônica encantadora, e acolhia qualquer manifestação disso com uma exibição elaborada de espanto e jovialidade sentida. "Mas veja só, minha querida", exclamava, "você pôs minha calça na despensa! No que estava pensando?" Então virava para quem quer que estivesse presente, sorrindo com indulgência e sacudindo a cabeça, como se aquilo fosse um acontecimento único, como se a graxa para bota nunca tivesse aparecido na manteigueira antes, ou a escova de privada, na mesa da sala de jantar.

A criança emitiu um guincho em sua cadeira, surpreendendo a si mesma, e olhou em torno da mesa rapidamente para ver o que o restante de nós pensara de sua súbita intervenção. Sim, sim, crianças são misteriosas, sem dúvida. Será que é porque as coisas que nos são familiares para elas constituem uma novidade? Não pode ser. Como Adler nos informa, em seu grande ensaio sobre o tema, o misterioso surge quando um objeto conhecido se nos apresenta de um modo estranho. Assim, se as crianças veem tudo como novo, então blá-blá-blá etc. etc. etc. — já entendeu onde quero chegar. E contudo, será que há um elas e um nós, e podemos fazer tais distinções? Os novos e os velhos, dizemos, o passado e o presente, os ativos e os inertes, como se estivéssemos de algum modo fora do processo temporal, aplicando-lhe uma alavanca arquimediana. O ser vivo, assim sustenta um dos filósofos, é apenas uma espécie dos mortos, e uma espécie rara, aliás; do mesmo modo, e obviamente, os jovens são apenas uma versão anterior dos velhos, e não devem ser tratados como espécie separada, e não seriam, se não nos parecessem tão estranhos. Eu olhava para Little Pip e me perguntava o que poderia estar se passando em sua cabeça. Ela ainda não tinha palavras, só imagens, presumivelmente, com as quais extrair fosse lá que sentido extraísse das coisas. Parecia haver figurada para mim aí uma lição de algum tipo, para mim, o ex-pintor; ela brotava de meus pensamentos vagamente tateantes, bruxuleava por um momento de forma tantalizadora, depois se dispersava. Não posso mais pensar dessa maneira, esfregando conceitos entre si para criar centelhas iluminadoras. Perdi o traquejo, ou a vontade, ou alguma coisa. Sim, minha musa deixou o galinheiro, velha ave que era.

A mãe de Polly franziu o rosto e ergueu a cabeça como se tivesse escutado algo, um som tênue e distante, uma convocação secreta, e levantou de seu lugar e, ainda com o rosto franzido, saiu da sala, levando o guardanapo consigo, esquecido em sua mão.

Virei para Polly, mas ela se recusava a olhar para mim; deve ter lhe constituído um grande estresse, estar ali no seio murcho de sua família comigo diante dela como algo que trouxera por engano e do qual agora não conseguia pensar num modo de se livrar. Estava transformada mais uma vez, a propósito. Era como se, ao chegar ali, tivesse trocado um vestido de baile por um roupão, ou mesmo um antiquado vestido escolar. Estava toda filial agora, sem afetação, respeitosa, exasperada, os lábios franzidos em emburrado ressentimento, e facilmente irritável. Eu mal conseguia enxergar nela a criatura voluptuosamente exultante que, certa tarde não muito remota, no velho sofá verde do ateliê, se desmanchara em lágrimas nos meus braços e enterrara os dedos em minhas escápulas e se aconchegara com a boca ávida, sumo súcubo, na concavidade deliciosamente arisca de minha garganta. E sentado ali, contemplando-a no seu pulôver cor de mingau, com o cabelo puxado com força para trás e o rosto livre de maquiagem e castigado pelas tensões e atribulações do longo dia, ocorreu-me o que só posso chamar de vertiginosa revelação — literalmente, pois foi uma revelação, e fiquei com vertigem. O que eu vi, com clareza perturbadora, foi que não existia essa coisa chamada mulher. A mulher, percebi, é fruto da lenda, uma quimera que transita pelo mundo, pousando aqui e ali, nesta ou naquela desarmada fêmea mortal, a qual transforma, de modo breve mas momentoso, em objeto de desejo, veneração e terror. Formo a imagem de mim mesmo, assaltado por esse assombroso novo conhecimento, afundado, boquiaberto, em minha cadeira, com os braços pendurados ao lado do corpo e as pernas frouxas escarrapachadas diante de mim — falo figurativamente, é claro —, na pose pasma de alguém súbita e devastadoramente iluminado.

Sei, sei, você está abanando a cabeça e rindo consigo mesmo, e tem razão: não passo de um pateta parvo e incorrigível. A descoberta supostamente tremenda que se anunciou para mim ali à mesa do chá era na verdade apenas mais um desses bocadinhos de sapiência ordinária que são de conhecimento de qualquer mulher, e provavelmente também da maioria dos homens, desde que Eva comeu o fruto. Confesso que isso tampouco exerceu grande efeito iluminador sobre mim — lamentavelmente, a luz que acompanha tais insights se apaga rápido, acho. Não caíram escamas dos meus olhos. Não passei a enxergar Polly com ceticismo renovado, medindo seu mero caráter humano e julgando-o indigno de minha paixão. Pelo contrário, senti uma ternura súbita e reavivada por ela, mas de um tipo desapaixonado, mundano. Não obstante, embora a magia houvesse evaporado ali mesmo, acho que lhe dei mais valor naquela tarde do que jamais o fizera antes, mesmo naquelas primeiras semanas de êxtase, quando ela subia correndo os vários degraus até o ateliê para se atirar sobre mim numa afobação de gemidos e beijos, empurrando-me de costas para o sofá, apalpando meus botões, rindo e ofegando com o hálito quente em meu ouvido. Eu agora, por minha vez, de bom grado a teria tomado em meus braços e a arrastado pela escada para seu quarto e sua cama, ainda em seu pulôver e saia de hóquei, para então me perder em sua adorada carne de massinha rósea-acinzentada, quente-pão. Mas teria sido Polly, a comum Polly em pessoa, que eu acariciava, pois enfim rompera o invólucro que minhas fantasias haviam moldado em torno dela e se tornara, para mim — o quê? Seu verdadeiro eu? Não posso dizer isso. Eu não deveria acreditar em eus verdadeiros. O que, então? Uma fantasia menos fantástica? Sim, vamos concordar aí. Acho que não se pode esperar mais do que isso; não se pode pedir mais que isso. Ou espere, espere, vamos pôr nestes termos: eu a perdoei por todas as coisas que ela não era. Já disse isso antes, em algum ponto. Não interessa. Do mesmo modo, deve ter me perdoado, há muito tempo. Como isso soa? Faz sentido? Não é coisa pouca, o perdão que dois seres humanos podem oferecer um ao outro. Eu devo saber.

E contudo, e contudo. O que percebo agora, nesse momento, e não percebia na época, foi que esse estágio final, para mim, da

o violão azul *145*

Polly-pupa, foi o começo do fim, o verdadeiro começo do verdadeiro fim, do meu — ah, vamos lá, de que outro modo chamá-lo? — do meu amor por ela.

Subimos de fato para seu quarto. Uma vez atrás da porta fechada, pousei sua mala e a bolsa de críquete com as coisas da criança e recuei, sem jeito, sentindo uma súbita timidez. Tentei não olhar com demasiada atenção, com demasiada curiosidade, para os objetos do quarto. Me senti como um intruso, coisa que, eu sei, eu era. Polly relanceou em torno e suspirou profundamente, inflando as bochechas. Aquele, contou, fora seu quarto de quando era criança até sair de casa para se casar com Marcus. A cama, alta e estreita, parecia pequena demais para uma pessoa adulta e olhando para aquilo senti uma pontada leve e aguda de compaixão e leve tristeza. Quão estimável, parecia, quão comovente, aquele berço inamovível, inexpectante, que a acolhera e protegera por tantas noites. Imaginei-a adormecida ali, alheia ao luar, ao esvoaçar do morcego, à aproximação furtiva da aurora, sua respiração suave mal e mal uma vibração nas trevas. Me deu vontade de chorar, foi mesmo. Como tudo era confuso.

A lareira era azulejada dos dois lados com um padrão de flores rosa pintadas sob o esmalte. O fogo fora aceso mas não pegara — as toras estavam úmidas e as chamas pálidas dos gravetos as lambiam inutilmente. "Essa grelha sempre fez fumaça", disse Polly. "Acho incrível eu nunca ter sufocado." A pequena janela dividida em quatro vidros diante da cama dava para um quintal pavimentado e uma fileira de estábulos abandonados. Mais além avistava-se uma colina desinteressante encimada por um grupo de árvores, carvalhos, acho, embora para mim a maioria das árvores sejam carvalhos, seus galhos, já quase desfolhados, austeros e nanquim contra o céu baixo de um frio malva rajado de estrias prateadas. No interior do quarto as sombras do lusco-fusco cresciam rápido, congregando-se nos cantos sob o teto como acúmulos de teias de aranha. Escutei Janey lá embaixo na cozinha lavando a louça e assobiando. Tentei identificar a melodia. Polly sentava na beirada da cama, as mãos cruzadas no colo. Estava olhando pela janela. Um derradeiro e débil brilho agarrava-se aos paralelepípedos do quintal. "The Rakes of Mallow", era isso que Janey estava assobiando. Fiquei absurdamente satisfeito por ter identificado a canção e virei, sorridente, para Polly — o que eu ia fazer, cantar para ela? —, mas nesse momento, sem aviso, ela afundou o rosto nas mãos e começou a chorar. Recuei, chocado, depois fui até ela, aproximando-me na ponta dos pés. Eu deveria tê-la tomado nos braços para confortá-la, mas não soube como fazê-lo, tão amorfa era a postura que assumira, abaixada ali, os ombros sacudindo, e tudo que pude fazer foi mover as mãos desamparadamente em torno dela, como se estivesse criando um molde seu do ar. "Ai, Deus", gemeu. "Ai, meu Deus." Fiquei assustado com a profundidade da desolação em sua voz e inevitavelmente me culpei por isso; eu me senti como se tivesse fuçado com um pequeno mecanismo inerte e provocado seu movimento ruidoso e incontrolável. Meus dedos roçaram sem querer no edredom onde estava sentada e o contato com o cetim gelado e quebradiço me provocou um calafrio. Invoquei Deus também, embora em silêncio, rezando em toda sua inexistência para me resgatar desse apuro impossível; até mesmo me vi arremessado de costas, por magia, para dentro da lareira e sugado num *uush* pelo duto, os braços espremidos ao lado do corpo e os olhos elevados em suas órbitas num arrebatamento à El Greco, emergindo um segundo mais tarde da chaminé como um palhaço sendo disparado pela boca de um canhão, e desaparecendo na abóbada azul-libélula do céu. Fuga, sim, fuga era tudo em que eu conseguia pensar. Onde agora estava toda aquela revigorada ternura por minha querida garota que descera sobre mim à mesa do chá nem meia hora antes? Onde, pergunto. Me senti paralisado. Uma mulher chorando é um espetáculo terrível. Escu-

o violão azul 147

tei minha voz dizendo o nome de Polly várias vezes num tom baixo, urgente, como se a estivesse chamando das profundezas de uma caverna, e agora eu a tocava cautelosamente no ombro, sentindo o mesmo leve choque que sentira com o edredom. Ela não ergueu a cabeça, apenas meneou a mão lateralmente para mim, me enxotando. "Me deixa em paz", choramingou, com um grande soluço torturado, "não tem nada que você possa fazer!" Fiquei ali por um momento, numa agonia de irresolução, depois dei meia-volta e saí de fininho, fechando a porta atrás de mim com abismado, com redobrado, com envergonhado cuidado.

Fui pela casa. Tudo parecia conhecido para mim, a um modo estranho, remoto, o cheiro de mofo no ar, o tapete gasto da escada, os opacos retratos ancestrais espreitando das sombras, aquele porta-chapéus e aquela galhada na parede do corredor, o relógio de carrilhão oculto nas sombras. Era como se eu tivesse morado ali muito tempo atrás, não na infância, mas numa antiguidade estilizada, na grande mansão bolorenta do fundo de minha mente que é o passado, o passado inevitavelmente imaginado.

Depois de abrir duas ou três portas erradas, finalmente encontrei a sala de visitas. Em um tapete diante da lareira a criança brincava com um jogo de blocos de madeira. Seu avô estava sentado numa poltrona, inclinado para a frente com os cotovelos apoiados e os dedos entrelaçados diante do corpo, sorrindo estupidamente para ela. A noite caíra, com o que parecia ser uma notável rapidez, e as cortinas estavam fechadas, e os abajures com suas lâmpadas de quarenta watts lançavam uma tênue luz nebulosa sobre os vultos pesados da mobília e o esmaecido papel de parede listrado. Observei o vasto espelho acima da lareira, com sua moldura ornamentada lascada, as desbotadas gravuras de caçadas, um sofá com forro de chintz acocorado esfalfadamente em suas ancas, gasto, assim parecia, pelos muitos anos de uso. Disso tudo eu também sabia, de algum modo.

"Que idade fascinante", disse o sr. Plomer, pestanejando para mim e para a criança. "A vida toda diante dela." Convidou-me a sentar, indicando uma poltrona do outro lado da lareira. "Não veio com seu próprio carro", disse, "não é mesmo? Precisamos arrumar uma cama para o senhor, ou" — seu olhar brando não vacilou, no entanto imaginei captar uma cintilação ali, uma leitura aguçada, astuta, da situação — "ou Polly está cuidando disso?" Bem, não era um tolo, deve ter deduzido o que Polly era para mim, e eu para ela, a despeito das óbvias disparidades entre nós, a idade não sendo a menos relevante — não me surpreenderia se tivesse uma compreensão de nossa relação melhor até do que eu. Uma tora em chamas cedeu na lareira, cuspindo uma constelação de centelhas. Falei que mandaria chamar um táxi, mas ele abanou a cabeça. "De modo algum, de modo algum", disse. "Deve ficar, é claro. É só questão de arejar um quarto para o senhor. Vou falar com Janey." Pestanejou outra vez. "Não fique incomodado com nossa boa Janey, viu. Ela não é tão desagradável quanto seus modos parecem sugerir." Balancei a cabeça. Eu sentia os membros pesados e lânguidos, afundado em um transe semi-hipnótico pelo tom de voz brando, quase amoroso do velho. A criança aos nossos pés montara uma torre de blocos e agora os derrubava, dando uma risada satisfeita. "Já deve ser hora de ela dormir, certamente", murmurou o velho, franzindo o rosto. "Talvez seja melhor o senhor subir e falar com a mãe dela, não acha?" Assenti outra vez, mas não me movi, esparramado e prostrado no abraço amplo e irresistível da poltrona. Pensei em Polly sentada na beirada da cama, a cabeça curvada e os ombros sacudindo. "Mas não lhe ofereci nada para beber!", exclamou o sr. Plomer. Ergueu-se rigidamente, trêmulo, e arrastou os pés até um aparador no canto oposto da sala. "Temos xerez", disse, por sobre o ombro, sua voz emergindo cavernosamente da penumbra. "Ou isto." Segurou uma garrafa e leu o rótulo. "Schnapps, é como chama. Um presente do meu

o violão azul *149*

amigo, o Príncipe — o senhor Hyland, quero dizer. O senhor o conhece? Não tenho certeza do que seja schnapps, mas desconfio que é bem forte." Disse que preferia o xerez, e ele voltou com duas taças não muito maiores do que um dedal. Tornou a sentar. Beberiquei o licor untuoso. Estava tão cansado, mas tão cansado, um viandante preso no meio de uma jornada muito longa e torturante. Lembrei de um sonho que tivera uma noite dessas, não um sonho, na verdade, mas um fragmento. Eu estava numa estação de trem em algum lugar no exterior, sem saber onde, e não conseguia identificar que língua as pessoas em volta de mim estavam falando. A estação parecia uma igreja bizantina, ou talvez um templo ou mesmo uma mesquita, seu teto abobadado folheado a ouro e os ladrilhos do piso pintados em padrões espiralados de azul, prata, vermelho-rubi. Eu esperava ansiosamente por um trem que me levaria para casa, embora não tivesse certeza sobre onde isso seria. Pelas portas escancaradas da estação dava para ver a refulgente luz do sol do lado de fora, nuvens de pó, o vaivém do trânsito com veículos de feitio pouco familiar, a multidão de gente amorenada movendo-se por toda parte, mulheres envoltas em lenços e roupas pretas, e homens com enormes bigodes e olhos azul-claros penetrantes. Procurei um relógio no local mas não vi nenhum e então me dei conta de que meu trem, o único trem em que eu poderia ter viajado, o único para o qual tinha uma passagem válida, partira muito tempo antes, deixando-me ilhado ali, entre estranhos.

"Ele andava pela muralha do castelo numa tempestade", dizia o sr. Plomer. Encarei-o com o olhar turvo sob pálpebras plúmbeas. Na mão esquerda segurava um livro, um encantador livrinho encadernado em tecido escarlate desbotado, aberto na página que estivera lendo, pelo jeito, ou estava prestes a ler. De onde aquilo saíra? Eu não o vira se levantar para pegá-lo. Teria cochilado por um minuto? E o sonho sobre o trem, estivera recordando, ou sonhando outra vez, ou pela primeira vez, até? O velho me fitava com um olhar benigno e brilhante. "O poeta se hospedava no castelo de sua amiga, uma princesa, e saiu a caminhar pelas ameias certa tarde tempestuosa e escutou a voz do anjo, como disse." Sorriu, então ergueu o livro para perto dos olhos e começou a ler numa voz suave, alquebrada, monótona. Escutei como uma criança escutaria, em extasiada incompreensão. A língua, como eu não a conhecia, soava a meus ouvidos como vozes apregoando, falas arrastadas. Após recitar alguns versos ele parou, com ar encabulado, as manchas róseas brilhando nas bochechas encovadas. "Duíno era o lugar", disse, "um castelo à beira-mar, e assim chamou os poemas." Fechou o livro e o pousou sobre o joelho, mantendo um dedo dentro para marcar a página. Com voz empastada, pedi que me explicasse o significado do que acabara de ler. "Bem", respondeu, "como é um poema, grande parte do significado está na expressão, sabe, no ritmo e na cadência." Fez uma pausa, emitindo um débil som de zumbido no fundo da garganta, e ergueu o rosto para contemplar as sombras sob o teto. "Ele fala da terra — *Erde* — desejando ser absorvida por nós." Nisso entoou mais uma frase em alemão. "Não é seu sonho, diz ele — diz para a terra, quer dizer — ser invisível um dia. Invisível em nós, ele quer dizer." Sorriu delicadamente. "O pensamento talvez seja obscuro. Mas creio que é de se admirar a paixão desses versos, hein?"

Fitei o coração branco do fogo. Parecia que eu podia escutar o relógio de pé no corredor tiquetaqueando morosamente. O velho limpou a garganta.

"O Príncipe — sei que não devia chamá-lo assim — virá amanhã", disse. "Se ainda estiver por aqui, talvez possamos conversar, nós três." Balancei a cabeça, sem confiança de que minha voz fosse funcionar. Estava pensando outra vez no sonho, e no trem que partira. Perdido e sem rumo, num lugar desconhecido, vozes estrangeiras em meus ouvidos. O sr. Plomer suspirou. "Presumo que teremos de lhe servir um almoço. Polly pode ficar à cabeceira

o violão azul 151

da mesa. Minha esposa" — sorriu — "não liga para os poetas."
Virou e falou na direção das sombras além do clarão do fogo. "O
que diz, minha querida? Quer ficar no lugar da sua mãe e receber"
— sorriu outra vez — "nosso caro amigo Frederick?"

Devo mesmo ter dormido por algum tempo, pois lá estava
Polly, como eu percebia agora, sentada no sofá de chintz junto à
porta, com a criança no colo. Fiz um esforço para me endireitar na
poltrona, pestanejando. Polly continuava usando o mesmo pulôver
e a mesma saia de antes, mas trocara o sapato por pantufas de
feltro cinza com borlas, ou pompons, ou sei lá como se chamavam, nas pontas. Mesmo à fraca luz de abajur dava para notar suas
pálpebras inchadas de choro e as narinas com a delicada borda
rosada. "Ele vem aqui", ela disse, "amanhã? Duas visitas em seguida — Janey vai ter um ataque." Riu sem convicção e seu pai continuou sorrindo. Não olhou para mim. A criança estava dormindo.
A torre de blocos derrubada estava a meus pés.

Quando eu era pequeno — ah, quando era pequeno! —, eu me
apegava à cautela, ao aconchego. Não podia haver decerto muitos
garotos tão pouco aventureiros quanto eu naquela época remota.
Eu me agarrava a minha mãe como um baluarte contra um mundo
imprevisível e sem lei, um cordão umbilical vestigial ainda esticado entre nós, fino, delicado e resistente como um fio de teia
de aranha. A cautela era meu lema e longe do abrigo doméstico
eu não realizava ação alguma sem considerar seus possíveis peri-
gos. Era uma perfeita maquininha de regrar, infatigavelmente arrumando em fileiras metódicas as coisas que encontrava em meu
caminho pela vida que fossem abertas à minha sanha por ordem.
O desastre aguardava por toda parte; todo passo era um tombo
em potencial; todo caminho levava à beira de um precipício. Não
confiava em ninguém a não ser em mim mesmo. A tarefa número

um do mundo, como bem sabia, tarefa na qual o mundo nunca relaxava, era me arruinar. Eu tinha medo até do céu.

Não que eu fosse um bunda-mole, na verdade, não, eu era conhecido por minha tenacidade, minha truculência, até, a despeito da minha falta de destreza física e minhas sabidas e maravilhosamente risíveis inclinações artísticas. O que eu era incapaz de fazer com os punhos eu visava fazer com as palavras. Os valentões do pátio escolar logo aprenderam a temer a vergasta de meu sarcasmo. É, acho que posso dizer que, a meu modo, era um pequeno bruto brigão, cujo medo era todo interno, um fumegante pântano subterrâneo onde peixes mortos flutuavam de barriga para cima e aves de ombros proeminentes com bicos de cimitarra se debruçavam sobre a carniça, guinchando. E continuam ali, essas minhas pútridas *aigues-mortes* interiores, ainda fundas o bastante para me afogar. O que acho assustador hoje em dia não é a malevolência geral das coisas, embora, os Céus são testemunha — e o Inferno mais ainda —, certamente deveria, mas antes sua ardilosa plausibilidade. O mar pela manhã, um pôr do sol deslumbrante, a observação de rouxinóis, até um amor de mãe, tudo isso conspira para me garantir que a vida é um bem impecável e a morte, não mais do que um rumor. Como isso tudo pode ser persuasivo, mas não estou persuadido, e nunca estive. Nos velhos tempos, na oficina de meu pai, entre aquelas gravuras inúteis que ele vendia, eu podia enxergar até na mais tranquila cena de verão com árvores e vacas malhadas o diabrete casquinador espiando-me de seu esconderijo verdejante aparentemente inofensivo. E foi isso que fiquei determinado a pintar, o cancro sob o corpete de veludo, a besta atrás do sofá. Mesmo roubar coisas — isso me ocorre neste exato instante —, mesmo roubar coisas era uma tentativa de penetrar pela superfície, de arrancar fragmentos da muralha do mundo e pôr meu olho nos buracos para ver o que se ocultava atrás.

o violão azul *153*

Pegue aquela estranha tarde em Grange Hall, com Polly e seus pais, e as horas ainda mais estranhas que se seguiram. Eu deveria ter batido em retirada ao final daquele chá pavoroso — no qual me senti como Alice, o Chapeleiro Maluco e a Lebre de Março, tudo num só —, mas a atmosfera de Grange Hall lançou-me numa lassidão avassaladora. Arranjaram-me para passar a noite um quartinho de empregada sob o telhado. Era pequeno e peculiarmente apertado. O teto de um lado descia inclinado até o chão, o que me forçava a ficar num determinado ângulo, mesmo quando estava deitado, de modo que me senti horrivelmente nauseado — era quase tão ruim quanto aquela água-furtada na rue Molière, onde me alojei naquele remoto verão parisiense. Mas também, parece que estou sempre fora do prumo, em quartos grandes e pequenos. Para dormir havia uma cama de campanha baixa, montada sobre dois pares de pernas cruzadas que gemiam com mau humor ao menor movimento meu. Janey acendera um fogo de carvão na grelha minúscula — era ótima para o fogo no quarto, essa Janey —, que fumegou por horas. Como Polly, também eu achei que fosse sufocar, principalmente porque a única janela não abria, colada pela tinta, e acordei mais de uma vez no meio da noite com a sensação de que uma pequena criatura maligna se acocorara por horas sobre meu peito. Eu voltava a sonhar? Não dizem que sonhamos o tempo todo em que estamos adormecidos, mas esquecemos a maior parte do que sonhamos? Enfim, você pegou o panorama geral, pintado por Fuseli: desconforto, ar ruim, sono inquieto e despertar frequente, tudo ao acompanhamento martelado do horrível gongo de uma dor de cabeça. Continuava uma turvação escura do lado de fora quando acordei pelo que sabia ser a última vez naquela noite, sentindo uma sede desesperadora. Sentado naquele catre, sob o despenhadeiro oblíquo do teto, com a cabeça nas mãos e os dedos nos cabelos, podia muito bem ser uma criança outra vez, insone e com medo do escuro, à espera de que minha mãe aparecesse com algo reconfortante para eu beber, dobrasse o lençol junto ao meu queixo e pusesse a mão fria por um momento em minha testa úmida.

Acendi a luz. A lâmpada lançou um clarão amarelado sobre a cama e o tapete gasto no piso; havia uma cadeira de palhinha e esse troço de madeira que costumam ter em casas antigas, não sei como se chama, com uma tigela branca e uma jarra combinando sobre o tampo. Quantas empregadas e criados, mortos tanto tempo antes, já não haviam se agachado ali, tremendo, em manhãs gélidas como essa, para realizar suas parcas abluções? Levantei. Não estava apenas sedento, também precisava desesperadamente mijar; essa circunstância, com sua distorcida simetria, parecia uma absoluta injustiça. Abaixei e olhei sob a cama, na esperança de que houvesse um penico, mas não havia. Percebi que tremia e que trincava os dentes — estava mesmo morrendo de frio —, tirei um cobertor da cama e o pendurei nos ombros. Cheirava a gerações de adormecidos e seu suor. Fui para o corredor, ao mesmo tempo grogue e agudamente alerta. Suspeito que em momentos assim a pessoa nunca esteja tão desperta quanto imagina. Não consegui localizar o interruptor, e deixei a porta do quarto entreaberta para me localizar. Virei à direita e avancei cautelosamente, arrastando os pés. À medida que me afastava do tênue fulgor da fresta luminosa às minhas costas, as trevas pelas quais avançava pareciam se moldar pegajosamente em torno do meu rosto, como uma máscara justa de seda negra e macia. Estiquei o braço e encostei a ponta dos dedos na parede, tateando para achar o caminho. O papel de parede era esse negócio antiquado — como se chama? —, anaglipta, nome estranho, devo olhar no dicionário, coberto de alto-relevos e ligeiramente liso ao toque, a edícula costumava ser, e na verdade continua sendo, toda emplastrada com isso, no andar de cima e embaixo, entre o rodapé e a moldura no meio da parede, o *dado rail*, eis outra palavra singular, *dado*, minha mente está fervilhando com elas hoje, palavras, quero

o violão azul 155

dizer. Ali à minha esquerda havia uma porta; virei a maçaneta; nada bom, a porta estava trancada e não havia chave na fechadura. Continuei. A escuridão agora era quase absoluta e me vi sendo levado por ela como se flutuasse no ar de outro mundo, uma aparição insubstancial embrulhada num cobertor bolorento. Divisei a moldura de uma janela espectral. Por que quando está escuro desse jeito as formas das coisas parecem tremer, oscilar muito ligeiramente, como que suspensas em algum meio líquido, viscoso e denso, através do qual fluem correntes fracas mas super-rápidas? Perscrutei a noite, em vão. Nada, nem o mais débil lume de uma janela distante; nem o lampejo de uma estrela isolada. Como podia estar tão escuro? Não parecia natural.

Experimentei o caixilho inferior da janela. Ele cedeu meio palmo e, recalcitrante, mais meio, para então travar de vez. Hesitei, pensando no que, nas turbulentas novelas de um século precedente, com tamanha frequência acontece com os cavalheiros quando estouvadamente se expõem em circunstâncias tão temerárias, mas grande era minha necessidade — por que uma bexiga estourando faz doer os dentes de trás? — e, deixando a cautela de lado, dei um passo adiante e comecei a urinar copiosamente na segurança da noite. Enquanto ficava ali, absorto em minha micção e ruminações, e apreciando de maneira um pouco pueril, temerosa, a sensação do frio ar noturno em minha carne tenra — quão estranhamente somos feitos! —, percebi que não estava só. Não que tivesse escutado alguma coisa — o ruído como que de uma catarata distante subindo do pátio de pedra abaixo teria abafado qualquer barulho que não fosse muito alto —, mas senti uma presença. Um espasmo de pavor me percorreu, interrompendo no mesmo instante a liberação do fluxo. Virei a cabeça para a direita e forcei a vista na escuridão, meus olhos duas fendas. Sim, havia alguém ali, parado, imóvel, na ponta do corredor. Eu teria emitido um ganido de terror se minha boca não tivesse ficado instantaneamente seca.

Tenho medo do escuro, como seria de esperar. É mais uma de minhas aflições infantis de que me envergonho, mas não parece haver cura para isso. Mesmo quando há pessoas à minha volta, sinto que estou sozinho em minha câmara de horrores estigiana particular. Finjo que estou à vontade, avançando bravamente para o vácuo cego e fazendo piadas junto com o resto, mas o tempo todo desesperadamente refreando a criança aterrorizada que se debate aqui dentro. Então você pode imaginar como me sentia agora, ali parado, de regata e cueca, embrulhado em um cobertor, com uma parte essencial minha enfiada para fora da janela, olhando em terror emudecido para aquele medonho abantesma assomando diante de mim na penumbra quase impenetrável. A figura não se movia, não emitia um som. Estaria eu imaginando aquilo, vendo coisas? Afastei-me da janela e puxei o cobertor em torno do corpo, um gesto protetor. Deveria me aproximar da figura fantasmática, deveria desafiá-la — *O que és tu que usurpas esta hora da noite?** — ou deveria passar sebo nas canelas e fugir? Nesse instante, no andar de baixo, uma porta se abriu e a luz veio, iluminando fracamente um estreito lanço de escada à minha direita que eu não percebera haver ali. "Quem está aí?", perguntou Polly com voz queixosa, e a sombra de sua cabeça e seus ombros surgiram na parede do poço da escada. "Mãe, é você?" Era, era sua mãe, parada no escuro diante de mim. "Desce, por favor." Dava para perceber pelo tremor em sua voz que não tinha a menor intenção de se aventurar pela escada, pois ela também tem medo do escuro, como bem sei, pobre alma. "Por favor, mãe", disse outra vez, numa voz infantil, ceceada, "por favor, desce". A sra. Plomer me observava com ar de viva desconfiança, franzindo ligeiramente o rosto, pronta para sorrir, como se eu fosse uma criatura exótica e potencialmente

---

* "What art thou that usurp'st this time of the night": Hamlet, ato 1, cena 1. (N.T.)

o violão azul 157

fascinante com que por acaso se deparara, surpreendentemente, na calada da noite, nos píncaros de sua própria casa. E presumo que com o cobertor enrolado em torno de mim, os pés descalços e as pernocas peludas à mostra, devo ter assumido o aspecto de um exemplar menor dentre os grandes símios, paramentado de forma improvável em cuecas, camiseta regata e uma espécie de capa, ou então de um rei deposto, talvez, vagando parvamente na noite. Por que não abri a boca — por que não fiz Polly saber que estava ali? Após alguns momentos, sua silhueta na parede afundou e a luz se extinguiu conforme fechava a porta do quarto.

Sei que as normas não existem, embora a pessoa fale, e viva, como se existissem, mas há certas raras ocasiões em que até mesmo os limites mais extremos parecem ter sido excedidos. Estar num silêncio conspiratório em estreita proximidade com a mãe demente da amante em um corredor de sótão escuro como breu no meio de uma enregelante noite de fins de outono, escondendo-se sob o cobertor em roupas de baixo, decerto conta como uma dessas ilustrações de plausibilidade excedida. No entanto, a despeito da improbabilidade de estar ali, e levando em conta meu medo do escuro, um escuro que pareceu ainda mais profundo depois de Polly ter fechado sua porta e a luz ter se apagado, eu me senti quase animado — é, animado! — e imbuído de um espírito de travessura, qual um menino de escola fazendo arte no meio da noite. Foi interessante, quase divertido, estar na companhia de uma pessoa com sua inofensiva loucura. Não que se pudesse dizer que eu estava na companhia da sra. Plomer, exatamente; na verdade, a questão era essa, que o que estava ali era alguém e ninguém, ao mesmo tempo. Comecei a matutar sobre esse curioso estado de coisas, e ainda o faço. Teria acontecido de, por um breve intervalo, eu ter sido admitido no fascinante, ainda que saturnino, domínio dos meio loucos? Ou estava simplesmente repisando, mais uma vez, a obscura câmara de eco que é o passado? Pois definitivamente havia no momento qualquer coisa da infância, da aceitação pacatamente incompreensiva que tem a infância da incomensurabilidade das coisas, e da descoberta assombrosa mas obliterada, descoberta que eu, como qualquer outro, devo ter feito em tenra idade, na própria aurora da consciência, a saber, que no mundo não existo apenas eu, mas outras pessoas também, uma quantidade incontável, e inexplicável, delas, uma horda fervilhante de estranhos.

Só então, à medida que meus olhos se ajustavam e eu começava a ser capaz de divisá-la outra vez, notei o que a sra. Plomer estava vestindo. Continuava com suas galochas, é claro, e um longo e pesado cardigã com bolsos esgarçados por cima de uma antiquada camisa masculina, listrada e sem gola. O que mais chamava a atenção, porém, era sua saia, que não era uma saia de fato, mas um troço parecido com um cone de ponta-cabeça, montado ou feito, na verdade, com a sobreposição de inúmeras anáguas de gaze rígida, o tipo de roupa que na minha juventude as garotas costumavam usar sob vestidos de verão com um cinto apertado, e que na pista de dança se enfunava, às vezes subindo tanto que, se girássemos a garota com bastante rapidez, ganhávamos um excitante relance de seus calções de babados. Assim trajada como uma bufona, a sra. Plomer me lembrava não tanto as garotas no verão de minha juventude como uma dessas figuras em uma torre de relógio medieval, à espera ali nas trevas do engate da engrenagem e do abrupto movimento do mecanismo, de modo que pudesse seguir em seu trilho e gozar de mais um parcial circuito de quarto de hora à luz dos olhares do vasto mundo. Continuava me encarando — dava para ver a cintilação de seus olhos, astuciosos e vigilantes. Não dera nenhum sinal de ter escutado Polly, quando a chamara ao pé da escada; talvez tivesse, mas ficara desconfiada de que fosse parte de um ardil, com minha cumplicidade, feito para capturá-la e levá-la de seu esconderijo, e desse modo algo a

o violão azul *159*

ser peremptoriamente ignorado. Pois fiquei de fato com a impressão de que acreditasse estar escondida ali, embora de quem ou do que, eu não conseguia imaginar — ela própria provavelmente não sabia. O que eu devia fazer? O que podia fazer? Começava a parecer que corria o risco de ficar preso ali a noite toda, sob o domínio daquela assombração tresloucada e silente em suas galochas e tutu improvisado. No fim, foi ela que tomou a atitude decisiva. Ela se mexeu e avançou, com um suspiro acelerado, exasperado — obviamente formou a opinião de que, mesmo que eu fosse um conspirador, mostrava-me risivelmente hesitante e patentemente inepto, nada a ser temido, em absoluto — e passou por mim com um farfalhar de tule, afastando-me para o lado. Observei-a seguir seu caminho ao descer a escada, as costas recurvadas no cardigã como que expressando impassível pouco-caso de mim e de tudo que eu representava. Aguardei um momento e escutei Polly abrir a porta outra vez, e outra vez a luz do quarto atrás dela incidiu obliquamente sobre a parede, e outra vez surgiu a sombra de sua cabeça, como um dos ovais estilizados e alongados de Arp.

Segui a sra. Plomer pela escada. Não podia, com consciência limpa — que expressão —, ter continuado escondido. Polly me viu por sobre os ombros de sua mãe e arregalou os olhos. "Você!", disse, num sussurro rouco. "Você me deu um susto." Não disse nada. Parecia-me que em vez de assustada ela fazia força para não rir. Vestia um grosso roupão de lã e, como eu, estava descalça. Puxei o cobertor um pouco mais em torno do corpo e lancei-lhe o que era para ser, mas certamente fracassara no intento, um olhar raivoso e altivo. Devia na verdade estar parecendo Lear, após voltar da charneca, constrangido, sem ter morrido de tristeza. "Vamos", Polly disse para a mãe, "precisa voltar para a cama agora, vai pegar um resfriado." Foi na frente para mostrar o caminho, virando para me relancear e indicando com uma inclinação lateral de cabeça que eu devia entrar em seu quarto e esperar por ela.

O ar no quarto estava denso de sono. O fogo na grelha se extinguira e deixara em seu rastro um acre fedor resinoso. À luz do abajur as cobertas estavam jogadas para trás no que parecia ser um modo engenhoso, como se alguém como eu — ou melhor, alguém que eu costumava ser — as tivesse arrumado exatamente daquele jeito, num preparativo para a modelo que, despindo-se atrás de um biombo, iria dali a pouco aparecer e se esparramar sobre elas na pose de uma Olympia passada. Está vendo, está vendo o que em meu coração culpado eu tanto anelava? — os maus e velhos dias de *demi-monde*, chapéus de cetim e perolada rotundidade, de libertinos e libertinas errando pelos bulevares, de tardes faunianas no ateliê e noites de excessos na cidade cintilante. Terá sido esse o real, vergonhoso, motivo pelo qual comecei a pintar, ser o Manet — ele outra vez —, ou o Lautrec, o Sickert, até, de uma era ulterior? Polly voltou então, nenhuma Olympia, mas uma criatura tranquilizadoramente mortal, e o quarto era apenas um quarto outra vez, e a cama desfeita, o lugar onde estivera a dormir um sono inocente até dois desesperados noctâmbulos acordarem-na.

Agora se livrava do roupão com um irritado encolher de ombros e, morrendo de frio após ter levado sua mãe sabe-se lá onde, entrava apressada na cama em seu pijama — *winceyette*, creio que é como aquele negócio se chama, mais uma palavra notável —, puxava as cobertas até o queixo e deitava de lado com as pernas recolhidas e os joelhos pressionados contra o peito, tremendo um pouco, e ignorando-me tão peremptoriamente quanto sua mãe o fizera ao me dar as costas na escada. Pergunto-me se as mulheres fazem ideia de quão inquietantes são quando ficam de lábios cerrados e mudas desse jeito? Desconfio que sim, desconfio que têm perfeita consciência, embora, caso seja verdade, por que não utilizam isso com maior frequência, como arma? Sentei a seu lado com cuidado, como se a cama fosse um bote e eu estivesse com medo de virá-lo, e ajustei o cobertor em volta dos ombros. Já comentei o frio que estava sentindo a essa altura, a despeito do lanuginoso calor dentro do quarto? Fiquei olhando para a bochecha de Polly, que costumava brilhar com ardor quando estava comigo no sofá do ateliê, em tempos idos. A luz do abajur emprestava a sua pele uma textura áspera, como de papel. Fechara os olhos, mas dava para ver que estava longe de pegar no sono. Tateei o edredom — aquele cetim craquelado dando-me calafrios novamente — até encontrar o contorno de um pé, e pressionei-o em minha mão. Ela disse algo que eu não captei, ainda com os olhos fechados, depois limpou a garganta e disse outra vez. "Que roupa! Minha mãe. Não dá pra entender o que passa pela cabeça dela." Nenhum comentário parecia ser esperado de minha parte e assim não falei nada; no que me dizia respeito, a sra. Plomer estava fora de discussão. Dava para sentir o calor voltando ao pé de Polly. Houve uma época em que eu teria me espojado na poeira perante aquela jovem só pelo privilégio de levar um de seus róseos dedos do pé à minha boca e chupá-lo — ah, sim, tive meus momentos de adoração e abjeção. E agora? E agora o velho desejo fora substituído por um anseio diferente, de um tipo que não poderia ser aplacado por seus braços, se é que poderia ser aplacado. O que era isso, essa coisa corroendo meu coração, assim como em outros tempos coisas bem distintas haviam corroído órgãos bem distintos? Sentado ali ruminando sobre essa questão, veio-me, para minha grande consternação, o pensamento de que a pessoa deitada ao meu lado sob as cobertas com os joelhos encolhidos junto ao peito podia ser — hesito em dizê-lo — podia ser minha filha. Sim, minha filha perdida, trazida de volta da terra dos mortos por alguma radiante magia e agraciada com todos os atributos, corriqueiros e inestimáveis, de uma vida vivida. Essa era uma ideia muito estranha, mesmo pelos padrões dos momentos extraordinários e turbulentos que eu ora enfrentava. Soltei seu pé e endireitei o corpo, sentindo vertigem, consternado. Às vezes me ocorre que tudo que faço é um substituto para alguma outra coisa e que toda aventura em que embarco é uma tentativa malfeita de reparação por algo feito ou inacabado — não me peça para explicar. Lá fora, na noite, começava a chover outra vez, eu podia escutar, um murmúrio crescente, como o som de inúmeras vozes distantes falando ao mesmo tempo, em tom de sussurro.

Levemente salgados ao paladar, aqueles seus dedos do pé, quando os chupei. Salgados como lágrimas de sal.

Ela se mexia agora e abria os olhos e punha a mão sob a bochecha e suspirava. "Sabe qual foi a primeira coisa que me atraiu no Marcus?", disse. "A vista ruim. Não é estranho? Os olhos dele sofriam com todo aquele trabalho minucioso que ele teve que fazer quando era aprendiz. Você sabia que é por isso que parece tão desajeitado, por isso que se mexe devagar e com tanto cuidado? Era gostoso ver o jeito como ele encostava nas coisas, tateando, como se fosse o único modo de ter certeza do que estava fazendo. Era assim que ele me tocava também, um contato muito leve, só com a ponta dos dedos." Suspirou outra vez. Seus cabelos sempre cheiram um pouco como bolacha embolorada; eu adorava enterrar o rosto neles e aspirar esse suave odor de corça. Ela se mexeu, esticando as pernas sob as cobertas, virou e deitou de costas, com a mão atrás da cabeça, me olhando calmamente. O modo como estava deitada fez a pele no canto externo de seus olhos ficar ligeiramente esticada e brilhante, o que deixou suas feições com um aspecto curiosamente laqueado, oriental. "Me conta por que você fugiu", disse. Não tentei responder, só encolhi os ombros e abanei a cabeça. Ela puxou a boca para o lado, numa careta. "Não tinha como você ter imaginado a humilhação que eu ia sentir — pelo menos, espero que não, ou então você é um monstro até pior do que eu achei." Disse que não sabia o que ela queria dizer — sabia, claro —, e ela fez aquele trejeito com a boca outra vez. "Não? Olha onde você tinha chegado, tudo que você tinha, tudo que você tinha feito, e olha o que eu era, a mulher de um relojoeiro vendo a vida passar num fim

o violão azul *163*

de mundo sem futuro." Isso foi dito com uma rispidez tão abrupta que quase caí de costas, eu que a essa altura fora tão repelido que parecia não ter como ir mais para trás. Mas assenti, tentando me mostrar compreensivo e solidário. Assentir, ocorreu-me, era um modo conveniente, nesse caso, de repetidamente baixar a cabeça. A vergonha, porém, acho, mesmo quando queima mais intensamente, está sempre um pouco apartada, como se houvesse uma cláusula de fuga escrita em suas entrelinhas. Ou talvez seja apenas comigo, talvez eu seja incapaz de vergonha genuína. Afinal, tem tanta coisa de que sou incapaz. Polly me encarava agora com uma espécie de ceticismo pesaroso, quase sorrindo. "Pra mim você era um deus", disse, e na mesma hora, é claro, pensei em Dioniso se apiedando da pobre Ariadne abandonada, levando-a de Naxos e tornando-a imortal, quisesse ela ou não; os poderosos do Monte Olimpo sempre tiveram um fraco por uma garota em apuros. Mas eles partiram todos, esses deuses, em seu crepúsculo. E eu não era deus nenhum, querida Polly; quase não era um homem.

Agora, neste momento, neste fim de tarde, enquanto minha pena garatuja seus garranchos nestas páginas fúteis, em algum lugar lá fora, na Colina do Enforcado, um pássaro solitário canta. Escuto seu canto apaixonado, límpido e luminoso. Passarinhos cantam numa época avançada do ano como esta? Talvez sua classe de seres também tenha seus bardos, suas rapsódias, seus poetas solitários de desolação e lamento, que não conhecem estações. O dia decai, a noite se aproxima, em breve terei de acender meu abajur. Por ora, porém, de bom grado fico aqui sentado ao lusco-fusco de outubro, ruminando sobre meus amores, minhas perdas, meus torpes pecados. O que será de mim, de meu árido, dessecado coração? Por que pergunto, pergunta você. Ainda não entendeu, a essa altura, que eu não entendo nada? Está vendo como sigo às apalpadelas, como um cego numa casa onde todas as luzes foram acesas.

O dia decai.

* * *

Acomodo-me aqui, batendo debalde minha asa de ouropel,* sinto vontade de escrever o título *Um tratado sobre o amor*, e fazê-lo seguir de umas vinte, vinte e tantas páginas em branco.

Conversamos pela metade do que restava daquela noite, ou melhor, Polly conversou, enquanto eu fiz o melhor que pude para escutar. Sobre o que ela falou? O de costume, o triste e raivoso costumeiro. Soerguera o corpo e sentara, para melhor me atacar, e como seu pijama não era páreo para o frio, embrulhou-se no edredom — ali na tenda da luz do abajur, devíamos parecer dois peles-vermelhas envolvidos num interminável, rancoroso e unilateral *powwow*. Fiquei tentado a chegar mais perto e abraçá-la, *winceyette* e tudo mais, mas sabia que não me deixaria. Essa é mais uma de minhas versões do Inferno, ficar pela eternidade num quarto gelado sob um cobertor inadequado levando um sabão por minha falta de sentimento humano ordinário, por minha indiferença ao sofrimento alheio e minha recusa em oferecer a mais reles migalha de conforto, por minha insensibilidade, minha negligência, minhas traições covardes — numa palavra, por minha simples incapacidade de amar. Tudo que disse era verdade, admito, e contudo ao mesmo tempo era tudo equivocado, tudo errado. Mas de que teria adiantado discutirmos? O problema é que nessas questões, não há fim para a rodada de disputa e, por mais fundo que vão os disputantes, sempre haverá novas profundezas por sondar. Quando se trata de casuística, nada se compara a um par de namorados em pé de guerra e prestes a se separar discutindo sobre que lado recai

---

* Andrew Marvell, "The Definition of Love". (N.T.)

a maior parte da culpa. Não que tivesse havido muita coisa a título de discussão nessa noite. E na verdade meu silêncio, que considerei indulgente, apenas servia para deixar Polly ainda mais furiosa. "Jesus Cristo, você é impossível", exclamou. "Eu podia muito bem estar conversando com este travesseiro!"

Mas a coisa terminou numa trégua não inteiramente infeliz quando Polly, exausta com a própria retórica e o emaranhado cada vez mais complicado de acusações que viera atirando contra mim, entregou os pontos, apagou o abajur e voltou a deitar, permitindo até que eu deitasse a seu lado, não sob as cobertas, não, mas por cima delas, embrulhado como uma lagarta no desconfortável casulo do meu cobertor. E assim repousamos ali, de algum modo juntos em sua cama impossivelmente estreita, escutando a chuva cair no universo. Pude perceber Polly pegando no sono, e logo fui atrás. Não demorou muito, porém, para que o frio e a umidade me fizessem voltar a acordar. A chuva cessara e o silêncio era absoluto, salvo pelo som rítmico da respiração de Polly. Devia estar tendo um sonho ruim — dificilmente seria um sonho bom, considerando tudo que passara naquela noite —, pois de vez em quando emitia um gemido suave do fundo da garganta, como uma criança chorando enquanto dorme. As cortinas estavam abertas e pela janela pude ver que o céu havia limpado, e as estrelas estavam visíveis, nítidas e trepidantes, como se cada uma delas estivesse pendurada por um fio fino, invisível. Sei que a escuridão que precede a aurora deveria ser a hora mais desoladora do dia, mas eu a adoro, e adoro estar acordado nesse momento. É sempre tão quieto nessa hora, com todas as coisas a postos, à espera do grande alarido do sol. Polly recostava contra mim agora e mesmo através do espesso edredom dava para sentir seu coração batendo, e seu hálito bafejava em meu rosto, também, levemente rançoso, familiar, humano. Vi uma estrela cadente e quase na mesma hora, em rápida sucessão, duas mais. Zip, zip zip. Então, augusto e furtivo, um aeróstato apareceu, alçando seu voo oblíquo desde o leste, um leve azul-acinzentado contra o rico negro-arroxeado do céu, sua cabine pendurada sob ele como um bote salva-vidas com janelas iluminadas, singrando suavemente a não muita altura, um salsichão absurdo, e no entanto para mim algo com que se maravilhar, frágil e silente nau viajando para oeste, transportando sua carga de vidas.

Oh, Polly. Oh, Gloria.

Oh, Poloria!

Pela manhã, houve nova rodada de cenas cômicas, sem que ninguém risse. Pelo bem geral, vou pular o café, quebrando o silêncio apenas para dizer que o centro das atenções à mesa do desjejum foi uma grande panela enegrecida de mingau, e que Barney, o cão, que se afeiçoara a mim, veio largar o esqueleto sob a mesa junto a meus pés, ou principalmente em cima de meus pés, na verdade, soltando a intervalos uma série de peidos inaudíveis cujo fedor levou-me quase a vomitar minha papa. Depois disso, refugiei-me por meia hora no banheiro que eu não fora capaz de encontrar na noite anterior, possivelmente porque era contíguo ao quarto onde dormira. O lugar era apertado e em forma de cunha, com uma única janela estreita no canto pontudo. Havia uma banheira para banho de assento, a porcelana lascada e amarelada, e um enorme e majestoso vaso com assento de madeira, como o jugo de um cavalo de tração, onde sentei para defecar por um longo tempo, com meus cotovelos nos joelhos, fitando um vazio vasto e entorpecido. Depois, de pé diante da pia, vi que a janela dava para a mesma vista de estábulos, colina e árvores que eu observara do quarto de Polly, no andar de baixo. O céu estava limpo e o pátio sob mim, banhado em aguada luz solar. Não trouxera nada comigo da edícula e tive de me barbear o melhor que pude com uma navalha assassina

o violão azul 167

de cabo perolado que encontrei no fundo de um armário, ao lado da banheira. Havia uma rachadura diagonal no espelho para fazer barba que ficava pendurado num prego acima da pia e, raspando os pelos duros — fato frustrante, embora quiçá afortunado, a lâmina ser cega —, olhei para mim mesmo desconcertantemente como uma das demoiselles de Avignon, a odalisca de rosto ressaltado no centro, com o airoso coque no alto da cabeça, imagino. Como é triste meu ridículo, como é ridícula minha tristeza.

Em algum lugar das imediações, nos estábulos, deve ter sido, um burro começou a zurrar. Eu não escutava um burro zurrando desde — desde sei lá quando. O que achei que estava dizendo? A maioria das criaturas deste mundo, quando erguemos uma voz solitária como essa, temos uma única coisa em mente, mas poderiam aqueles berros glotais, um ruído verdadeiramente espantoso, ser um lamento de amor e desejo? Caso sim, o que a donzela burra pensa, ao escutar? Até onde sei, deve soar a seus hirsutos ouvidos como a balada mais terna do trovador. Que mundo, Senhor amado, que mundo, e eu nele, velho burro zurrador que sou.

Passei o resto da manhã me esquivando pela casa, ansioso em evitar novo confronto, mesmo à luz do dia, com a mãe abilolada de Polly. Tampouco fazia questão de topar com seu pai, que, assim eu temia, daria um jeito de me chamar num canto, com delicadeza mas firmeza, e exigiria saber de mim, a seu modo acanhado, quais exatamente eram minhas intenções para com sua filha, que era uma mulher casada, sem mencionar, já que eu não tocara no assunto, o fato de ser quase um par de décadas mais nova do que eu. Intenções, teria eu intenções? Se tinha, decerto não fazia mais uma ideia clara de quais seriam, se é que já fizera. Eu achava que me libertara de Polly, achava que havia abandonado o navio e remado para longe no escuro a uma furiosa velocidade, só para me ver, à primeira luz, ainda me debatendo desesperadamente em sua esteira, o pintor — o pintor! — enredado na cana do leme de minha frágil casca de noz, os nós inchados da água salgada e endurecidos como nós de um carvalho fossilizado. Por que, quando ela voltou a dormir, não me levantei de sua cama e parti, como partira antes, um ladrão, verdadeiramente um ladrão na noite? Por que continuava ali? O que me segurava? O que era esse lenhoso nó que eu não conseguia desatar? De sua parte, Polly, no decorrer da manhã, quase não me deu atenção, empenhada como estava na incumbência árdua de ser ao mesmo tempo mãe e filha. Quando por acaso nos pegávamos frente a frente, lançava-me apenas um olhar apressado e passava direto por mim, murmurando com impaciência entre os dentes. O resultado de tudo isso foi que comecei a me sentir estranhamente distanciado, não só de Grange Hall e das pessoas ali, mas também de mim mesmo. Era como se houvesse de algum modo sido empurrado até perder o equilíbrio e estivesse tentando agarrar o ar para não cair. Uma sensação esquisita. E de repente, neste instante, lembro de outro burro, de muito tempo atrás, em minha infância perdida. Uma prainha cor de concreto, o dia encoberto por um clarão esbranquiçado; o ricochete penetrante das vozes de crianças na areia e os gritos animados dos banhistas quebrando ondas. O nome do burro é Neddy; está escrito numa plaquinha de cartolina. Ele usa um chapéu com buracos para passar suas orelhas bizarras. Apoia-se apaticamente nas pequenas patas preciosistas, mascando algo. Seus olhos são grandes e lustrosos, eles me fascinam — imagino que deve ser capaz de enxergar praticamente até o horizonte. Sua atitude em relação a tudo que ocorre a sua volta é de vasta indiferença. Recuso-me a montar nele, porque tenho medo. Não me tapeiam, os animais, com seu disfarce de estupidez: percebo a expressão em seu olhar que tentam dissimular mas não conseguem; sabem todos sobre mim algo que eu não sei. Meu pai, respirando pesado, agarra-me rispidamente pelos ombros e ordena que fique ao lado de Neddy, que faça pelo menos isso, assim pode tirar minha fotografia. Mi-

o violão azul 169

nha mãe dá um aperto secreto em minha mão, somos parceiros de conspiração. Então, quando meu exaltado pai enfim aperta o botão e ouço o clique do obturador, Neddy remexe suas pesadas ancas e, ao fazê-lo, recosta em mim, não, se apoia em mim; sinto seu peso sólido e compacto e capto o odor seco e pardacento de sua pele e, por um momento, sou deslocado, como se o mundo, como se a Natureza, como se o grande deus Pã em pessoa tivesse me dado um cutucão e tirado do prumo. E é assim que foi comigo outra vez, aquela manhã em Grange Hall, errando pela casa em busca de meu próprio eu deslocado.

Havia outro motivo, mais imediato e prosaico, para me sentir chutado para escanteio. Embora o pai de Polly já fosse um velho conhecido de longa data do assim chamado Príncipe, essa era a primeira vez que Sua Majestice lhe dava a honra de uma visita pessoal, e a casa estava em polvorosa com a expectativa nervosa. Janey se ofendera com alguma sugestão sobre o que deveria servir no almoço e se fechara na cozinha, amuada. Pa Plomer, embora por fora vago e ausente como de costume, parecia emitir um zumbido agudo contínuo, e suas mãos deviam estar em carne viva de tanto que as esfregava. Sua esposa, única em toda a família, flutuava acima da excitação geral, serena atrás de um sorriso de secreta sabedoria.

A chegada principesca foi anunciada pelo som de pneus no cascalho e uma salva de latidos guturais de Barney. Polly e seu pai foram para a porta da frente saudar sua nobre visita, enquanto eu fiquei para trás no corredor, sentindo-me como um assassino nefastamente à espera, com uma bomba acesa sob o casaco. Freddie chegou dirigindo, eu vi, o que se costumava chamar de *shooting-brake*, um veículo alto e antiquado que estava mais para um trator bem aparelhado do que um carro. Ele desceu do banco do motorista e avançou pelo pedrisco, removendo as manoplas de couro e sorrindo seu sorriso triste, estressado. Estava usando um casaco de lã verde-alga e capa curta de tweed, chapéu de chofer e galochas sobre sapatos de couro envernizado tão garbosos quanto sapatilhas de balé. Veste-se de fato à altura do papel principesco, nisso dou o braço a torcer. "Ah, bom dia, bom dia", murmurou, removendo o quepe e tomando a mão de Polly com ar grave, depois a do pai dela, curvando alternadamente na direção de ambos sua cara longa e estreita e exibindo os dentes ligeiramente manchados num esgar equino. Relanceando além deles, avistou-me, Gavrilo Princip em pessoa, espreitando das sombras. Não nos víamos desde aquele nosso encontro fortuito diante dos banheiros, naquele dia remoto do bazar em Hyland Heights, quando ofereceu sua crítica involuntariamente arguta de meus desenhos, e pude perceber que mais uma vez esquecera quem eu era. Polly nos apresentou. Barney pateava entre nossas pernas, sorrindo e ofegando. Caminhamos pelo corredor, nós quatro, seguidos do cão. Sem palavras a dizer, e todos muito cientes do pânico em face do abismo social. Que engenhoca mais peculiar ela é, a confluência humana.

O almoço foi servido na catacumba marrom e vasta da sala de jantar, em uma longa mesa marrom. A mesa era arranhada e esburacada da idade e fiquei passando os dedos levemente na madeira para sentir seu polimento sedoso. Gosto das coisas quando são alisadas e suavizadas pelo tempo desse jeito. Tudo que temos são superfícies, superfícies e a interioridade insignificante do eu; esse é um fato com muita frequência e muita facilidade esquecido, tanto por mim como por todo mundo mais. Através de duas janelas altas dava para ver o céu, onde o vento arrebanhava as felpudas nuvens recém-nascidas e as conduzia adiante, como um pastor. É estranho ter o olhar e o anseio de pintar sem ser capaz de fazê--lo. Estou encurvado perante o mundo como um velho febril em impotente contemplação de uma jovem nua e despudoradamente disposta. Remorso e reuma, eis a cota que me cabe, pobre pintador penalizado que sou.

o violão azul *171*

O papo, creio que posso afirmar com justiça, não fluiu. O clima e seus caprichos nos sustentaram por algum tempo — ou, antes, sustentaram os demais, devo dizer, já que fui na maior parte uma presença calada à mesa. Sou um amuado, como o leitor já terá percebido a essa altura; é mais um de meus antipáticos traços. O pai de Polly e o Príncipe entabularam uma conversa desconexa sobre poetas obscuros e longamente mortos — obscuros para mim, enfim. Pip, em seu cadeirão, ocupava-se de bater e balbuciar — impressionante quanto barulho uma criatura tão pequena pode fazer —, sorrindo com deleite para ninguém em particular, encantada por estarmos todos ali reunidos para presenciar seu recital. Sim, não demoraria muito agora para que sua consciência topasse com o fato cruel de que ela não é o fulcro do mundo. A nova ciência ensina, se a compreendo corretamente, que toda ínfima partícula se comporta como se fosse — já que em certo sentido é mesmo — o ponto central sobre o qual gira toda a criação. Bem vinda, competidora, à raça humana.

Mas que figura, o bom e velho Freddie. Mal conseguia tirar os olhos dele, de seu traje requintado, costurado decerto pelos anões cativos em uma das oficinas subterrâneas da elevada Alpínia, o lenço azul-royal em seu pescoço, o discreto alfinete em sua lapela que é o emblema de membro dos Cavaleiros da Rosa-Cruz, ou da Irmandade de Wotan, ou um desses consistórios eleitos e secretos. Acrescente-se a tudo isso suas bochechas exangues e carcaça tísica, o recurvar extenuado e a tristeza infinita de seu olhar, e o que temos senão a perfeita imagem de uma linhagem moribunda. Como o retrataria, se me pedissem? Um torto capacete de ferro num pau pintado. Ele sofre de caspa, notei — seu colarinho vive polvilhado de pequenos flocos; é como se estivesse descascando, regularmente, sub-repticiamente, nessa incessante queda de escamações brancas como cera. Embora toda sua atenção fosse dirigida para os Plomer, *Vater und Tochter*, seu olhar ocasionalmente vagava na minha direção com hesitante desconfiança. A mãe de Polly também manifestava por mim um interesse mais vivo do nunca e me observava com olhar avaliador, como um visitante no museu circundando uma obra particularmente enigmática de modo a vê-la de todos os ângulos. Sem dúvida em algum lugar nas cavernas labirínticas do que passava por sua consciência ainda permanecia a imagem recente de um vulto indistinto embrulhado no cobertor fazendo algo altamente suspeito numa janela escura como breu. Polly parecia tão distante de mim agora quanto sua mãe e pela primeira vez em longo tempo peguei-me com saudade de Gloria. Bom, não de Gloria, exatamente, ou não só dela, mas de tudo que ela representava, o lar e a casa, em outras palavras, o velho solo, que, afinal, se não um refúgio de felicidade, havia por muitos anos me servido a contento, a seu modo. Quando era apenas um garoto emburrado, eu passava muitos dias na gazeta, sem nunca me preocupar com a chegada do momento, geralmente por volta do meio-dia, em que o fascínio de estar em liberdade enquanto os demais continuavam prisioneiros perderia a graça e, à minha revelia, eu começava a anelar pela abafada sala de aula com suas partículas de giz pairando no ar e o cruel mostrador do relógio na parede e até a melancólica lenga-lenga da professora, e no fim voltaria por vias erráticas para casa, onde minha mãe, sabendo muito bem o que eu andara aprontando, condescenderia com minhas mentiras. Esse sou eu da cabeça aos pés, nenhuma fortitude, nenhuma perseverança; nenhuma fibra.

Gloria. Mais uma vez eu me perguntava, como ainda me pergunto, por que não fora à minha procura quando eu estava na edícula. Nem mesmo ela teria sido capaz de adivinhar onde eu fora parar agora, ali com os Plomer e seu Príncipe.

"Ah!", disse Freddie de repente, dando um susto no restante de nós, até na mãe de Polly, que ergueu as sobrancelhas e piscou.

o violão azul   173

Ele estava olhando para mim, com o que, em seu caso, passava por animação. "Sei quem é o senhor", disse. "Me perdoe, estava tentando lembrar. É o pintor, Oliver."

"Orme", murmurei. "Oliver é meu primeiro —"

"Sim, sim, Orme, claro."

Estava tremendamente satisfeito consigo mesmo por ter enfim lembrado e bateu com as mãos abertas na mesa à sua frente e recostou na cadeira, sorrindo.

O sr. Plomer limpou a garganta, numa espécie de tremolo grave e reverberante. "O senhor Orme", disse, um tanto alto demais, como se ruins de audição fôssemos nós, "é um grande admirador dos poetas." Virou para mim convidativo, como que me passando a palavra. "Não é verdade, senhor Orme?"

O que havia a dizer? — imagine uma desamparada boca de peixe e um olho girando descontroladamente. Pip, talvez tomando a ligeira tensão do momento por uma censura dirigida a ela, começou a choramingar.

"Precisa trocar a fralda de Polly", anunciou a sra. Plomer, fitando com ar complacente a criança de rosto vermelho.

"Oh, o que foi, bebê?", disse o sr. Plomer, curvando-se sobre a mesa na direção da neta, exibindo a dentadura num sorriso desesperado.

É extraordinário o que uma criança chorando pode fazer com uma sala. Foi como um desses momentos na área dos macacos, quando um grande macho solta um urro, apoiando-se nos nós dos dedos e virando os lábios do avesso, e todos os animais nas jaulas em volta começam a balbuciar e gritar. Com Pip aos berros, todo mundo, exceto a mãe de Polly, fez alguma coisa, se mexendo, falando ou erguendo as mãos em alarme impotente. Até mesmo Janey apareceu, materializando-se na porta com uma colher de pau no punho cerrado, como a deusa do castigo tornada ameaçadoramente manifesta. Polly se levantou exasperada da cadeira, avultando como um grande peixe, e praticamente se atirou na direção da criança, tirou-a do cadeirão e saiu intempestivamente da sala. Eu, titubeante, trotei atrás, Jack de sua Jill.

Acaba de me ocorrer, vai saber por que, que nosso velho Freddie é provavelmente mais novo que eu. Isso me vem meio como um choque, confesso. O fato é, fico esquecendo como sou velho; posso não ser um idoso, mas também não sou esse jovial mancebo pelo qual tão frequentemente me tomo. O que me passou pela cabeça, na minha idade, apaixonar-me por Polly e pôr tudo tão ruinosamente a perder? Assim como quero saber por que roubo — roubava, quero dizer — ou por que parei de pintar, ou por que, falando nisso, comecei, para começo de conversa. A pessoa faz o que faz e aos tropeços deixa, pingando sangue, a loja de porcelana.

Quando cheguei ao corredor não avistei Polly em parte alguma. Fui em seu encalço, orientado pelo som lamurioso da criança, até um curioso cubículo que ligava dois ambientes maiores. O espaço minúsculo era dominado por um par de portas brancas em lados opostos e, entre elas, uma alta janela de guilhotina dando para o gramado e o caminho de cascalho que serpenteava em direção ao portão e à estrada. Sob a janela havia um banco estofado e nele Polly sentava, segurando a bebê no joelho. Mãe e filha a essa altura estavam igualmente aflitas, ambas chorando, de forma mais ou menos convincente, seus rostos afogueados e inchados. Polly me fuzilou e emitiu um gemido abafado de raiva e angústia, os olhos cintilantes e aguados e a boca um retângulo amplo, recurvado nas laterais. É compreensível por que Pablo, o bruto, com tanta frequência fazia tudo ao seu alcance para levá-las às lágrimas.

Polly, antes que eu pudesse dizer uma palavra, começou a vituperar contra mim com tal violência que, mesmo sob as circunstâncias, me pareceu injustificado. Antes de mais nada, quis saber por que viera. Achei que se referisse a Grange Hall, mas quando protestei que havia sido ela que insistira que a levasse para casa

o violão azul 175

— suas próprias palavras, lembram-se? —, ela me interrompeu, impaciente. "Não *aqui!*", gritou. "Para a cidade, eu quero dizer! Você podia ter ido morar, onde quisesse, podia ter ficado naquele lugar, Aigues-sei-lá-o-quê, com os flamingos e os cavalos brancos e tudo mais, mas não, tinha que voltar pra cá e estragar tudo."

Em sua agitação, balançava a criança violentamente para cima e para baixo no joelho, como um saleiro gigante, de modo que os olhinhos da pequerrucha davam piruetas nas órbitas e seus soluços eram comprimidos numa série de gorgolejos e arrotos. A sombra súbita de uma nuvem assomou na janela, mas um momento depois a desmaiada luz solar voltou a se insinuar. Independentemente do que esteja acontecendo, um dos meus olhos está sempre voltado para o mundo lá fora.

"Polly", comecei, oferecendo-lhe minhas mãos suplicantes, "Polly, querida —"

"Ah, cala essa boca!", quase gritou. "Não me chama assim, não me chama de querida! Me dá nojo."

Little Pip, que havia parado de chorar, fitava-me com intensidade lunar. Toda criança tem o olhar desapaixonado do artista; isso ou vice-versa.

Agora, abruptamente, o tom de Polly mudava. "O que você acha dele?", perguntou, num tom quase casual. Franzi o rosto; fiquei pasmo. Quem? "O senhor Hyland!", retrucou, jogando a cabeça. "O Príncipe, como vocês chamam ele!" Dei um passo para trás. Não sabia o que dizer. Havia alguma armadilha na pergunta, seria um teste de algum tipo? Avanço pelo mundo afora como um artista da corda bamba, embora pelo jeito esteja sempre no meio da corda, onde ela é mais frouxa, mais elástica. "Ele é muito tímido", disse, "não é?" Ele é? "É", ela disse, "ele é", me fuzilando, como se eu a tivesse contradito.

Lá fora, de novo, a luz do sol foi apagada com um clique inaudível, e no entanto mais uma vez se reafirmou; ao longe, uma fileira de árvores desfolhadas, gesticulando, inclinavam seus ramos obliquamente ao vento.

Polly suspirou. "O que a gente vai fazer?", disse, soando não com raiva, agora, mas apenas irritada e impaciente.

A criança pressionou a cabeça contra o peito materno e se aconchegou possessivamente, virando para me dirigir um relance malévolo, letárgico. Volto a afirmar, as crianças sabem mais do que sabem.

Perguntei a Polly se pretendia voltar para Marcus. As palavras nem bem saíram e já percebi que não deveria ter aberto a boca. Na verdade, foi mais do que isso. Eu sabia antes mesmo de perguntar que não devia fazê-lo. Há algo ou alguém em mim, um tipo imprudente de adolescente desajeitado, espreitando nos interstícios do que passa por minha personalidade — o que sou eu senão uma miscelânea de afetos involuntários? —, que deve viver enfiando o dedo no vespeiro. "Se vou voltar pra ele?", disse Polly, ironicamente, como se fosse uma novidade, uma ideia que nunca tivesse lhe ocorrido até o momento. Olhou então para o lado, parecendo mais indecisa do que qualquer outra coisa, e disse que não sabia; que talvez sim; que em todo caso duvidava que ele pudesse aceitá-la e, mesmo se o fizesse, não tinha certeza se queria ser aceita de volta, como um produto defeituoso sendo devolvido à loja onde fora comprado. Evidentemente eu não figurava em parte alguma dessas suas considerações. E por que deveria?

Estava cansado, um cansaço infinito, e Polly abriu espaço no banco a seu lado para que eu me sentasse, curvado num torpor com as mãos nos joelhos e o olhar vazio, fixo no chão. A menina adormecera e Polly a embalava, indo e vindo, indo e vindo. O vento ululou consigo mesmo por uma fresta na janela, uma voz distante, imemorial. Quando chegar a hora de morrer, quero que aconteça em um momento de quietude como esse, uma fermata na melodia do mundo, quando tudo faz uma pausa, esquecendo-se de si. Como vou partir docemente então, deixando-me cair no vácuo sem um murmúrio.

o violão azul 177

Por que voltei e estraguei tudo? quis saber ela. Que pergunta.

Escutei o som de passos se aproximando e a culpa me fez levantar na mesma hora. Por que a culpa? É uma condição geral. Little Pip, ainda aninhada no seio de Polly, se mexeu e acordou. Aí está mais uma coisa sobre as crianças: você pode disparar um revólver perto do ouvido delas e vão continuar a dormir como anjos, mas ponha a arma no bolso e tente sair do quarto na ponta dos pés que começam imediatamente a gritar e acenar como marinheiros naufragados. Pip tinha uma audição particularmente afiada, como descobri numa desastrosa ocasião em que Polly a levou consigo ao ateliê e tentou fazer com que dormisse para desfrutarmos de um sexo furtivo no sofá. Ela de fato dormiu, enrolada num retalho de sol e acomodada em um ninho de capas para móveis sujas de tinta, até Polly, as pálpebras trêmulas e a garganta palpitante, deixar escapar o gritinho mais minúsculo e desamparado, e espiei por cima do ombro e vi a criança sentar abruptamente, como que impulsionada por uma mola, para fitar com solene assombro a criatura única, nua, monstruosamente enroscada em que sua mamãe e o amigo mau da mamãe de algum modo se transformaram.

Os passos, macios e indistintos, eram do sr. Plomer. Ele hesitou quando nos viu ali, eu montando guarda, como o pobre e velho José bivacando na fuga para o Egito, e Polly sentada, acalentando a bebê, com a janela e o dia ventoso às suas costas. Little Pip esticou os bracinhos ansiosos para o vovô, esperando ser erguida. Ele tocou sua bochecha distraidamente. "Querida", disse para a filha, "eu queria saber se viu o livrinho que eu estava mostrando para você ontem à noite — aqueles poemas? Quero devolver para o senhor Hyland, porque é dele, mas não consigo encontrar em lugar nenhum."

No fim da tarde a chuva voltou com toda força e saí para uma caminhada. Sim, sim, eu sei o que eu disse sobre caminhadas e sair para caminhadas, mas nessa ocasião o lado de fora estava mais tolerável que o de dentro. Uma grande busca fora instaurada pelo livro perdido de Freddie. Para integrá-la, sob ordens de Janey, convocaram-se duas criadas extras. Até então, deviam ter ficado confinadas a algum aposento fundo localizado nas regiões inferiores da casa, pois eu não fizera ideia de sua existência até surgirem do nada, enrubescidas e rindo nervosamente. Meg e Molly, chamavam-se, uma dupla encabulada, com os nós dos dedos vermelhos e os cabelos presos em coque. Houve grande estardalhaço de saltos ecoando pelas escadas e vozes ruidosas chamando de quarto em quarto, e diversos livros encadernados em vermelho foram esperançosamente levados ao sr. Plomer, mas diante de cada um ele tristemente abanava a cabeça. "Não consigo imaginar o que aconteceu com ele", ficava repetindo, num tom de voz cada vez mais agitado, "não mesmo." Impaciente com todo o burburinho, e vendo nisso um motivo, quando não uma desculpa, para sumir, embosquei Janey no corredor e perguntei se havia algum impermeável que pudesse pegar emprestado. Polly, irritada comigo outra vez porque eu me recusara a tomar parte na busca, apanhou-me saindo de fininho pela porta da frente e me lançou um olhar magoado. "Papai aflito daquele jeito", disse, acusatoriamente, "e agora o senhor Hyland todo ofendido e ameaçando ir embora porque a gente não encontra o maldito livro — e *você* saindo pra passear. Pelo menos leva a Pip junto." Afirmei que adoraria levar a criança, claro, claro que sim, só que estava chovendo, veja, e passando num piscar de olhos ao degrau reluzente, fechei a porta atrás de mim e caí fora.

Segui pelo caminho de cascalho, chapinhando bastante alegremente sob a chuva e assobiando "The Rakes of Mallow". Acho que escapar é o que anseio de fato, tudo sendo condicionado à simples premissa de estar em liberdade. Janey encontrara para mim um chapéu esplêndido, uma espécie de sueste, com aba caída na nuca e um elástico para passar sob o queixo, e um casaco impermeável que me chegava quase aos tornozelos. Além disso, apareceu com um par de botas pretas robustas; tudo serviu perfeitamente, coisa que, assim achei, só podia ser sinal de encorajamento das deidades domésticas cuja tarefa é providenciar tais pequenas e felizes congruências. Peguei uma bengala, também, dentre um ouriçado feixe delas num receptáculo de pata de elefante no vestíbulo. Vamos lá, Olly, incitei a mim mesmo, avante, clame para si a liberdade da estrada.

A chuva de certo modo anulava quaisquer aspectos utilitários que estar numa caminhada porventura tivesse e assim, conforme avançava, eu ficava livre para olhar em torno com vivo interesse. Lá estava uma horta de repolhos, as folhas rústicas e coriáceas respingadas com vacilantes joias de chuva. Os galhos úmidos das árvores estavam quase negros, embora por baixo exibissem um matiz mais leve, cinza fosco; quando soprava uma rajada de vento, desprendiam uma saraivada estrepitosa de gotas grandes, aleatórias, e pensei no padre do enterro de meu pai e naquela coisa de metal curta, grossa, ornamentada com um calombo perfurado na ponta que ele mergulhava repetidamente num balde de prata para aspergir água benta sobre o caixão, bem como sobre os enlutados, os que estavam em torno do defunto. Folhas mortas eram esmagadas e espremidas sob minhas botas de caminhada. Senti uma gota fria tremelicando na ponta de meu nariz, limpei-a e um minuto depois outra se formara. Tudo isso era curiosamente agradável e encorajador. No fundo acho que sou um organismo simples, com desejos simples que vivo elaborando tolamente até o ponto em que me põem em impossíveis dificuldades.

Fiquei feliz, no fim, que nossa filha fosse menina. É verdade que eu me determinara antes a ter um menino. Entretanto, há qualquer coisa de absurda e levemente grotesca no espetáculo de um pai e seu filho, especialmente quando existe uma marcada semelhança entre eles. É como se o pai tivesse planejado fazer uma criatura a sua própria imagem, um modelo exato em escala de si próprio, mas que por falta de habilidade e uma inépcia geral, houvesse conseguido produzir, naquele bamboleante homúnculo, apenas uma paródia cômica. Minha garotinha era muito formosa, ah, sim, e não se parecia em nada com seu pálido, sardento e esferoidal papá, ou não que eu pudesse perceber, de todo modo. Eu era particularmente fascinado por seu lábio superior, no formato perfeito dessas gaivotas estilizadas que as crianças desenham com giz de cera, e que tinha no meio uma pequena bolha carnosa meio incolor que era na verdade quase transparente, e que me encantava, não sei muito bem por quê. Como me lembro bem de seu rosto, o que é uma afirmação tola de se fazer, uma vez que qualquer rosto, sobretudo o de uma criança, está num processo gradual mas incessante de transformação e desenvolvimento, de modo que o que carrego na lembrança não pode ser outra coisa senão uma versão dela, uma generalização, que moldei para mim mesmo, como um evanescente souvenir. Há fotos suas, claro, mas fotos de crianças não servem para nada. Acho que é devido ao modo espontâneo como olham para a lente, sem aquele lampejo denunciador de vaidade, atitude defensiva, truculência que no retrato de um adulto tanto revela.

Nunca tentei pintá-la, em vida ou depois. Mesmo assim pareço enxergar um vestígio seu aqui e ali nas minhas coisas — não uma semelhança, não, não, mas uma certa, como vou dizer, uma certa suavidade ecoante de tom, uma certa brandura na cor ou na forma, ou apenas a inclinação de uma linha, ou mesmo uma perspectiva, sumindo no infinito. Deixam tão pouco vestígio, nossos entes falecidos; um suspiro no ar e pronto, foram.

O que meu pai pensava a meu respeito, pergunto-me, o que sentia por mim, seu último filho? Amor? Eis essa palavra difícil outra vez. Tenho certeza de que gostava de mim, vamos nos abster de usar qualquer coisa mais forte que isso, mas não é o que quero dizer. O que ele esperava da vida, de tudo? Fosse o que fosse, tenho certeza de que não pode ter sido personificado por mim, nem por ninguém mais, aliás. Gloria me contou, muito após sua morte, que certo dia ele virara para ela, do nada, e dissera, com veemência, com raiva, até, que ele também poderia ter sido um pintor, como eu, tivesse tido os meios de receber educação e treinamento. Levei um susto. Se as outras pessoas são um enigma, pais são um mistério insondável. Passei por cima dos meus, pisei em cima dos meus, melhor dizendo, como se fossem pedras em um rio, o rio fundo e caudaloso que me separava daquela margem distante onde eu imaginava que a vida real tinha lugar. Como ele dissera isso, perguntei a Gloria, qual fora seu tom, seu olhar? Sua única resposta foi um daqueles seus sorrisos, bondosos, compassivos, não destituídos de afeto.

Quando cheguei aos portões no fim do caminho a chuva cessara, para minha decepção. Eu fantasiara com a ideia de desbravar os elementos, um velho lobo-do-mar encalhado em terra firme, em meu sueste e botas de sete léguas, indiferente a chuva e vendaval. Após deixar de ser pintor, percebi que tinha de checar a mim mesmo, tinha de bater com o nó do dedo em mim mesmo, por assim dizer, para verificar se continuava sendo uma pessoa de ao menos alguma substância, e que muitas vezes, obtendo em resposta apenas um som oco, passava a imaginar outro papel para mim, outra identidade, até. Amante de Polly, por exemplo, era algo para eu ser, assim como filho ingrato, falso amigo, até artista fracassado. As alternativas que eu evocava não tinham de ser impressionantes, não tinham de ser boas ou decentes, não tinham de alimentar minha autoestima, contanto que parecessem reais, contanto que pudessem passar por reais, com o que quero dizer autênticas, presumo. Autenticidade: eis aí outra palavra que sempre me incomoda. O notável nessa estratégia de estabelecer novos eus era que os resultados não pareciam ser muito diferentes de como as coisas tinham sido comigo antes, nos tempos em que eu ainda era pintor e não duvidava, ou não percebia que duvidava, de meu egoísmo essencial. É um troço peculiar, ser eu. Mas também, deve ser peculiar ser qualquer um, tenho certeza de que é assim.

Nos portões, peguei a estrada e caminhei pela margem encharcada, perdido em meus pensamentos sobre muitas coisas e sobre nada. O asfalto molhado diante de mim brilhava à luz evanescente. Aqui e ali um passarinho, perturbado por minha passagem, deixava a sebe ao meu lado e saía planando, soltando uma estridente advertência. Falam-nos do caos de outros mundos que nunca veremos, mas e quanto aos mundos que vemos, os mundos dos pássaros e das feras, o que pode ser mais alheio a nós do que isso? E contudo, pertencemos outrora a esses mundos, há muito tempo, e brincamos nesses campos felizes, toda evidência nos assegura de que esse é o caso, embora eu ache duro de crer. Estou mais inclinado a pensar que surgimos espontaneamente, que brotamos da raiz da mandrágora, talvez, e fomos deixados à nossa revelia a perambular pela terra, pestanejando, atarantados autóctones.

Eu não havia comido nada no almoço e no entanto estava sem fome. A barriga sabe quando não será alimentada e, como um cachorro velho, se ajeita para dormir. Assim são as coisas, creio, com as criaturas e seus confortos, de modo que haja bem-estar para todos, e às vezes Deus dá o frio conforme o cobertor.

Então se passou a coisa mais estranha — ainda que eu não saiba o que pensar a respeito, ou se de fato aconteceu. Comecei a escutar à minha frente um ruído difuso e musical que foi ficando cada vez mais alto, até que pouco depois, na curva da estrada, uma pequena tribo do que tomei por mercadores, ou mascates, ou algo assim, surgiu em vestes orientais. Parei, aproximei-me da sebe e observei seu vagaroso progresso em meio ao lusco-fusco crescente, uma procissão de meia dúzia de trailers de madeira pintados de azul e vermelho brilhante, com tetos pretos curvos, puxados por

o violão azul *183*

pequenos cavalos robustos, como aqueles de corda que costumávamos ganhar no Natal, de lata, suas narinas infladas e o branco de seus olhos cintilando. Homens esguios de tez escura em longos mantos e sandálias ornamentadas — sandálias, com esse tempo! — caminhavam junto aos cavalos num passo relaxado, oscilante, segurando as rédeas, enquanto no interior penumbroso dos trailers suas mulheres roliças, de véu, olhavam para fora em silêncio. Na esteira da caravana vinha um bando de crianças andrajosas executando uma música cacofônica, lamurienta, com pífaros, gaitas de foles e pequenos tambores de dedo em cores vivas. Observei-os passar, os homens com rostos estreitos, cobertos de cicatrizes, e as mulheres, o pouco que pude ver delas, imensas, todas elas, os olhos pintados de kohl, as mãos tatuadas com hena em intrincados arabescos. Ninguém me notou, nem sequer as crianças relancearam em minha direção. Talvez não tenham me visto, talvez tenha sido apenas eu que os vi. E assim passaram, a trupe tilintante, variegada, pela estrada molhada e penumbrosa. Eu os segui com o olhar até não poder vê-los mais. Quem eram, o que eram eles? Ou, estavam ali de fato? Teria eu me deparado com uma encruzilhada onde os universos se tocam, atravessado brevemente para outro mundo, longe deste no espaço e no tempo? Ou teria simplesmente imaginado? Foi uma visão ou um sonho desperto?

Agora eu seguia caminhando, indiferente ao manto da escuridão, atemorizado pelo encontro alucinatório, e no entanto estranhamente animado, também. Dali a pouco toda a folhagem em torno começou a ser iluminada pelos faróis de um veículo se aproximando às minhas costas. Parei e recuei na margem verdejante outra vez, mas em vez de seguir adiante, a coisa diminuiu e parou com um estremecimento. Era o calhambeque absurdo e alto de Freddie Hyland e lá estava Freddie em pessoa, espiando-me da cabine.

"Achei que fosse o senhor", disse. "Posso lhe oferecer uma carona?"

184 JOHN BANVILLE

Como faz isso, como consegue, essa sonoridade grave, patrícia, de modo que as coisas mais simples que diz transmitem o peso de gerações? Afinal, era apenas o Freddie Hyland que meus irmãos costumavam atormentar no pátio da escola, tirando sua mochila e chutando-a como uma bola de futebol. Pergunto-me se ele se recorda desses dias.

Meu primeiro impulso foi agradecer o oferecimento e declinar educadamente — carona para onde, afinal? —, mas em vez disso vi-me contornando a frente da máquina palpitante, através do clarão dos faróis, e subindo ao banco do passageiro. Freddie agraciou-me com seu sorriso lento, melancólico. Estava usando sua capa e seu quepe. Chug-chug e lá fomos nós. O grande volante ficava na horizontal, como num ônibus antiquado, de modo que Freddie tinha de se curvar sobre ele, parecendo um crupiê debruçado na roleta, ao mesmo tempo devotando um intricado trabalho de pés aos pedais no chão. Andava numa velocidade tranquila, sedativa. A estrada diante de nós parecia um túnel sem fim dentro do qual nós e nossas luzes estávamos sendo inexoravelmente tragados. Freddie perguntou se era para a cidade que eu pretendia ir e, sem pensar, disse que sim. Por que não? Tanto fazia lá como qualquer outro lugar. Eu estava fugindo outra vez.

Perguntei a Freddie se encontrara a caravana do oriente, quando viera pela estrada. Ele não falou nada, apenas abanou a cabeça e sorriu outra vez, enigmaticamente, achei, sem tirar os olhos da estrada.

"A cidade é onde o senhor nasceu, certo?", disse após algum tempo. À luminosidade do painel, seu rosto era uma máscara comprida e esverdeada, as órbitas oculares vazias e a boca, um talho fino e negro. Contei-lhe sobre a edícula, que nos fora alugada por seu primo, adequadamente chamado Urs. A isso, também, não teceu comentário. Talvez haja para ele uma clara faixa de referência, há muito demarcada, e de tudo que fique de fora ele se recuse a

o violão azul 185

dar ciência. "Não existe um lugar que eu considere como sendo minha casa", afirmou, pensativo. "Claro, estou aqui, mas não sou daqui. O povo ri de nós, sei disso. E no entanto faz cem anos que meu avô chegou e comprou terras para construir sua casa. Sempre achei que não deveríamos ter mudado de nome." Freou quando uma raposa disparou pela estrada diante de nós, sua cauda baixa e o afilado focinho preto erguido. "Conhece Alpínia?", inquiriu, relanceando-me com o canto do olho. "Aqueles países, aquelas regiões — Bavária, a Engadina, Gorizia —, talvez por lá seja minha casa." O motor gemeu e matraqueou conforme voltávamos a ganhar velocidade. Acreditei sentir um hálito frio, cortante, como uma rajada de vento sendo soprada de picos nevados. Meu chapéu estava no chão junto aos meus pés, a bengala de abrunheiro entre meus joelhos. "Nossa família era bávara", disse o Príncipe a seu modo enfadado, "da cidade de Regensburg, de tempos antigos. Costumo sonhar com ela, com o rio e a ponte de pedra, aquelas estranhas torres mouriscas com ninhos de garça no topo. Talvez deva voltar para lá, um dia, o lugar da minha gente."

Olhei para as árvores lá fora erguendo-se abruptamente à luz dos faróis e de forma igualmente abrupta voltando a tombar nas trevas atrás de nós. Lembram-se de como, quando éramos pequenos, e o que estava para se tornar Alpínia era ainda uma confusão de povos hostis, costumava haver ofertas gratuitas atrás das caixas de cereais? Você cortava um tanto de cupons e mandava para um endereço no exterior, e dias ou semanas depois seu brinde chegava pelo correio. Que emocionante era, o pensamento de um estranho em algum lugar, talvez uma jovem, com unhas pintadas de esmalte vermelho e permanente no cabelo, manejando o abridor de envelope, tirando sua carta e a segurando, segurando de verdade em seus dedos, e lendo-a, a carta que você escreveu, dobrou e enfiou, estalando, branca e rígida como linho engomado, em seu envelope que cheirava tão evocativamente a polpa de celulose e cola. E depois havia a própria coisa, o brinde, um brinquedo de plástico vagabundo que quebraria dentro de um dia ou dois mas que ainda assim era um objeto sagrado, um talismã tornado mágico simplesmente — simplesmente! — por ser de algum outro lugar. Nenhum culto à carga teria vivenciado o fervor místico que me dominava quando meu precioso pacote vinha despencando do céu. Já disse antes mas vou repetir: essa é a função de roubar, que o objeto roubado mais trivial é transfigurado em algo novo e numinosamente precioso, algo que —

Eu sabia que teria de seguir roubando, a questão nunca esteve longe dos meus pensamentos.

Mas uou, exclamará o leitor, apeie aí um minuto desse seu cavalinho de pau fantasioso e explique o seguinte: como foi isso de Polly Pettit, *née* Plomer, que você afanou do marido e procurou incrustar entre as estrelas, como foi acontecer de ela assim tão de repente perder a aura de deusa? Pois era isso que você se propusera a fazer, todos sabemos, torná-la divina, nada menos. Tudo bem, admito, tentei de fato a tarefa em geral reservada a Eros — sim, Eros —, a tarefa de conferir luz divina ao banal. Mas não, não, era mais do que isso que eu intentava: nada menos que a total transformação, a argila tornada espírito. O prazer, o deleite, os êxtases da carne, tais coisas nada significam, quase nada, para um homem como eu. Trans-isso e trans-aquilo, tudo quanto fosse trans, era isso que eu buscava, a renovação das coisas, de tudo, pela força da concentração, que é, e não se equivoque, a força das forças. O mundo seria tão completamente o objeto de meu olhar apaixonado que sairia correndo e coraria loucamente num ardor constrangido. Havia momentos, lembro-me, em que Polly ficava com vergonha de mim, cobrindo-se com as mãos, como Vênus em sua concha. "Não me olha desse jeito!", dizia, sorrindo, mas franzindo o cenho ao mesmo tempo, incomodada comigo e com meu olhar devorador. E tinha motivo para ficar nervosa, pois eu

o violão azul *187*

estava determinado a consumi-la inteiramente. E qual era a fonte secreta desse anseio? As ilimitadas exigências desatinadas do amor, a furiosa fome do amante? Certamente não, afirmo, certamente não! Era a estética: foi tudo, sempre, um esforço estético. Isso mesmo, Olly, vá em frente, jogue suas mãos para o alto e finja que foi mal compreendido. Você não gosta, não é, quando a faca chega perto do osso? Pobre Polly, não foi a pior coisa de todas que você poderia ter feito para ela, tentar fazer com que fosse algo que ela não era, ainda que apenas aos seus olhos? E olhe para você agora, fugindo dela mais uma vez, numa espécie de esquisito conluio com o Príncipe dos Ombros Nevados. Que impostor, que iludido e descarado impostor você é.

Ah, sim, nada como o sedoso açoite da autocensura para apaziguar uma consciência dolorida.

Onde estava eu, onde estávamos nós? Rodando pela estrada, isso, Freddie e eu, atravessando o véu da noite escura. Chegamos à cidade quando as lojas fechavam. Sempre uma hora tristonha do dia, sobretudo no outono. Freddie perguntou onde podia me deixar. Eu não sabia o que dizer, e mencionei a estação de trem, que foi o primeiro lugar que me veio à cabeça. Ele pareceu surpreso, e perguntou se eu ia viajar, se estava de partida. Disse que sim. Não sei por que menti. Talvez pretendesse ir de fato, cair fora, desse modo tirando a mosca, a varejeira azul e zumbidora, da sopa de todo mundo. Ele olhou para o capote e a bengala de abrunheiro, mas absteve-se de comentário. Pude perceber que refletia, porém, e acreditei até detectar um princípio de inabitual animação em suas maneiras. O que podia ser que estava mexendo com ele?

A estação estava às escuras quando encostamos, e desci da cabine e ele se foi, o escapamento na traseira daquela máquina absurda tossindo baforadas de fumaça azul-noite.

Agora o que me restava fazer? Caminhei pelo cais, segurando meu chapéu de tripulante de traineira. Fazia um frio de rachar e ventava muito, e o mar ondulante à minha esquerda estava tão preto e reluzente quanto couro envernizado, aqui e ali um pássaro branco arremetendo em silêncio espectral pela escuridão da noite. Meu cérebro mal funcionava — talvez seja isso que as caminhadas façam por mim, embotar a mente e aquietar suas incessantes especulações — e meus pés, aparentemente por vontade própria, afastaram-me do porto e em pouco tempo, para minha relativa surpresa, peguei-me parado na rua diante da lavanderia e da porta para a escada íngreme que levava ao ateliê. Ocorreu-me que poderia pernoitar ali, e dormir no sofá, velho confiável. Vasculhei os bolsos à procura da chave quando uma figura surgiu em meio à escuridão da entrada da lavanderia. Recuei assustado, então vi que era Polly. Estava usando uma boina à francesa e um grande sobretudo preto que era grande demais para ter pertencido a seu pai e devia ter sido deixado por algum ancestral importante, proprietário de terras. Fiquei confuso com sua aparição tão súbita. Perguntei como chegara lá, notando o trinado agudo do pânico em minha voz. Ela ignorou minha pergunta, porém, e exigiu que eu abrisse a porta imediatamente, pois estava, afirmou, morta de frio. Subimos a escada em silêncio; pensei, como tantas vezes, no patíbulo.

No ateliê, a grande janela no teto projetava uma complicada gaiola de luz estelar pelo piso. Acendi um abajur. Parecia mais frio ali dentro do que lá fora, embora meus pés, naquelas botas emprestadas, estivessem desagradavelmente quentes e úmidos. Olhei em torno para as coisas familiares, aquela janela inclinada, a mesa com seus potes e pincéis, as telas viradas para a parede. Me senti mais alheio do que nunca do lugar e, curiosamente, pouco à vontade, também, como se houvesse grosseiramente me imiscuído nos assuntos particulares de alguma outra pessoa. Polly em seu casaco de gigante fitava fixamente o chão, cingindo o corpo com os braços. Havia tirado a boina e agora a jogava na mesa. Olhei seu cabelo e lembrei de como nos velhos tempos eu teria enrolado

o violão azul *189*

um grosso punhado em torno da mão, puxado sua cabeça para trás e afundado meus dentes vampirescos em sua garganta pálida, macia, excitantemente vulnerável. Perguntei se queria um pouco de brandy para esquentar, mas então lembrei que Marcus e eu havíamos esvaziado a garrafa. Perguntei outra vez, com cuidado, timidamente, como chegara lá. "Vim dirigindo, claro", disse, num tom de altivo menosprezo. "Não viu o carro na rua? Mas claro que não viu. Você nunca nota nada que não seja você mesmo."

Sempre penso, com perplexidade e leve desalento, em minhas pinturas, as que estão nas galerias, na maior parte de pouco destaque, pelo mundo afora, de Reykjavik à república de Nova Gales do Sul, de Novy Bug às Portlands, essas gêmeas tristemente separadas na costa de Oregon e Maine. As pinturas têm, na minha cabeça, uma existência suspensa, quase imperceptível. São como objetos vislumbrados num sonho, vívidos mas insubstanciais. Sei que estão ligadas a mim, sei que as produzi, porém não tenho apreço por elas em nenhum sentido existencial — não atino com sua presença distante. Era a mesma coisa agora, com Polly. De algum modo ela perdera algo essencial, aos meus olhos, no modo como eu a via, mas, acima de tudo, no modo como eu me via. Qual seria o maior mistério: que tivesse sido para mim o que fora um dia ou que houvesse deixado de sê-lo agora? E contudo, ali estava, diante de mim, inescapavelmente ela própria. E é claro que era isso, que fosse ela própria enfim, e não o que eu imaginara a seu respeito. Quão anestesiados e anestesiantes podem ser esses insights súbitos. Melhor não tê-los, talvez, e agarrar-se a uma matutice primordial.

Comecei a me desculpar por ter fugido mais uma vez, porém mal pegara embalo e já virava para mim, furiosa.

"Como você tem coragem?", disse, com o queixo retraído e o olhar magoado, raivoso, fuzilando-me acusatoriamente. "Como teve coragem de insultar a gente desse jeito?"

A gente? Queria dizer nós dois, ela e eu? Pelo que entendi, não; decididamente, não, pelo que entendi. O terror vibrou dentro de mim como um categute muito esticado. Afirmei não saber o que queria dizer. Disse que saíra para uma caminhada — ela me vira saindo pela porta da frente, afinal. Falei sobre meu encontro, se encontro de fato havia sido, com a estranha caravana de gente trigueira, e como Freddie Hyland aparecera e a seu modo principesco me oferecera uma carona, e como eu pensara em aproveitar a oportunidade para passar no ateliê e ver se estava tudo —

Ela avançou. "Onde está?", quis saber, erguendo muito a voz, quase gritando na minha cara, e um perdigoto veio aterrissar em meu pulso; é surpreendente como o cuspe esfria rápido, assim que sai.

"O quê?", respondi, um grasnado assustado. "Onde está o quê?"

"Você sabe muito bem o quê. O livro — o livro dele. O livro de poesia do sei lá quem. Onde está?"

Disse mais uma vez que não entendia o que queria dizer, que não sabia do que estava falando. Meu tom de voz agora ficara leve, choroso e um pouco vacilante, o tipo de voz com que um culpado sempre protesta sua ausência de culpa. Disso seguiu-se o inevitável diálogo cômico de teatro de variedades, um toma lá dá cá de acusações e negações. Bati o pé e esbravejei, mas no fim ela se recusou a continuar escutando minha lenga-lenga, abanou a cabeça e ergueu a mão para me silenciar, com os olhos ligeiramente fechados e as sobrancelhas erguidas.

"Você pegou", disse. "Eu sei que pegou. Agora devolve."

Ai, droga. Ai, dupla droga. Minha vida, muitas vezes me parece, é uma questão não de movimento adiante, como deve ser no tempo, mas de recuo constante. Vejo-me impelido para trás por uma multidão de punhos brandidos furiosamente, meu lábio sangrando e meu casaco rasgado, tropeçando na calçada esburacada e choramingando deploravelmente. E contudo, nesse caso, o que

o violão azul *191*

mais me impressionou, acho, não foi a ira de Polly, e o ultraje, por mais impressionantes que fossem, mas a aversão pura e simples que manifestou em relação a minha pessoa, o desprezo que pelo jeito sentiu de meramente estar em minha presença, seu lábio retorcido. Tinha um olhar remoto, como alguém se encolhendo diante de uma coisa suja. Isso era novidade; era total novidade.

"Vamos, me dá", disse, no tom de um policial inflexível, estendendo a mão com a palma para cima. "Sei que pegou."

Sim, dava para perceber que sabia, e senti algo se contraindo dentro de mim até ficar do tamanho e com a textura enrugada de uma bexiga de festa quase murcha.

"Como você descobriu?", perguntei, velho roedor que eu era, à procura de uma fenda por onde escapar.

"Pip me contou. Ela viu você pegar."

"Como assim, Pip?", exclamei. "Ela nem fala!"

"Comigo, fala."

Eu estava aturdido a essa altura. Teria a menina de fato me visto pegar o livro, teria de fato conseguido me trair? Se o fizera, e devo acreditar nisso, ou aceitar, pelo menos, então o jogo terminara. Enfiei a mão sob meu impermeável, tirei o livro do bolso do paletó e lhe entreguei. "Só peguei emprestado", disse, numa lamúria, parecendo um menininho emburrado que fora pego no flagra roubando os presentes numa festa de aniversário.

"Há!", disse ela, com desdém raivoso. "Como pegou emprestadas todas aquelas outras coisas, imagino."

Fiquei olhando para ela. Meu coração agora tamborilava num ritmo sincopado. "Todas outras coisas?"

"Todas as coisas que você tirou de nós todos!" Bufou com desprezo, lançando a cabeça para trás. "Acha que a gente não sabe sobre sua mania de roubar? Acha que a gente é cego, todo mundo, e idiota, ainda por cima?" Abriu o livro e folheou as páginas. "Você nem fala alemão, não é?", disse, sacudindo a cabeça com uma tristeza amarga.

Então ali estava enfim, a hora da verdade, e quando menos se esperava. Até onde eu sabia, nunca fora pego com a mão na botija antes, nunca, em todos os meus anos como ladrão. Gloria, eu já presumira, teria suas suspeitas — não existe muita coisa que se pode esconder de uma esposa —, mas eu acreditava que ela na verdade nunca me testemunhara afanando algo, e, mesmo que houvesse, isso não contaria, de certo modo. Mas que eu tivesse sido desmascarado por Polly, que na verdade ela já soubesse o tempo todo sobre meus furtos, isso foi um grande choque e humilhação, embora humilhação e choque sejam termos inadequados para descrever meu estado. Eu parecia ter sofrido uma agressão física; era como se alguém tivesse enfiado um pau em minhas entranhas e remexido violentamente, e achei por um segundo que pudesse vomitar ali mesmo. Algo fora tomado de mim; agora era eu que perdera algo secreto e precioso. O livrinho de capa escarlate, que em meu bolso latejara com uma plenitude misteriosa, erótica, tornara-se, quando o entregava para ela, inerte e exaurido, mais uma triste bexiga murcha.

Uma coisa eu acho que posso dizer com segurança: nunca mais vou roubar.

E no entanto havia mais — sim, mais! —, pois a própria Polly sofrera outra e final transformação a meus olhos. Lá estava ela, naquele casacão tosco, sem maquiagem, o cabelo desfeito por causa da boina, as panturrilhas nuas e os pés plantados no chão, e podia ter sido, sei lá, alguma coisa esculpida, uma figura na base de um totem, uma efígie tribal que ninguém mais venerava. Como deidade, a deidade de meus desejos, fora perfeitamente compreensível, minha pequena Vênus particular reclinada na curvatura de meu braço; agora, como o que de fato era, ela própria e nada mais, uma criatura humana feita de carne, sangue e osso, era aterrorizante. Mas o que mais me aterrorizava não era sua raiva, as recriminações que lançava contra mim, o lábio torcido de desprezo. O que

o violão azul 193

senti com maior força vindo dela agora era simples indiferença. E com isso, finalmente, o finalmente dos finalmentes, eu sabia que a perdera para sempre.

Para sempre, ai de mim.

Isso, então, era o fim, se podemos falar em fim, haja vista o inquebrantável continuum que é o mundo. Ah, inevitavelmente, a coisa continuou por algum tempo, lá no ateliê, as redobradas explosões de raiva e os dilúvios de lágrimas, as acusações e negações, como-você-pôde e como-eu-consigo, não-encosta-em-mim e não-se--atreva, as exclamações angustiadas, as desculpas gaguejadas. Mas, subjacente a tudo, dava para perceber, ela não ligava a mínima, estava fazendo isso apenas pro forma, cumprindo o ritual necessário. E pensar como costumava ter-me em tão alta conta! Acreditara que eu fosse um deus, antes, ela mesmo o disse, lembra-se? Quando me viu pela primeira vez, na oficina de Marcus naquele dia em que levei o relógio de meu pai para consertar — ele está aqui sobre a mesa, diante de mim, tiquetaqueando, acusador —, foi à biblioteca, contou-me depois, pegou um livro sobre minha obra — a monografia de Morden, imagino, um troço ordinário, a despeito de toda sua massa momentosa — e sentou com ele aberto no colo junto à janela em sua sala, passando os dedos sobre as reproduções, imaginando que a superfície do papel frio e reluzente fosse eu, fosse minha pele. "Faz alguma ideia da tonta que me sinto", perguntava agora, suave, fracamente, "de admitir uma coisa dessas?" Baixei a cabeça e fiquei quieto. "E esse tempo todo você era só um ladrão", disse, "um ladrão, e nunca me amou." Mesmo assim, continuei calado. Às vezes, falar é uma indecência, até eu admito isso.

A luz do abajur brilhava no chão aos nossos pés, a luz das estrelas brilhava na janela acima de nossas cabeças. A noite e o vento noturno e a revoada de nuvens. Uma perfeita tempestade, lá fora e ali dentro. Oh, mundo, oh, mundo mundano, e tanto dele perdido para mim, agora.

Quando enfim Polly ficou sem ter mais o que dizer, e com um derradeiro e pesaroso balançar de cabeça virou para a porta, entrei numa espécie de pânico defasado e tentei impedi-la de ir. Ela parou por um brevíssimo instante e olhou para minha mão em seu braço com leve desgosto, indiferente como uma heroína no palco, então se afastou de mim e saiu. Fiquei confuso, o coração agitado e o sangue acelerado. Eu me sentia como alguém que, passeando pelo porto ao crepúsculo, tomasse a decisão de pular no último momento no convés de um navio que parte, e ficasse ali na popa, observando em atordoada descrença a terra conhecida sumir pouco a pouco, seus telhados e pináculos, suas estradas sinuosas, seus rochedos lisos e suas margens arenosas, tudo cada vez menor, e mais tênue, à luz evanescente do anoitecer, enquanto às suas costas, no céu distante, massas malignas de nuvens negro--azuladas assomavam.

o violão azul 195

UM TEMPO MARAVILHOSO TIVEMOS NO ENTERRO, sim, um dia positivamente suntuoso. Como o mundo pode ser insensível. Uma tolice dizer tal coisa, é claro. O mundo não sente nada por nós — quantas vezes preciso me lembrar do fato? —, nem sequer figuramos em seu campo de visão, a não ser talvez na condição de parasitas obstinados, como os pulgões que infestavam a murta de Gloria. É fim de novembro e o outono voltou mais uma vez, os dias lambuzados de uma luz densa e brilhante como geleia de damasco, fragrâncias inebriantes de fumaça e rica decomposição no ar e todas as coisas fulvas ou tingidas de um brilho azulado. À noite a temperatura despenca e pela manhã as rosas, ainda em flor, ficam cobertas pela geada; então vem o sol e elas baixam a cabeça e choram por uma hora. A despeito das ventanias mais para o começo da estação, as últimas folhas estão por cair. Ao mais tênue zéfiro, as árvores farfalham excitadamente, como garotas rebolando em suas sedas. Porém há um matiz de trevas nas coisas, o mundo jaz em sombras, obscurecido como que pela morte. Acima do cemitério o firmamento parecia uma abóbada mais abrupta do que de costume e exibia um tom intenso acima do normal — cerúleo?

ciano? mera centáurea? — e a hóstia transparente de uma lua cheia, o fantasma do sol, pairava pouco além do cimo de um pinheiro púrpura. Nunca sei onde ficar nos enterros e parece que sempre acabo pisando sobre a última morada de algum pobre infeliz. Hoje fico bem para trás, escondido entre as lápides. Assegurei-me de ter visão das duas viúvas, ainda que — pois há duas delas, ou quase isso — estivessem em lados opostos do túmulo, evitando o respectivo olhar. Afiguravam-se muito austeras e dramáticas em seus chapéus pretos de aba caída, Polly, com uma Little Pip perceptivelmente maior — como crescem! —, parecendo presumida e aborrecida — crianças odeiam enterros —, ao passo que Gloria mantendo a mão sobre o coração, como sei lá o quê: como a Vitória Alada de Samotrácia ou alguma grande figura qualquer, danificada e magnificente. Não havia caixão, apenas uma urna contendo as cinzas, mas mesmo assim abriram uma cova, por insistência de Polly, foi o que me disseram. A urna me fez pensar na lâmpada mágica de Aladim. Alguém devia ter tentado esfregá-la; nunca se sabe. Continuo com uma queda por piadas ofensivas, como podem ver, nada vai pôr um fim a isso. Enterraram a urna com as cinzas. Pareceu de mau gosto, de certa forma.

Há um constante tique-taque na minha cabeça. Sou minha própria bomba-relógio.

Ocorre-me que o que sempre fiz foi deixar que meu olhar atuasse no mundo como o clima, achando que o tornava meu, mais que isso, que o tornava eu, quando na verdade eu não exercia mais efeito do que o sol ou a chuva, a sombra de uma nuvem. O amor também, é claro, operando para transformar, transfigurar, a carne feita forma. Tudo em vão. O mundo, e as mulheres, são o que sempre foram e serão, a despeito de meus esforços mais insistentes.

Passamos por maus bocados, maus bocados. Eu me movo, quando o faço, numa bruma de estupefação. É como se tivesse ficado a vida toda diante de um espelho de corpo inteiro, observando as pessoas passarem, atrás e diante de mim, e agora alguém tivesse me segurado rudemente pelos ombros e me girado, e veja! Aí estava ele, o mundo não refletido, de pessoas e de coisas, e nenhum sinal de mim. Podia muito bem ter sido eu o falecido.

Sim, passamos por maus bocados. Não sei se meu coração está em suficiente boa forma para eu repassar tudo, ou tudo que faz diferença. Em termos de duração, não é muito, semanas, no máximo, embora pudesse perfeitamente ter sido uma era. Suponho que tenha essa dívida para conosco, nós quatro, fornecer uma espécie de relato, deixar registrado um tipo de testamento. Quando eu era novo, mal entrado na casa dos vinte, embora já todo inchado de firme ambição, tive uma experiência memorável, certa noite, quase não sei como descrevê-la, e talvez nem devesse tentar. Não havia bebido, embora me sentisse como se estivesse ao menos um pouco bêbado. Começara a trabalhar ao raiar do dia e só parei bem depois da meia-noite. Eu dava muito duro naqueles tempos, impelindo-me a um estado de desolado torpor e ossos doloridos, às vezes mal distinguível do desespero. Era tão difícil, atendo-me às regras — eu não era nenhum iconoclasta, digam o que disserem — e ao mesmo tempo lutando para me libertar e ir além delas. Na metade do tempo, não sabia o que estava fazendo, e podia muito bem estar pintando no escuro. A escuridão era o adversário, a escuridão e a morte, que são mais ou menos a mesma coisa, se a gente pensa a respeito, embora seja verdade que estou falando de um tipo especial de escuridão. Eu trabalhava tão rápido, tão febrilmente, sempre morrendo de medo de que talvez não sobrevivesse para terminar o que começara. Havia dias em que o rufião na escada* entrava no ateliê e ficava a meu lado no cavalete, atrevido e insolente, cutucando meu cotovelo e sussurrando sugestivamente em

---

* William Ernest Henley, "Madam's life a piece in bloom". (N.T.)

meu ouvido. Veja bem, não era símbolo algum, mas a morte em si, a extinção de fato, que eu antecipava diariamente. Eu era o rei dos hipocondríacos, sempre correndo para o médico com uma dor aqui, um caroço ali, convencido de ser um caso terminal. Era-me assegurado, repetidamente e com exasperação cada vez maior, que não estava morrendo, que estava forte como um touro, forte como uma boiada, mas eu não me deixava tapear, e procurava uma segunda, uma terceira, uma quarta opiniões em minha malfadada busca pela sentença de morte. O que era tudo isso? O que eu achava que vinha atrás de mim? Talvez não fosse a morte que me metesse medo, mas o fracasso. Simples demais, isso, eu acho. Porém devia haver alguma coisa errada comigo, nutrir e cultivar uma obsessão tão mórbida.

Continuando, de volta àquela noite no extenuado encerramento de um longo dia de trabalho. Na época, eu iniciara uma coisa histórica, o que era? — ah, sim, Heliogábalo, agora lembro, Heliogábalo, o menino bulboso. Por meses fiquei fascinado com ele, aquela cabeça extraordinária, parecida com uma romã madura prestes a explodir e disparar suas sementes por todas as direções. No fim, eu o transformei num minotauro, vai saber por que; o leitor já terá notado o que quero dizer com escuridão. Onde estava morando na época? Seria naquele antro infecto da Oxman Lane que aluguei da mãe de Buster Hogan? Vamos dizer que fosse, que diferença faz. Isso foi bem antes de Gloria — já mencionei que ela é bem mais nova do que eu? — e eu estava perseguindo uma garota que não queria nada comigo, mais uma do harém de Hogan, aliás. Muita água sob essa ponte, não vamos nos afogar. Lá estava eu, o braço de pintar formigando e as pernas como troncos petrificados de tanto ficar em pé diante da cabeça luzidia de Hélio, quando de repente me veio, a saber, a verdadeira natureza da minha vocação, se podemos chamá-la assim. Eu ia ser um representante — não, *o*, eu ia ser *o* representante, no singular, o primeiro e único. Assim a coisa me foi proposta — proposta, isso mesmo, pois de fato pareceu vir de algum outro lugar, essa injunção, essa incumbência. No início, fiquei besta, não tenho palavra melhor. A própria Virgem, surpreendida em suas oblações pelo jovem genuflector de asas pálidas, não teria ficado mais perplexa do que eu fiquei naquela noite. O que ou quem era para eu representar, e como? Mas então pensei nas cavernas de Lascaux e naquela famosa mão pré-histórica estampada na parede. Aquilo seria eu, aquela seria minha assinatura, a assinatura de todos nós, a marca estilizada da tribo. Isso não era, devo dizer, uma boa notícia. Não era boa nem má. De certa forma, nem sequer tinha a ver comigo, não diretamente. Cervos e auroques saltariam de meu pincel e qual seria minha voz no processo? Eu seria meramente o meio. No entanto, por que eu? De que me importa a tribo, quando a tribo pouco se importa comigo? Essa, presumo, era a questão. Eu não era ninguém, e continuo não sendo. Apenas o meio, o mediano meio, *Niemand der Maler*.

Penso nestes dias, estes dias presentes, como o período do pós-guerra. O tipo de calma exaurida que desceu guarda um leve cheiro de cordite e nós, que não morremos, temos o aspecto chocado de sobreviventes. Meu segundo regresso para casa, não mais do que algumas semanas atrás, foi uma *démarche* pela paz. Assim é comigo. Sou como um artilheiro que de vez em quando vislumbra através de uma nesga na fumaça soprada pelo canhão uma paisagem devastada onde silhuetas feridas cambaleiam cegamente, tossindo e chorando. Às vezes, você precisa se render, simplesmente avançar pelo campo de batalha com o lenço amarrado à ponta do mosquete. No início, quero dizer, no início da minha volta ao lar, eu me senti um imigrante, um refugiado, quase poderíamos dizer. Após a *débâcle* em Grange Hall e o subsequente confronto terrível com Polly — escaramuças sangrentas de todos os lados —, eu me escondi por alguns dias no ateliê, acomodando-me o melhor que pude no sofá manchado de amor, onde o sono era impossível e só o que eu podia obter eram interlúdios de cochilo agitado. Ah, aquelas auroras cinéreas, quando eu me deitava sob a grande janela desguarnecida do teto, pregado na pelúcia gasta como uma mariposa espetada no mostruário, vendo a chuva cair em cortinas e as gaivotas voar em círculos, escutando seus gritos desolados. A pior parte era quando me virava para deitar de bruços, pois assim meu rosto ficava pressionado no veludo verde gasto que cheirava tão pungentemente a Polly.

Sentia sua falta? Sentia, mas de um jeito estranho que me deixa perplexo. O que se passou comigo quando rompemos, quando seus grilhões se romperam, não foi o vulcão de angústia que talvez fosse de se esperar, mas antes uma espécie de nostalgia dolorida, como a que, estranhamente, conhecera na infância, sentado junto à janela, digamos, numa noite de inverno, o queixo no punho, observando a chuva dançar na rua como um minúsculo corpo de baile, cada gota esboçando uma pirueta momentânea antes de executar a morte do cisne e desabar sobre si mesma. Vocês se lembram, lembram como eram essas horas à janela, esses devaneios crepusculares junto ao fogo? Isso pelo qual eu ansiava era algo que nunca existira. Com isso, não tenho intenção de negar o que um dia senti por Polly, o que ela um dia sentiu por mim. Só que agora, quando minha mente tentava tocá-la, não encontrava nada. Eu podia, posso, recordar as menores coisas a seu respeito, nos detalhes mais vívidos e doloridos — o sabor de seu hálito, o calor naquela pequena concavidade junto à base de sua espinha, o brilho malva úmido de suas pálpebras quando dormia —, mas do essencial apenas um espectro seu permaneceu, tão inapreensível quanto uma mulher no sonho. O que quero dizer é, a perda do meu amor por Polly, do amor de Polly por mim, foi — um tanto, um tanto, um tanto, esperem um pouco, estou tentando achar. Ah, não adianta, perdi o fio da meada. Mas o amor, enfim, por que continuo a me preocupar com isso, como um cachorro lambendo suas feridas? O amor, deveras.

Um tratado sobre o amor, versão resumida
TODO AMOR É AMOR-PRÓPRIO

Pronto, isso diz tudo?

Eu não conseguia ficar por muito tempo no ateliê, saindo furtivamente para comprar o mínimo essencial à sobrevivência e correndo de volta para me curvar sobre a mesa atulhada e beber leite direto da garrafa e mordiscar côdeas de pão e pedaços de queijo, como o velho Ratty, meu amigo e mascote dos tempos de edícula. Não havia nenhuma Maisie Kearney nas imediações para preparar sanduíches clandestinos para mim. Além disso, fazia muito frio. O sistema de aquecimento, que já não era lá essas coisas, parecia ter quebrado de vez, e não fosse o leve bafo da lavanderia abaixo penetrando pelas tábuas do assoalho, eu podia ter batido as botas — é possível estar num lugar fechado e ainda assim morrer de exposição à intempérie? E não havia nada para fazer, tampouco, a não ser matutar, cercado pelo que pareciam ser os escombros da minha vida; as telas apoiadas nas paredes pareciam ter virado o rosto de vergonha. As condições eram primitivas, como seria de imaginar. Não me pergunte sobre a higiene. Eu não tinha sequer uma escova de dentes, ou meias limpas, e por algum motivo nunca lembrava de comprar tais coisas em minhas apressadas corridas às lojas. A sra. Bird, esposa do dono da lavanderia, muito bondosamente veio em meu auxílio. Entreguei-lhe minhas roupas, passando a trouxa às suas mãos pela fresta da porta, e ela as lavou, secou e passou enquanto eu ficava lá em cima embrulhado numa manta, suspirando e espirrando. Esse foi um ponto baixo, o verdadeiro nadir, eu diria, exceto que o pior ainda estava por vir.

o violão azul 205

No desespero, pensei em voltar para a edícula e ficar na moita por lá outra vez, durante algum tempo, mas há um limite para o número de vezes que a pessoa pode revisitar os cenários da infância; o passado fica gasto, esgotado, como tudo mais.

Enfim, após meu terceiro ou quarto dia de fuga, Gloria apareceu. Não sei como sabia que eu estava no ateliê; instinto de esposa, imagino. Ou quem sabe a sra. Bird tenha lhe contado que eu estava lá. A sra. Bird tinha certa experiência nessas questões, o volúvel sr. Bird sendo um notório mulherengo e fujão frequente. Eu limpava pincéis que não precisavam ser limpos quando escutei uma batida na porta. Estaquei, e vi meu reflexo no grande espelho junto à porta do banheiro, os olhos arregalados de terror. Sabia que não podia ser a sra. Bird: não apareceria sem ser chamada. Deus do céu, poderia ser Polly, voltando para me passar outra descompostura, ou o Príncipe, talvez, velho Freddie dos olhos tristes, para me esbofetear na cara com suas luvas de dirigir e me chamar para um duelo, por afanar seu precioso livro? Fui até a porta na ponta dos pés e encostei a orelha na madeira. O que esperava escutar? Alguém soltando fumaça do lado de fora, os nós dos dedos estalando e um pé tamborilando de impaciência, ou quem sabe até a batida repetida de um porrete contra uma calejada palma da mão? Lá no fundo sempre morri de medo de autoridades, principalmente do tipo que aparece batendo em minha porta no meio de uma tarde em tudo mais rotineira.

Gloria, quando está incomodada com algo e sente-se compelida a mostrar do que é feita, adota uma espécie de postura valentona que sempre achei cativante, e ao mesmo tempo um pouco triste e, tenho de confessar, um tanto constrangedora, também. Claro que não deixo transparecer que eu não caio na sua pose — de nada serviria: devemos permitir uns aos outros nossos pequenos subterfúgios, se a vida merece ser vivida. De modo que lá veio ela rebolando pelo ateliê, não exatamente, mas quase, com a mão negligentemente apoiada no quadril — é assim que sempre a vejo em minha imaginação, a mão nas cadeiras —, e lançou-me, ao passar, um de seus mais oblíquos, astutos, desmoralizantes sorrisinhos. Ela é, mesmo nas melhores circunstâncias, mulher de poucas palavras, no que difere marcadamente de mim, como o leitor já terá se dado conta, a essa altura. Esse silêncio, o ar de alguém que guarda os pensamentos para si, e que tem um bocado de pensamentos a guardar, foi, antes de mais nada, uma das características que me atraiu nela, há muito tempo. Imagino que lhe empreste certa qualidade sibilina. Mais ainda do que isso sempre sinto, com ela, que estou na presença de um grande segredo estudadamente guardado. Já disse isso antes? Atualmente tudo parece repetição. Acho que já disse isso, também. Onde isso irá terminar, me pergunto: o pintador numa cela acolchoada, imobilizado numa camisa de força e algemado ao leito, murmurando com monotonia a única palavra, vezes e vezes sem conta, eu eu eu eu eu eu eu eu eu eu *eu*.

Gloria parou no meio do ateliê, virou e fez aquela pose de modelo, a cabeça para trás, o queixo erguido, um pé à frente do corpo, e olhou em torno. "Então é aqui", disse, "que você anda se entocando agora?"

Se entocando? Se entocando? Ela estava tentando me provocar. Não me importei. Fiquei surpreso de perceber como estava feliz em vê-la, apesar de tudo, incluindo a bolacha na orelha que estava prestes a receber a qualquer momento. Havia algo quase brincalhão em seus modos, porém, algo que se aproximava do flerte, até. Era muito desconcertante, mas fiquei contente pelo vislumbre de calor humano, viesse de onde viesse.

Sim, eu andara ficando aqui, eu disse, com uma fungada, mantendo minha dignidade, os pedaços que restara dela. Precisava de tempo para pensar, disse, considerar minhas opções, chegar a algumas decisões. "Achei que viesse me procurar antes", falei.

o violão azul 207

Isso evocou uma risada seca. "Como a mamãezinha indo buscar você depois da escola?", ela disse.

Eu ficara longe, no total, por pouco mais do que uma semana, primeiro na edícula, depois brevemente em Grange Hall, depois aqui. O que ela estivera fazendo durante esse tempo? Sem dúvida, não esperando pelo meu regresso diante da janela com uma vela acesa, se o seu olhar duro e o seu comportamento irritado eram indício de algo.

Eu podia ter contado nos dedos da mão o número de vezes que ela estivera no ateliê e fiquei com uma sensação esquisita de vê-la ali agora. Estava usando um casacão de lã branca. Não gosto desse casaco: tem uma gola funda, como um abajur de cabeça para baixo, dentro da qual sua cabeça projeta-se muito elevada, parecendo decepada no pescoço sem derramar sangue. Continuava me olhando com frieza, com aquele sorriso de censura bem--humorada que era pouco mais do que um entalhe no canto de sua boca. Bom, eu devia ser uma coisa deprimente de se olhar.

"Está deixando a barba crescer?", ela perguntou.

"Não", respondi, "deixando a barba por fazer." Os pelos, eu notara com um calafrio ao me olhar no espelho pela manhã, estavam parcialmente prateados.

"Você parece um mendigo."

Disse que me sentia como um mendigo. Ela me estudou em silêncio, girando o pé em um semicírculo apoiado na ponta do salto alto. Veio-me à cabeça a garrafa de brandy vazia que Marcus deixara cair no chão. O que acontecera com ela? Não me lembrava de ter pegado. Que vida estranha, furtiva, levam os objetos aleatórios.

"Perry andou ligando de novo", disse. Estreitou os olhos para mim com alegre desprezo. "Está ameaçando vir até aqui."

Perry Percival, meu marchand, antigo marchand. Tenho certeza de que ligou para ele, só para me irritar. Embora Perry tenha mesmo essa mania de aparecer do nada — para ele é fácil, uma vez que tem avião particular, uma graciosa aeronave, célere e expedita, com fuselagem prateada e as pontas das hélices pintadas de vermelho. Se de fato o procurou, o que ela esperava que fizesse, que fosse uma espécie de substituto voador para minha musa alada? Ela acha que minha incapacidade de pintar é fingimento, uma amostra de autoindulgência irresponsável. Nunca deveria ter me casado com uma mulher mais jovem. No começo não faz diferença, mas piora com o tempo. Essa alacridade desdenhosa sua é insuportável, na minha idade.

A chuva suave caía sobre o vidro acima de nossas cabeças. Gosto desse tipo de chuva. Tenho pena dela, a meu jeito sentimental; parece que está tentando muito dizer alguma coisa, sem nunca conseguir.

Gloria tirou um fino estojo prateado do bolso do casaco, usou o polegar para abri-lo com um clique, pegou um cigarro e o acendeu com seu pequeno isqueiro dourado. Que criatura maravilhosamente antiquada ela é, fria e quente ao mesmo tempo, como uma daquelas vamps dos filmes antigos.

Eu precisava como nunca de uma bebida e pensei mais uma vez, com pesaroso anseio, naquela garrafa de brandy vazia.

Gloria tem o costume, quando acende um cigarro, de tragar a fumaça muito rápido entre os dentes, fazendo um som áspero que poderia passar por um pequeno arquejo de dor. A última vez que conversamos, embora dificilmente pudesse ser chamado de conversa, foi no dia em que me ligou na edícula. Teria conversado com Marcus nesse meio-tempo? Claro que sim. Eu não me importava. Será que nas outras pessoas também existe uma planície interior, estéril, uma Plaga Deserta,* onde reina a fria indiferença?

---

* *Empty Quarter:* o deserto de Rub'al-Khali. (N.T.)

o violão azul 209

Eu às vezes acho que essa região é, em mim, a sede do que popularmente chamamos coração.

Marcus devia ter lhe contado tudo. Eu quase podia ouvi-la dizendo isso, deixando que o inchaço se formasse em sua garganta e emprestando-lhe um latejo histriônico. *Ele me contou tudo.*

Ela virou, andou até a mesa e começou a pegar coisas e voltar a pousá-las, um pincel endurecido com tinta velha, um tubo de branco-zinco, um ratinho de vidro. Observando-a, enxerguei tudo subitamente, de forma distanciada mas distinta, como se conta que os pacientes às vezes costumam se ver na mesa de operação, a verdadeira medida da destruição que eu causara, enxerguei tudo em toda sua feiura, a cirurgia dera fatalmente errado, o cirurgião praguejando e a enfermeira às lágrimas, e eu flutuando ali sob o teto, com os braços sobre o peito e os tornozelos cruzados, perscrutando os cenários de destruição abaixo, incapaz de sentir alguma coisa. Anestesia geral, esse é o estado em que sempre visei viver.

Perguntei se estava tudo bem com ela. Com isso seus já grandes olhos azuis se dilataram ainda mais.

"Como assim, tudo bem comigo?"

"Só isso. Eu não vejo você faz um tempo."

Agora ela bufava com desprezo. "Um tempo!" Sua voz não estava completamente firme.

"Gloria", eu disse.

"O quê?" Ela me encarou, então esmagou o que restava do cigarro numa das minhas paletas encrostadas de tinta, assentindo com a cabeça furiosamente, como se enfim tivesse conseguido confirmar algo para si mesma.

Afirmei que queria ir para casa. Foi só então, quando dizia isso, que percebi ser esse o problema, como fora o tempo todo. Casa. Oh, Senhor!

Então era simples assim: eu, com o rabo entre as pernas, de volta à casinha. Parecia que mal estivera fora. Ou melhor, não, não é bem assim; na verdade, não é nada assim, não sei por que disse isso. Anos atrás, quando morávamos na Cedar Street, Gloria e eu voltávamos certa tarde de algum lugar no campo e fomos surpreendidos por uma bizarra tempestade de verão, o restinho de um furacão que contra todas as previsões viera furiosamente do Atlântico, derrubando coisas e levando o terror às estradas. Houve inundações e árvores caídas, e fomos forçados a fazer quatro ou cinco desvios complicados que acrescentaram horas ao trajeto. Quando enfim chegamos, estávamos num estado de trêmula excitação, como crianças ao final de uma festa de aniversário sem supervisão e gloriosamente caótica. A casa, também, embora não tivesse sofrido nada além de um par de telhas quebradas, estava com um ar bagunçado, atordoado, parecendo, assim como nós, que enfrentara a tempestade por aí afora, desbravando o vento e a chuva, e, embora houvesse recuperado o abrigo de si própria, nunca voltaria a ser a mesma outra vez, após sua louca aventura. Assim me pareceu Fairmount quando Gloria me levou de volta, ao final de minha breve mas tempestuosa folgança.

Acomodamo-nos da melhor maneira que pudemos, não, como digo, à vida tal como fora antes, mas a algo que aos olhos de um estranho teria se parecido muito com isso. Eu não saía. Não vi Polly, é claro, e certamente não vi Marcus, tampouco tive qualquer notícia deles. Seus nomes não eram mencionados em casa. Eu pensava no Príncipe e em sua poesia e no fragmento dela que o pai de Polly recitara. O mundo, invisível! Senti que algo me fora comunicado, que algo me fora deliberadamente entregue. Não havia sido nisso que eu sempre me empenhara, não era esse o louco projeto ao qual devotara minha vida, invisibilizar o mundo?

Após deixar o ateliê, mantive total distância do lugar, por motivos que não eram tão óbvios como podem parecer.

o violão azul *211*

Não tardou a dar as caras, consumando a ameaça, o inevitável Perry Percival. Aterrissou seu avião junto ao estuário, na estrada famélica abandonada que o fazendeiro que é dono dos campos adjacentes, pensando em fazer fortuna, transformara numa pista de pouso improvisada, na época em que todo mundo ainda voava. Ventava muito nessa manhã e a pequena aeronave surgiu zumbindo de uma nuvem azul-chumbo, a cauda jogando, a ponta de suas hélices brilhando vermelho-batom à pálida luz do sol, depois tocou o solo tão delicadamente quanto uma mariposa, correu alegremente por um trecho e parou com um solavanco. Gloria e eu esperávamos ao abrigo do hangar de madeira que fora outrora um celeiro. Perry, o capacete de couro na mão, desceu cautelosamente da cabine. Os dois filhos tampinhas do fazendeiro Wright, em macacões cor de papelão, um deles puxando os calços de roda, foram rápido até o avião e começaram a andar de um lado para outro ao redor do aparelho, checando e dando batidinhas. Perry, uma crisálida compacta, veio descascando o macacão de aviador conforme caminhava trôpego em nossa direção, revelando por estágios, de cima para baixo, como que em um número de ilusionismo, sua atarracada, roliça e imaculadamente vestida pessoa, em toda sua reluzente glória cinza-pombo. Estou certo de que nas profundezas do Inferno, onde ele e eu com toda probabilidade devemos terminar juntos, Perry dará um jeito de encontrar um alfaiate decente. Usava camisa de seda azul e gravata de seda azul-neon sob o terno. Notei seus sapatos de camurça escura; as galochas de Freddie Hyland ter-lhe-iam caído bem.

Exclamou uma saudação, aproximou-se e deu uma rápida beijoca em Gloria, ficando na ponta dos pés. Para mim, tinha apenas uma carranca de reprovação, com o que percebi que Gloria devia ter lhe contado tudo sobre minhas mais recentes escapadas. "Tenho" — puxou o punho da manga e consultou um relógio quase do tamanho de sua mão — "só algumas horas. Preciso estar em

Paris às oito, para jantar com — bom, não interessa com quem." A política de Perry é estar sempre de partida para algum outro lugar, um lugar bem mais importante do que aqui. Toda vez que o encontro, torno a ficar impressionado com a exibição de altiva magnificência que afeta. Não aparenta a idade, e é muito baixo, com braços e pernas atarracados, como os meus, só que ainda mais curtos, e a pança no formato de um ovo de Páscoa graúdo aberto no meio. Sua cabeça é desproporcionalmente grande, e poderia ter sido confeccionada com alguns quilos de massa de vidraceiro bem trabalhada, e seu rosto é largo, liso, ligeiramente lívido e com um lustro esverdeado e úmido permanente. Seus olhos são palidamente protuberantes e quando ele pisca as pálpebras descem pesadas, estalando como um par de modeladas flanges metálicas. Seus modos são vigorosos ao ponto da grosseria, e trata tudo que encontra como se fosse um estorvo. Gosto dele, em princípio, embora nunca deixe de me irritar.

Viramos na direção do carro. Perry ficou entre Gloria e eu e pôs um braço nas costas de ambos, levando-nos junto mas ligeiramente à sua frente, como um maestro ao encerramento triunfal de um concerto conduzindo seus solistas adiante numa tempestade de aplausos. Cheirava a óleo de motor e colônia cara. O vento vindo do estuário soprava tudo, menos seu cabelo, que, notei, ele começara a tingir; os fios grudavam para trás em seu crânio, muito colados e cintilantes, como uma camada cuidadosamente aplicada de goma-laca. "Aqueles idiotas do controle aéreo tentaram me impedir de descer aqui", disse. "Agora devem achar que me espatifei, claro, ou caí no mar." Tem um refinado sotaque britânico tingido de leve *burr* escocês — seu pai foi proeminente na Canongate Kirk — e um ceceio franco quase imperceptível, por parte da mãe merovíngia. Muito orgulhoso das origens importantes, nosso Perry.

Às nossas costas, Orville e Wilbur conduziam o avião com facilidade para o celeiro, um empurrando e o outro puxando.

o violão azul *213*

No carro, sentei no banco traseiro, me sentindo como uma criança punida por ser muito levada. A luz do sol se fora e véus luminosos do que mal podia ser considerado chuva flutuavam obliquamente pelas ruas. Enquanto andávamos, Perry, de lado no banco do passageiro, virava a cabeça perfeitamente redonda para cá e para lá, observando tudo com fascínio chocado, exclamando e suspirando. "Foi seu nome que eu vi em cima daquela loja?", perguntou. Contei que ali havia sido a oficina de impressão do meu pai e que meu ateliê ficava no andar de cima — meu ex-ateliê, me abstive de dizer. Perry virou o tronco por inteiro e me lançou um longo olhar, abanando a cabeça com tristeza. "Você voltou pra *casa*, Oliver", disse. "Nunca teria imaginado isso de você." Gloria deu uma risada delicada.

Conheci Perry Percival em Arles, acho, ou será que foi Saint--Rémy? Não, Arles. Eu era bem novo. Chegara de Paris ao final daquele verão de estudos, por assim dizer, e vagava morosamente nos passos dos gigantes que nunca, eu tinha a sombria convicção, me convidariam a juntar-me a eles, postados ante seus cavaletes nas encostas do Monte Parnaso. Havia um mercado funcionando e a cidade estava agitada. Estivera a me entreter indo de um café lotado para o seguinte, sumindo com as gorjetas que os clientes deixavam nas mesas ao sair. Era uma coisa em que me tornara destro — põe prestidigitação nisso — e nem mesmo os garçons com seus olhos de lince me pegavam chispando entre eles com um tilintar abafado, denunciador. Embora não tivesse um tostão furado, não roubava o dinheiro porque precisava; se precisasse, teria tentado obtê-lo por algum outro meio. Foi no Café de la Paix — não sei por que me lembrei do nome —, quando embolsava um punhado de centavos, que calhei de erguer o rosto e dar, através da porta aberta, mergulhado na escuridão pardacenta do interior, com o olhar afiado e brilhante de Perry fixo em mim. Até hoje, não faço ideia se percebeu o que eu tramava; se percebeu, certamente nunca mencionou, e sempre presumi que não percebeu. Meu instinto foi sair correndo — não é sempre esse, meu instinto? —, mas em vez disso entrei no café, aproximei-me de Perry e me apresentei; quando a pessoa sente a ameaça do flagra, o descaramento é a melhor defesa, como qualquer ladrão vai dizer a você. Eu não tinha um isto de reputação ainda, mas Perry deve ter escutado meu nome em algum lugar, pois alegou estar familiarizado com minha obra, o que era uma mentira patente, embora eu tenha preferido acreditar. Ele vestia o usual traje do filho do norte tirando férias no sul — camisa de algodão de mangas curtas, uns absurdos, indecentes até, shorts cáqui de pernas largas, sandálias abertas nos dedos e, pobre leitor, resistentes meias de lã — e mesmo assim conseguia transmitir uma altivez nobiliárquica. O senhor me vê aqui misturado a turistas e outras gentalhas, era o que seus modos diziam, mas neste exato momento em que conversamos, meu criado está cuidando das minhas gravatas e meus fraques em minha suíte no Grand Hôtel des Bains. "Sim, sim", prosseguiu. "Orme, conheço suas coisas, já as vi." Convidou-me a sentar e pediu para ambos uma taça de vinho branco. E pensar que desse encontro casual se desenvolveu uma das mais significativas e — etc. etc.

Faço uma pausa aqui para dizer que nunca aprendi a ser um exilado. Acho que ninguém aprende, na verdade. Existe sempre algo presunçoso, um ar de quem sabe que está sendo observado, no expatriado, como ele gosta de chamar a si mesmo, em seu comportamento blasé, com seu paletó de linho folgado e chapéu de palha surrado e sua esposa rija e desbotada de sol. E no entanto uma vez que você vai embora, e fica longe por um período de tempo prolongado, nunca volta inteiramente. Essa era minha experiência, em todo caso. Mesmo quando deixei o sul e regressei para cá, ao lugar onde comecei e onde devia ter ficado com a sensação mais forte de ser eu mesmo, alguma coisa, alguma parte vacilante

o violão azul 215

mas intrínseca de mim, estava faltando. Era como se tivesse deixado minha sombra para trás.

Perry é um picareta? Ele certamente se parece com um, e soa como um, mas examine qualquer pessoa de perto o bastante e você não tardará a enxergar as falhas. Por mais que possa ser um pouco pilantra, o homem tem olho. Ponha-o diante de uma pintura, sobretudo uma pintura *in progress*, e ele vai se concentrar numa linha ou área de cor e abanar a cabeça e fazer um som de *tsc-tsc* com a língua. "Aqui é o coração da coisa", dirá, apontando, "e ele não está batendo." Sempre tem razão, acho, e mais de uma tela sem alma já esfaqueei com a ponta afiada de meu pincel por causa de suas críticas. Então ele brigaria comigo por desperdiçar todo aquele trabalho, frisando de forma veemente que não teria sido a primeira obra falha minha que ele, ou, a propósito, eu, teria posto à venda. Farpas como essa penetravam fundo, e se encravavam com força, posso lhe dizer. Bom: se eu sou o roto, ele com certeza é o esfarrapado.

"Como vai seu amigo?", perguntou Gloria. "Não consigo lembrar o nome. Jimmy? Johnny?"

"Jackie", disse Perry. "Jackie, o Jóquei. Ah, ele morreu. Um troço horrível." Revirou um olho enlutado. "Não pergunte." Ruminou por um tempo. "Sabe que todos esses novos micróbios nocivos estão vindo do espaço, não sabe?"

Gloria estava sorrindo para a chuva através do para-brisa. "Quem disse, Perry?", quis saber, me relanceando pelo retrovisor.

Perry deu de ombros, arqueando as sobrancelhas e entortando para baixo os cantos da boca larga, assumindo desse modo uma semelhança momentânea e surpreendente com a rainha Vitória em seus anos alquebrados. "Os cientistas", disse ele, com um gesto desdenhoso. "Médicos. Todo mundo que está por dentro." Fungou. "Enfim, tanto faz de onde vieram, os micróbios pegaram o Jackie, e ele morreu."

Pobre Jackie, eu me lembro dele. Jovem, trigueiro, bem-apessoado, a seu estilo devastado. Olhos imensos, sempre ligeiramente febris, e uma massa de cachos, reluzentes como grafite, caindo sobre a testa; pense no jovem Baco doente de Caravaggio, só que menos carnudo. Não era um jóquei — não sei de onde veio o apelido, mas acho que posso arriscar um palpite. Era um larápio, como eu; ao contrário de mim, roubava por dinheiro. Ele e Perry estavam juntos havia anos, a dupla mais improvável. Devo acrescentar que além de uma sucessão de catamitas, entre os quais Jackie fora o mais recente de que eu tomara conhecimento, Perry também tinha, e tem, uma esposa. Penelope, seu nome, embora seja chamada, implausivelmente, de Penny. É uma mulher grande, musculosa, incansável, e sempre tive certo medo dela. Uma coisa estranha, porém: quando perdemos a criança, foi a Perry e sua poderosa patroa que Gloria acorreu em busca de abrigo e auxílio. Nunca me inteirei dos pormenores. Ela ficou com eles durante um mês e tanto, fazendo sabe Deus o quê, chorando, imagino, enquanto eu solitariamente via a hora passar na Cedar Street, lendo um vasto estudo de Cézanne e toda noite bebendo até mergulhar num estupor.

Cézanne, falando nisso, sempre foi um pomo da discórdia entre Perry e eu, embora o sumo já devesse ter sido todo chupado, a essa altura. Perry acha o mestre de Aix insuperável, desconfio que pelos motivos mais errados, enquanto eu sempre me ressenti dele. Percebo a grandeza, é só que não gosto das coisas que ela gerou. Confesso que assino discretamente embaixo do que diz o velho patusco em certas questões, como sua insistência de que a emoção e sei lá o que não podem ser expressas diretamente na obra, mas devem exsudar, como uma fragrância, da forma em seu estado mais puro. Certamente fecho com ele nisso — vejam minhas próprias coisas, sucessivamente, ao longo dos anos. Chamavam-me de frio porque eram densas demais para sentir o calor.

o violão azul 217

Quando chegamos em casa, Perry largou o capacete de couro sobre a mesa do vestíbulo, onde afundou devagar como uma bola de futebol esvaziando, pendurou o macacão de aviador no espaldar de uma cadeira e se retirou para uma prolongada sessão no banheiro de baixo, do qual emanou um fedor palpitante, condimentado, que levaria um bom quarto de hora para se dissipar. Então, aliviado e revigorado, chegou com alvoroço à cozinha, onde Gloria preparava a tisana que havia pedido. Ele puxou uma cadeira e sentou o mais perto do fogão que conseguiu, esfregando as mãozinhas brancas e asseadas. "Sou tão friorento", disse. "Meu sangue é fino. Comecei a fazer umas transfusões regulares, já contei pra você? Tem um lugar em Chur que eu vou."

Gloria, pondo água no bule, riu. "Ai, Perry", exclamou, deliciada, "você virou um vampiro!"

Tomando seu chá de ervas, falou disso e daquilo, quem estava vendendo, quem estava comprando, como o mercado andava se comportando; no que dependesse de mim, podia ter falado sobre as transações de arte mais recentes em Rialto ou avaliado as condições do comércio da seda no Império Celestial. A certa altura nessa falação, parou e olhou para mim, gravemente. "O mundo está à sua espera, Oliver", disse, sacudindo o indicador.

Estava mesmo? Que esperasse sentado.

Gloria fez uma omelete, descartando a gema dos ovos, a pedido de Perry, e usando só as claras. Era sua última moda comer apenas coisas sem cor, peito de frango, pão de fôrma, pudins de leite, por aí vai. Também não bebia nada além de chá. É realmente um inacreditável *type*, como diria o próprio, com um clique da língua e um estalar dos lábios, ao modo afrancesado que afeta. Ele é para mim, hoje, o verdadeiro alento de um mundo perdido, abandonado, um lugar distante e encantador, como o segundo plano de um Fragonard, ou uma das obscurecidas paisagens oníricas de Vaublin, lugar que conheço bem, mas ao qual felizmente sei que nunca voltarei.

"E como vai o trabalho?", perguntou, indo direto ao ponto. Estava sentado à cabeceira da mesa com um guardanapo enfiado na gola da camisa chique, iridescente, azul-libélula. Encarou meu rosto inexpressivo e suspirou. "Suponho que esteja envolvido no preparo de alguma grande e nova obra-prima, de onde o longo silêncio." É assim que fala, juro. "É por isso que estou aqui, afinal, para ver o estado do edifício."

Desmoronando na base, Perry, desmoronando na base.

"Olly continua no período sabático do trabalho", disse Gloria. "Da vida também."

Lancei-lhe um olhar injuriado, mas não tinha ela razão, sobre mim, a vida, e como a vivia? A verdade, acho, é que nunca comecei a viver, antes de mais nada. Sempre estive prestes a começar. Na infância eu dizia que, quando crescesse, aí sim seria vida. Depois, passou a ser a morte dos meus pais que anelei em segredo, achando que devia ser o nascimento de mim, o momento de parir minha genuína condição de eu. Depois disso era o amor, o amor certamente resolveria a parada, quando uma mulher, qualquer mulher, apareceria para fazer de mim um homem. Ou o sucesso, a riqueza, sacos de cédulas, a aclamação mundial, tudo isso seriam maneiras de viver, de estar vivamente vivo, enfim. E assim esperei, ano após ano, etapa após etapa, para o início do grande drama. Então chegou o dia em que soube que o dia não chegaria, e desisti de esperar.

Acabo de lembrar: ontem à noite, esse sonho outra vez, eu como uma serpente gigante tentando engolir o mundo e engasgando. O que será que quer dizer? Como se eu não soubesse. Sempre a pose insincera.

Perry voltou a dar uma olhada em seu relógio e franziu o rosto. A França esperava, a França e sua companhia importante demais para ser nomeada.

Após o almoço, caminhamos juntos até o ateliê. Ele nunca estivera lá antes, eu fizera questão de mantê-lo longe. Por que levá-

o violão azul *219*

-lo agora — o que havia ali para mostrar, a não ser elaborados fracassos? Tive de lhe emprestar um sobretudo, comicamente grande demais para seus bracinhos curtos. A chuva cessara, o céu estava nublado, um lustro aquoso cobria as ruas. Perry, as mãos perdidas nas mangas do meu casaco, olhava com reprovação em torno, observando uma vez mais a cena desprezível. As casas e lojas, as próprias ruas, pareciam encolher a sua passagem. "Sabe o papel de bobo que está se obrigando a fazer", disse, "não sabe, entocando-se neste lugar ridículo e fingindo que não consegue pintar?"

Entocar: essa palavra vulpina outra vez. Não respondi — o que havia a dizer?

Quando chegamos ao ateliê, ele desabou num canto do repudiado sofá, queixando-se novamente do frio.

"Bom, me mostra alguma coisa", falou, com mau humor.

"Não", respondi, "não quero."

Dirigiu-me um olhar injuriado. "Depois de eu ter vindo até aqui?" Disse que não pedira que viesse.

Ele se levantou irritado e começou a fuçar pelo ateliê. Observei-o se dirigir às telas apoiadas na parede. Eu podia jurar que seu narizinho pálido estava se contraindo. O comportamento que adota em relação a seu ofício é uma mistura calculada de desdém e paciência resignada. A tudo que se oferece a sua atenção, tudo, volta de início um olhar enfastiado, como que dizendo, Ah, mas que droga de porcaria fajuta temos aqui? Não me engana: está sempre à espreita de algo em que cravar as garras. Agora pegava aquele troço grande e inacabado, meu último esforço antes de mergulhar no silêncio — isto é silêncio? pergunta você —, e o segurava diante do rosto, recuando a cabeça e fazendo uma careta, como que sentindo um cheiro ruim. "Hmm", disse, "isto é novo."

"Pelo contrário."

"Quero dizer, é um novo ponto de partida."

"É nada. É o fim da linha."

"Não seja absurdo." Levou a tela para a plena luminosidade da janela. "Não vai acabar isto aqui?" Pelo contrário, eu disse, foi ele que acabou comigo. O homem não estava escutando. "Seja como for", fungou, "posso vender do jeito que está."

Pulei do sofá e voei em sua direção, mas ele percebeu minha investida e escondeu a tela, me fitando por cima do ombro com um beicinho amuado. Tentei pegá-la, ele trotou para fora de alcance; estiquei mais o braço e o agarrei. Daí se seguiu uma indecorosa contenda, com muita respiração pesada e grunhidos abafados. Por fim ele teve de ceder. Arranquei a tela de sua mão e a ergui bem acima da cabeça, com intenção de esmagá-la contra alguma coisa. Porém, como qualquer um que já tentou pendurar um quadro sabe, são umas coisas pra lá de desajeitadas, com todo seu tamanho, superfície e fragilidade, e tive de me contentar em arremessá-la num canto qualquer, onde aterrissou com estardalhaço e um som gratificante, como que de ossos quebrando.

"Pelo amor de Deus!", gemeu Perry, ofegante. "Você enlouqueceu?"

Estou pensando mais uma vez naquele sonho, o mundo alojado em minha goela. Dizem que um bebê chorando por sua mamadeira destruiria toda criação se pudesse. Minha pintura estava quebrada. O que era eu agora, criador ou destruidor? E que me importava?

"Olha aqui", disse Perry, fazendo um tom fraternal fingido, "qual o problema com você, exatamente, pode me explicar?" Ri, uma espécie de zurro selvagem. Irmão burro! Perry não se deixou desencorajar. "Isso tudo é por causa de alguma mulher?", disse, tentando não soar excessivamente incrédulo. "Ouvi dizer que você está tendo, ou teve, um *affaire*. É esse o problema? Não me diga que é isso."

Uma das coisas dos meus tempos de pintor de que mais sinto falta é uma certa qualidade de silêncio. Conforme avançava o dia de trabalho e eu mergulhava cada vez mais fundo pelas camadas

o violão azul 221

da superfície pintada, o palavrório do mundo recuava, como uma maré vazante, deixando-me no centro de uma grande imobilidade vazia. Era mais do que a ausência de som: era como se um novo ambiente tivesse surgido para me envolver, algo denso e luminoso, um ar menos penetrável do que o ar, uma luz que era mais do que luz. Nesse meio eu ficava como que suspenso, a um só tempo em transe e desperto, vivo, atento ao nuance mais tênue, ao jogo de pigmento, linha e forma mais sutil. Vivo? Era vida, afinal, e eu não a reconheci? Sim, um tipo de vida, mas não vida suficiente para eu dizer que estava vivendo.

Eu queria que Perry fosse embora agora, simplesmente sumisse, levado pelo ar, e me deixasse ali, sozinho e quieto. Como estava cansado; como estou.

Perry cutucava exploratoriamente os destroços de minha pobre pintura com o bico do sapato. Ela jazia amontoada no canto, uma maçaroca de madeira e lona rasgada, minha derradeira obra-prima. Me lembrava o papagaio gigante que, quando eu era menino, minha mãe pagara a Joe Kent, o sapateiro corcunda, para fazer para mim, com sarrafos e papel kraft, em sua cavernosa oficina na Lazarus Lane. Aconteceu de ser pesado demais, então o joguei no gramado e sapateei em cima num acesso de raiva, quando não consegui pôr no ar. Sim, quebrar coisas, esse tem sido para mim um dos pequenos consolos da vida — e talvez não tão pequeno —, hoje posso ver com clareza.

"Não tem absolutamente nada para me mostrar?", quis saber Perry, soando tão irritado quando queixoso, olhando mais uma vez para as telas empoeiradas apoiadas nas paredes. Isso mesmo, falei, eu não tinha nada. Pude perceber seu ânimo arrefecendo; era como observar o marcador de mercúrio em um termômetro descendo em seu sulco. Consultou o relógio outra vez, agora mais ostensivamente. "Que pena", disse, "destruir um quadro." Os prazeres da aquisição são bem conhecidos — diz o ladrão, o ex-ladrão —, mas quem menciona a alegria silenciosa de abrir mão das coisas? Todas aquelas tentativas malogradas empilhadas ali, eu também as teria pisoteado de bom grado, como tanto tempo antes sapateara sobre o papagaio inútil de Joe Kent. Quando Perry fosse embora, com ele iria junto minha derradeira pretensão de ser um pintor — não que eu pretenda, mas você sabe o que quero dizer —, ele seria mais um lastro atirado para fora do cesto. Está vendo como, com esses tropos figurativos, minha fantasia se volta a pensamentos de ascensão e fuga vertiginosa? E de fato, uma hora mais tarde, depois de Gloria ter levado Perry e eu para o campo de Wright, e Perry ter se acomodado em seu belo aviãozinho e começado a taxiar pela pista relvada, senti um impulso súbito de correr atrás dele ao lusco-fusco, agarrar uma asa e balançar o corpo para aterrissar no banco traseiro e obrigá-lo a me levar junto para a França. Imaginei nós dois lá no alto, os motores roncando firmes através da noite, suspensos sobre profundezas de trevas azul--acinzentadas, as nuvens imóveis sob nós como espessas pregas de fumaça e acima de nossas cabeças um céu de incontáveis estrelas. Livre! Livre.

Ficamos ao lado do hangar, Gloria e eu, e observei a aeronave ascender no ar penumbroso até sumir numa nuvem, a mesma, podia ser, da qual víramos o aparelho descer naquela manhã. A mortalha de silêncio que caíra sobre o campo escurecido evocava de algum modo distâncias desertas, mágoas esquecidas. Uma lâmpada pendurada no fio ardia no fundo do hangar e um dos rapazes de Wright martelava meticulosamente alguma coisa, provocando um retinir metálico, melancólico. A noite avolumava ao redor de nós. Estremeci e Gloria, passando o braço pelo meu, pressionou meu cotovelo com força contra suas costelas. Teria percebido minha sensação de desolação, e era conforto que me oferecia? Fomos embora. Pensei em Perry, aparecendo azafamado após uma última visita ao banheiro, massageando as mãos úmidas e me lançando

o violão azul 223

uma carranca desaprovadora, desapontada. Sim, lavara as mãos em relação ao meu caso. Não precisava ter se dado ao trabalho: eu mesmo já lavara as mãos em relação ao meu assim chamado eu.

Um dia, numa de minhas perambulações incertas pela cidade — sim, tornei-me o caminhante por excelência, contra minha vontade —, apareci na minha irmã. Ela se chama Olive. Eu sei, uma afronta, esses nomes. Normalmente não tenho motivo para visitá-la, e não tinha, nesse dia. Mora numa casinha na Malthouse Street. A rua estreita, pouco mais que um beco, termina em declive nas duas pontas, mas há uma elevação no meio, onde fica sua casa, e isso, aliado ao fato de que a calçada diante de sua porta é muito alta, por motivos que desconheço, sempre me deixa com a impressão de que o acesso a sua casa implica uma escalada desesperada, como se ali fosse um santuário, um remoto povoado de fábula, cujo caminho fora propositalmente tornado árduo. No fim da rua fica o armazém de malte, há muito abandonado, um edifício atarracado de granito cinza-rosado com janelas baixas, protegidas por grades, e enormes mãos-francesas enferrujadas, parecidas com medalhões, chumbadas nas paredes. Quando eu era pequeno, era um lugar a ser evitado. Havia sempre um desagradável cheiro acre de cevada maltada que fazia minhas narinas arderem e dava para escutar sons de coisas se mexendo e correndo ali dentro, onde os ratos, assim Olive gostava de me assegurar, nadavam livres como lontras nas pequenas montanhas de cereal da altura do joelho.

A casa minúscula parece ainda menor devido à grande altura de Olive. Ela é muito mais alta do que eu, embora isso não seja difícil, e se movimenta com vagar, encurvada, assomando nas portas ou ao pé das escadas com a cabeça projetada para a frente e os braços dobrados às costas, de modo que seu avanço parece um estado permanente de tombo iminente. Dos quatro filhos, é quem mais se parece com meu pai e, conforme os anos passam e as poucas linhas femininas tornam-se cada vez menos pronunciadas, a similaridade fica cada vez mais marcada. Seu apelido na escola, claro, era Olive Oyl. Que contraste emblemático devíamos fazer, ela e eu, naquela época: o cetro e o orbe, o ossinho da sorte e a coxa de frango, o cabo de chicote e o pequeno pião gordo. Na juventude, tinha fama de indignada e rebelde — usava paletó e gravata, como um homem, e por um tempo até fumou cachimbo —, mas com o passar dos anos tudo isso tornou-se mera excentricidade. A cidade tem muitas Olives, de todos os gêneros e variedades.

"Ora, ora, se não é o gênio da família", disse. Atendendo minha batida, enfiara a cabeça pela fresta da porta cautelosamente e me espiara com os olhos grandes, azuis e, no caso de Olive, incongruentemente adoráveis, de minha mãe — meus, também. Vestia avental por cima de um cardigã marrom; a saia enganchava torta nas duas protuberâncias de sua bacia. Alguém devia apresentá-la à mãe de Polly, eram um par que combinava, como as beldades de porcelana da srta. Vandeleur, só que ao contrário. "O que o traz ao meio da gente simples?" Sempre teve a língua afiada, nossa Olive. "Vamos entrando", disse, caminhando à frente pelo vestíbulo e acenando com a mão do tamanho de um remo para que a seguisse. Deu uma risada encatarrada. "Dodo vai adorar ver você."

O interior da casa rescendia a madeira recém-cortada e verniz. O mais recente hobby da minha irmã, como se veria, era cortar e montar crucifixos em miniatura.

Na cozinha, um fogão a lenha queimava com um rugido mudo e a atmosfera densa estava pesada de calor. O cheiro ali, onde o ar parecia ter sido reutilizado inúmeras vezes, era uma mistura de chá fervido, cera de assoalho e o fedor alcatroado vindo do fogão, e chegou direto até mim vindo da infância. A mesa quadrada coberta com uma toalha impermeável estampada ocupava a maior parte do ambiente; jazia ali em suas quatro pernas quadradas, tei-

o violão azul 225

mosa como uma mula, para ser contornada desajeitadamente e com cautela, pois suas quinas eram pontudas e capazes de dar uma dolorida cutucada. Havia panelas amassadas e frigideiras enegrecidas em ganchos acima do fogão, e no peitoril da janela ficava um pote de geleia com flores que, mesmo sendo de plástico, de algum modo conseguiam parecer murchas. O teto era baixo, assim como a janela de esquadria metálica que dava para o quintal cimentado e o pequeno jardim ignóbil, tomado pelo mato. Acho janelas tão estranhas, parecem não ser outra coisa além de uma concessão feita no último minuto a um encarcerado, e sempre que olho para elas por tempo suficiente acredito identificar um vestígio das barras ausentes. "Veja quem está aqui, Dodo", disse Olive, ou gritou, na verdade. "O irmão pródigo!"

Dodo, cujo nome completo esqueci ou talvez nunca soube — Dorothy alguma coisa, presumo —, é a companheira de muitos anos de minha irmã. Uma pessoa corpulenta mas compacta com um pequeno rosto passeriforme de dom-fafe e olhar perturbadoramente penetrante. Uma escultura de cabelo ressecado do mais puro branco projeta-se orgulhosa em sua minúscula cabeça, como um halo confeccionado de algodão-doce. Cumprimentei-a cautelosamente. Sua desaprovação em relação a mim é profunda, amarga e duradoura, por motivos que posso apenas começar a conjecturar. Aquele seu olhar, desconfio, cala fundo em minha alma. Foi motorista de ônibus até receber a aposentadoria compulsória — algo a ver com o dinheiro das passagens faltando, acho que lembro de Olive ter me confidenciado, num inabitual acesso de franqueza.

Olive puxou uma cadeira da mesa para eu sentar, as pernas raspando no piso irregular de ladrilhos vermelhos, e mais uma vez o passado tocou a aba do chapéu para mim. A própria Olive raramente senta, mas se mantém sinuosamente em movimento, como uma criatura grande, esguia e recurvada das árvores. Sacou um maço de cigarros de algum ponto em sua pessoa, acendeu um, tragou, então vergou o corpo com a mão apoiada na mesa e se regalou com um prolongado, torturado e, no fim, aparentemente gratificante acesso de tosse. "Olha só pra você", acabou dizendo, ofegante, virando para mim com olhos lacrimejantes, as pálpebras inferiores frouxas e rosadas, "olha só seu estado — o que anda fazendo consigo mesmo?" Respondi sem me alterar que estava muito bem, obrigado, decidido a manter a calma. "Não parece", continuou ela, com uma bufada áspera.

Dodo, afundada numa pequena poltrona de espaldar reto ao lado do fogão, observava-me com uma cintilação vingativa no olhar; é um pouco surda e sempre acha que estão falando dela. Os anos andando em ônibus a deixaram com pernas monstruosamente inchadas e, hoje em dia, perdeu quase por completo a capacidade de locomoção, e precisa de ajuda para tudo. Como Olive, por sua vez dotada de pernas tão descarnadas quanto uma garça, e de juntas similarmente complicadas, consegue sacudir a amiga para fora da cadeira e manobrá-la pelo exíguo confinamento daquela casinha de gengibre é algo que não posso imaginar. Certa vez, ofereci pagar do meu próprio bolso — na época bem cheio — para que as duas se mudassem para uma residência mais espaçosa e em resposta obtive apenas uma terrível encarada de lábios pálidos. Olive trabalhou por muitos anos em um escritório para a Hyland & Co., na madeireira, até o lugar fechar.

"Aquela sua esposa", disse, voltando ao ataque, "como vai?"

Gloria também estava bem, respondi, muito bem. Ao ouvir isso Olive exclamou, "Há!", e relanceou Dodo com um sorriso enviesado e até mesmo, se não me equivocava, o lampejo de uma piscadela. As línguas da cidade, parecia, deviam ter andado ocupadas.

"Ela nunca aparece", disse Dodo, elevando a voz e se dirigindo a mim. "Aqui em casa, não." Já mencionei que Dodo é, ou foi originalmente, uma pequena de Lancashire? Não me pergunte como

o violão azul 227

veio dar por essas bandas. "Acho que eu nem ia reconhecer mais", berrou, parecendo mais raivosa do que nunca, "a senhora Orme."

"Deixa disso, Dodo", ralhou Olive, mas com um lampejo bem-humorado, como que condescendendo com uma criança favorita porém malcomportada. "Deixa disso."

Sentei na cadeira reta em um ângulo desajeitado em relação à mesa apinhada, as mãos apoiadas nos joelhos, que estavam abertos, inevitavelmente, para acomodar o mole melão suspenso da minha barriga. Não gosto de ser gordo, não me agrada nem um pouco, no entanto por mais que eu faça parece que não consigo perder peso. Não que faça muita coisa nesse departamento de perda de peso, veja bem. Talvez devesse tentar a dieta sem cor de Perry Percival. Meu pai, achando graça, costumava me chamar de Jack Sprat, por mais que eu o informasse, com gélido desprezo, mas tremor na voz, que era Jack Sprat que não podia comer gordura, e desse modo devia ser magro, ao passo que obesa era a mulher dele. Esquisitos, e esquisitamente incompatíveis com seu caráter, esses lampejos de crueldade a que me submetia, meu pai; tinham o poder, em alguns casos, de me levar às lágrimas. Talvez não tivesse intenção de ser cruel. Minha mãe nunca protestava com ele por essas provocações, o que me leva a crer que fossem destituídas de maldade. Acho que não era maldoso de modo geral e creio que não estou enganado.

"Fazer um piquenique, lá fora, nesse tempo", berrou Dodo, ainda mais alto, no tom de um pregoeiro público. "Pergunto a você."

Como é estranho pensar que nunca irei me ver de costas. Provavelmente, é a melhor coisa — imagine só, o pinguim —, mas, mesmo assim. Eu podia montar um jogo de espelhos, embora isso fosse trapaça. Em todo caso, teria consciência de estar olhando para mim mesmo, e autoconsciência, esse tipo de autoconsciência, sempre leva à falsidade, ou ao juízo falso, pelo menos. Isso é verdade? Nesse contexto, é, o contexto de olhar para mim mesmo. O fato é que nunca vou me ver, de costas ou de frente, a circunferência toda, por assim dizer — dito com propriedade, no meu caso —, e certamente não como os outros me veem. Não consigo ser natural diante de um espelho; não consigo ser natural em lugar nenhum, é claro, mas, principalmente, não ali. Aproximo-me do meu reflexo como um ator pisando no palco — como fazemos todos, não? É verdade que ocasionalmente capto um vislumbre desprevenido por acidente, em vitrines nos dias ensolarados, ou em um espelho ensombrecido no patamar de uma escada, ou no meu próprio espelho de barbear, até, numa manhã em que esteja zonzo de sono, ou com ressaca da noite anterior. Como pareço ansioso nesses momentos, e furtivo, como alguém pego num ato vil e vergonhoso. Mas esses encontros de relance tampouco servem para alguma coisa: o eu despreparado é tão pouco convincente quanto qualquer outro. A conclusão inevitável sendo, da maneira como interpreto o caso, que não existe eu — eu definitivamente já disse isso antes, assim como outros, não estou sozinho —, que o eu em que estou pensando, essa chama de vela ereta, constante, queimando perpetuamente dentro de mim, é um miasma, um fogo-fátuo. O que resta de mim, então, é pouco mais que uma sucessão de poses, uma concatenação de atitudes. Não me interprete mal, acho a ideia revigorante. Por quê? Porque, para começar, isso me multiplica, insere-me em meio a uma infinidade de universos inteiramente meus, onde posso ser qualquer coisa que a ocasião e a circunstância exijam, um verdadeiro Proteu que ninguém agarrará por tempo suficiente para fazer com que confesse. Confesse o que, exatamente? Ora, todos os atos vis e vergonhosos de que sou culpado, claro.

Certa vez, quando estava no meio de um surto particularmente vigoroso de automutilação culpada, Polly me disse, não sem um quê de impaciência, que eu não era tão mau quanto achava que era. Eu poderia ter observado, mas não o fiz, que o que realmente queria dizer era que achava que não era tão mau quanto ela achava que eu fosse. Não há limite para o fino corte de que é capaz a Navalha de Orme. Gloria, a sofista involuntária, disse-me um dia, "Pelo menos seja honesto e admita que você é um mentiroso". Me fez ruminar por dias, essa aí; continuo ruminando.

Olhei em torno. A beirada da pia estava toda lascada, suas torneiras de latão manchadas de verde. Vi uma chaleira enegrecida, um bule embaçado, o aparador com suas xícaras e pratos — a gente costumava chamar a louça de *delph* — e me senti, contra a vontade, consternado e com terrível complacência, em casa.

Olive perguntou se eu aceitava uma xícara de chá. Disse que uma bebida cairia bem. Tinha aguda consciência do monitoramento maligno de Dodo — estava me dando nos nervos. "Acho que a gente não tem bebida nenhuma", disse Olive, franzindo o rosto. Foi como se eu tivesse pedido uma colherada de láudano ou um pouco de moly. Vasculhou os armários, fazendo um estardalhaço. "Tem uma garrafa de *stout* por aqui", disse, meio em dúvida. "Vai saber quanto tempo faz." Observei-a virar a cerveja escura num copo todo encardido com a sujeira das eras. Uma espuma amarela subiu, como o mar, um gosto de losna. Pensei na mesma hora em meu pai, cujo hábito era uma caneca toda noite, não passando disso. Às vezes o eu, o eu de famosa inexistência, pode soluçar por conta própria, interiormente, sem fazer um som.

Olive, curvada junto à pia, ficou me olhando beber. Fumava outro cigarro, com um braço dobrado sobre o peito côncavo. "Lembra como eu costumava fazer *googy-egg* pra você?", disse. "Um ovo cozido picado com farelo de pão e manteiga numa xícara — lembra? Aposto que não, aposto que esqueceu. Eu te conheço, você só lembra o que interessa." Isso dito com indulgência bem-humorada, que é o jeito como normalmente me trata. Acho que me vê como uma espécie de charlatão sem malícia, que desde cedo aprendeu a dominar uma série de truques baratos mas eficazes e tem se safado com eles desde então, tapeando todo mundo menos ela, embora permanecendo esse tempo todo, como meu pai antes de mim, essencialmente inocente, ou apenas claramente devagar. "Ah, claro", continuou, "já esqueceu quem tomou conta de você quando era pequeno e a mamãe ficava por aí, caindo na vida." Riu da minha expressão. Um dedo de cinza rolou na frente de seu avental; sempre tenho a sensação de que a cinza, quando cai desse jeito, devia fazer um som, a precipitação trovejante de uma avalanche distante. "Você não sabia disso, sabia, sobre a mamãe e os namoradinhos dela? Tem um monte de coisa que você não sabia, e ainda não sabe, apesar de se achar o grande bambambã."

Abaixou, abriu o forno e jogou uma tora no inferno súbito que se escancarou, depois voltou a fechar a tampa de ferro com o pé quarenta e tantos calçado num chinelo.

Dodo continuava sua vigilância infatigável sobre mim com seu pequeno olho preto reluzente de passarinho. "E ele nem se tocando disso", falou, desdenhosa e indignada, e olhou de Olive para mim e vice-versa, fazendo um bico amuado de desafio.

Dessa vez Olive a ignorou. "Vamos lá fora, vou mostrar minha oficina", disse para mim, me segurando pela manga.

Largou a bituca do cigarro na pia e o chiado que produziu soou a meus ouvidos como uma nota definitivamente zombeteira.

Fomos cautelosamente pelo jardim. Sob uma árvore mirrada, desoladora e esquelética, uma nuvem de moscas minúsculas, tingidas de dourado à fria luz do sol, voava com energia de um lado para o outro, como as partes em acelerado funcionamento de um intrincado motor feito de ar. Criaturinhas maravilhosas, estar ali fora e tão ocupadas já quase no fim da estação. Para onde iriam quando o frio de verdade chegasse? Imaginei-as deixando o motor diminuir sua marcha à medida que baixavam vagarosamente para o abrigo esparso da relva hibernal, onde iriam aterrissar, pequenos

o violão azul 231

flocos dispersos de ouro evanescente, à espera da primavera. Pura fantasia, claro; vão morrer, simplesmente.

"Continua escrevendo seus contos?", perguntou Olive.

O caminho era desigual e enlameado e eu tinha de ficar de olho no chão para não pisar numa poça nem tropeçar.

"Contos?", falei. "Como assim, contos? É pintar, o que eu faço — fazia. Sou pintor. Era."

"Ah. Achei que fossem contos."

"Bom, não é. Não era."

Ela balançou a cabeça, pensando. "Por quê?", disse.

"O quê?"

"Por que você parou? De pintar quadros, ou sei lá o quê."

"Não sei."

"Ah, bom, não tem importância, de qualquer jeito."

Esse, devo dizer, era um diálogo perfeitamente típico entre minha irmã e eu. Não sei se entende as coisas errado de propósito, só para me irritar, ou se realmente está ficando confusa — é pelo menos uns dez anos mais velha do que eu. E morar com Dodo, é claro, dificilmente pode contribuir para a agilidade mental.

O que, pergunto-me, pensa da vida, minha espigada e desgraciosa irmã, ou não pensa coisa alguma? Decerto terá algum conceito, alguma opinião, do que significa ser uma criatura senciente, um ser vivo na superfície deste planeta. É uma coisa que com frequência me pergunto sobre as outras pessoas, não apenas sobre Olive. Quando ela era adolescente, dezessete ou algo assim, gostava de um garoto que não gostava dela. Não consigo lembrar o nome; um bronco sorridente de dentes tortos e topete à Pompadour, é do que me lembro. Eu a vi chorando por causa dele, no dia em que finalmente teve de admitir para si mesma que o rapaz nunca se interessaria por ela. Era o auge do verão. Ela estava na sala. Havia um lugar para sentar ali, o vão da *bay-window*, nada além de um banco embutido na janela, na verdade, duro e descon-

232   JOHN BANVILLE

fortável, forrado por um couro fajuto com um aroma desagradável, ligeiramente fecal, e contudo esquisitamente reconfortante, como o cheiro de um animal de estimação muito velho. Foi ali que Olive desabou, numa pose desajeitada, sentada de frente, com os pés muito grandes, calçando um par de sandálias cor-de-rosa — eu as vejo, essas sandálias —, plantados lado a lado no chão, ao mesmo tempo com o torso violentamente dobrado para o lado e jogado sobre o banco forrado de couro. Estava com o rosto tampado, a testa pressionada nos braços cruzados, soluçando. Minha mãe também estava lá, ajoelhada no chão junto a ela, afagando com uma mão o esfregão de cabelo enroscado, ouriçado, da filha, no qual já se viam prematuros fios grisalhos, enquanto a outra repousava no ombro que subia e descia. O sol penetrando pela janela caía sobre ambas, banhando-as num facho intenso e duro. Lembro da expressão de desamparo quase pânico em minha mãe. Mesmo aos meus jovens olhos, a cena — matrona hiperbólica confortando donzela aos prantos — pareceu singularmente exagerada e pintada em cores vibrantes demais, como algo de Rossetti ou Burne-Jones. Não obstante continuei a olhar avidamente, com fascínio e pavor mortal, escondido atrás da porta entreaberta. Nunca vira alguém chorar com tamanha paixão, tamanho abandono e entrega, tamanho despudor; de repente minha irmã ficara transfigurada, era uma criatura de misterioso portento, uma vítima sacrificial depositada sobre o altar, aguardando o sumo sacerdote e sua faca. Por longo tempo depois disso, fui assombrado pela sensação de ter presenciado algo que não me deveria ter sido permitido, de ter topado atabalhoadamente com um ritual secreto que minha presença conspurcara escandalosamente. Até um menino pequeno, ou sobretudo um menino pequeno, tem olho para o numinoso, e é de ocasiões como essa de transgressão e terror sagrado que nascem os deuses, na infância do mundo. Pobre Olive. Acho que o dia marcou o fim de quaisquer esperanças que porventura tivesse

o violão azul 233

de uma vida ao menos parcialmente feliz. Depois disso, o cachimbo, o paletó e gravata, o trote masculinizado, esses foram os modos que encontrou de cuspir na cara do mundo.

Sua oficina era um barracão de pinho construído contra a parede do fundo do jardim. Tinha telhado inclinado, uma porta mal ajustada e janelas quadradas dos dois lados. Havia uma bancada de trabalho maciça como uma mesa de açougueiro, com um torno de ferro imenso, pretejado de óleo, afixado a ela. O chão estava coberto por uma espessa camada de aparas de madeira que davam uma sensação agradável ao esmagar com os pés. Suas ferramentas ficavam penduradas num comprido painel preso à parede do fundo, dispostas ordenadamente segundo uso e tamanho. Na bancada havia caixas de meia-esquadria, suas serras e martelos em miniatura, suas lixadeiras, tubos de cola e latas grudentas de verniz.

"Isso é tudo material do seu pai", disse, com um gesto amplo, "todas essas ferramentas e coisas." Sempre fala do nosso pai como sendo meu, meio que se excluindo da equação familiar. Disse que eu não sabia que ele era ligado em marcenaria. Ela abanou a cabeça para mostrar como eu era um caso sem esperança. "Ele vivia no barracão, serrando e martelando. Era assim que fugia dela." Queria dizer, tive de presumir, minha mãe, nossa mãe. Peguei uma caixa de meia-esquadria e passei os dedos nela, franzindo o rosto. "Imagino", ela disse, "que você esqueceu também como eu fazia as armações das telas que você usava pra pintar?" Chassis — ela preparava chassis para mim? Se lembrava disso, por que afirmou pensar que eu era escritor? Esse pendor pela dissimulação era um traço inerradicável, na minha irmã. "Economizei uma fortuna pra mamãe", disse, "considerando que tudo que você queria você tinha, por mais caro que fosse." Examinei a caixa em minha mão ainda mais atentamente. "Eu costumava preparar as telas pra você, também, com cola de papel de parede e um pincel grande. Não lembra de nada, todo o trabalho que eu fiz pra você, você esqueceu tudo? Que sorte — bem que eu queria ter uma memória como a sua."

Pedaços compridos de madeira de lei estavam empilhados num canto e na beirada frontal da bancada havia uma dúzia ou mais de Cristos idênticos, todos mantidos no lugar por um preguinho minúsculo enfiado na palma de uma das mãos, de modo que pendiam tortos como uma fileira de nadadores em apuros, acenando freneticamente para pedir socorro. Eram feitos de plástico rijo e tinham um brilho de aspecto úmido, ceroso, de naftalina. Todos tinham uma coroa de espinhos de plástico e uma pincelada de tinta escarlate brilhante no lado esquerdo do peito, um pouco abaixo da caixa torácica. Olive não é muito ligada em religião, pelo que sei; em outra era, provavelmente teria sido queimada na fogueira. Imaginei-a ali em sua cabana de bruxa uma noite qualquer, pregando aqueles bonecos de vodu nas cruzes de madeira e dando risadinhas baixas consigo mesma. "Encomendei uma tinta fosforescente para fazer os olhos", disse, casualmente, franzindo os lábios e tirando uma mecha de cabelo do rosto — ficou claro que achava isso uma inovação particularmente inspirada. Perguntei o que fazia com os crucifixos depois de terminados. Nisso ela assumiu uma expressão ladina. "Eu vendo, claro", afirmou, com desdém, erguendo um ombro ossudo e tornando a baixá-lo, e se ocupou em seguida de tirar e acender mais um cigarro. Observei-a largar o fósforo ainda soltando fumaça nas aparas aos nossos pés. Perguntei para quem os vendia; estava genuinamente curioso. Ela começou a tossir outra vez, recostando na bancada com os ombros curvados e batendo suavemente um pé. Quando o acesso passou, manteve a cabeça erguida, dando uma espécie de mugido e pressionando o peito com a mão. "Ah, tem uma loja que compra esse tipo de coisa", continuou, ofegante. Isso era uma mentira deslavada. Desconfio que joga fora ou usa como lenha para alimentar o fogão da cozinha. Deu uma profunda tragada no cigarro e soprou

o violão azul 235

a fumaça pela janela, onde se dispersou numa massa suave, parecendo uma abóbora achatada; quanta coisa no mundo é amorfa, embora pareça sólida. Percebi Olive olhando apressada em volta, procurando mudar de assunto.

"Como vai seu amigo?", perguntou. "O cara que conserta relógio."

"Marcus Petit?"

"'Marcus Petit?'", ela grasnou, me arremedando, fez cara de idiota e abanou a cabeça, o que a deixou parecida com a Alice de pescoço comprido de Tenniel, depois de ela ter comido o cogumelo mágico da Lagarta. "Quantos relojoeiros você acha que existem nesta megametrópole?"

Pus a caixa de volta na bancada e limpei a garganta. "Não vejo Marcus", disse, fitando minhas mãos, "faz um bom tempo."

"Acho que não." Deu uma risada rouca. "Bela brincadeira vocês foram arrumar, essa sua turma." Minha nuca estava quente. A pessoa nunca é tão velha, acho, que não possa se sentir admoestada como uma criança. "Imagino que não veja a patroa dele também, *faz um bom tempo*."

Eu já ia dar o troco com sabe-se lá que tipo de réplica mordaz quando de repente ela ergueu a mão e inclinou a cabeça para o lado, no comprido talo de seu pescoço, escutando algum som vindo da casa que só ela conseguia perceber. "Ai, lá vem", disse, com patente irritação, e na mesma hora saiu do barracão e avançou pelo jardim em direção à porta dos fundos. Eu a segui, num passo mais lento. Acho que ainda estava vermelho.

Dodo, em sua poltrona, era a imagem da desolação, seu rosto pequeno contorcido, emitindo pequenos guinchos de passarinho e batendo mãos e pés no ar, com grandes lágrimas de bebê brotando dos olhos. Olive, que se curvava sobre ela e fazia sons para acalmá-la, lançou-me um olhar sombrio por cima do ombro. "Não é nada", disse, num sussurro teatral, "só a velha bexiga." Virou de volta para Dodo. "Não foi só isso, Dodie", berrou, "só a bexiga, e não outra coisa?" Abaixou mais um pouco, fungou e virou para mim de novo. "Tudo bem", disse, "está só um pouco molhado, ninguém morreu." Endireitou o corpo e me pegou pelo braço. "Vai lá pro vestíbulo", disse, "espera lá." Um vento soprara de repente; gemeu na chaminé e ergueu a tampa do fogão. Dodo, envergonhada e vergonhosamente desabotoada, dava livres peias às lágrimas agora. "Vai, vai!", rosnou Olive, me enxotando.

Fazia frio na entrada escura da casa. Um tênue facho de luz rósea penetrando longitudinalmente pelo vidro rubi da bandeira sobre a porta trouxe-me à mente outra vez a fileira de Cristos tortos, semicrucificados, no barracão. Sempre achei estátuas de igreja assustadoras, quando era criança, o modo como apenas ficavam ali, não exatamente em tamanho natural, com o olhar melancólico voltado para baixo e as mãos esguias erguidas, implorando-me debilmente alguma coisa cuja natureza eu era incapaz de adivinhar e que até mesmo eles pareciam ter esquecido há muito tempo. A lâmpada do santuário, também, era motivo de inquietação, vermelha como a vidraça acima da porta e perpetuamente acesa, mantendo resoluta vigilância sobre mim e meus modos pecaminosos. Às vezes eu acordava à noite e tremia de pensar naquilo, aquele olho perpetuamente vigilante pulsando no vazio vasto e cavernoso da igreja.

No vestíbulo agora uma hoste de coisas saídas do passado pairava à minha volta, surgindo e desaparecendo, como uma palavra na ponta da língua.

Sons abafados de esforço e diligência vinham da cozinha, onde eu imaginava que a roupa de Dodo estava sendo trocada. Dava para escutar os gemidos chorosos da mulher pequena e gorda e as impacientes palavras de conforto de Olive. Isso, pensei, deve ser amor, afinal, frágil e carente de um lado, prático e enérgico do outro. Não uma coisa com que eu conseguiria lidar, porém: simples e sem ornamentos demais, para mim; mundana demais, absolutamente.

o violão azul 237

Por que não fui embora, bem ali? Por que não saí de fininho pela porta da frente e ganhei a liberdade da tarde? Olive provavelmente não teria se importado, provavelmente não teria sequer notado que me mandara, assim como estou certo de que a pobre Dodo teria ficado feliz de se livrar de uma testemunha de sua humilhação. O que me segurou ali naquele vestíbulo, que dedos tentando me alcançar de um mundo perdido, me acariciando e agarrando? O cheiro de linóleo, de papel de parede velho, de cretone empoeirado, e aquele intenso raio de luz santificada brilhando sobre mim. Fiquei perplexo ao sentir lágrimas ardendo nas minhas pálpebras. Pelo que ou por quem eu chorava? Por mim mesmo, claro; por quem mais eu choro nesta vida?

Pouco depois fui chamado de volta à cozinha. Tudo parecia como antes, a não ser pelo forte cheiro de amônia, e pelo rubor e pela expressão abatida de Dodo. Sentei à mesa outra vez. O vento golpeava a casa agora, chacoalhando as janelas, levando as vigas a gemer e fazendo o fogão esguichar fumaça pelas minúsculas frestas na porta e pela borda da tampa incandescente. Sentado ali, me senti sendo absorvido pelo ritmo lânguido do ambiente. Olive, preparando mais um bule de chá, me ignorou, e me contornava ao passar como se eu não fosse mais que um obstáculo relativamente desajeitado, que sempre estivera ali.

Pego-me pensando outra vez, sem nenhum bom motivo, no vaso com a murta de Gloria, a planta que quase morreu. Fico chamando de murta, mas tenho certeza de que não é. Preocupada de que os parasitas pudessem voltar, um dia Gloria decidiu cortar todas as folhas. Entregou-se à tarefa com uma ferocidade atípica e que me pareceu quase bíblica, sem mostrar misericórdia, o maxilar tenso, até que mesmo os menores e mais tenros brotos tivessem ido. Quando a tarefa ficou completa, fez um ar saciado, embora reverberações de uma probidade raivosa aparentemente continuassem palpitando dentro dela. Não pude deixar de me solidarizar com o pobre arbusto, que, em seu estado tosado parecia indisfarçadamente constrangido e penalizado consigo próprio. Tenho cá comigo que Gloria me considera de algum modo responsável pelo ordálio da criatura, como se eu tivesse levado os parasitas para casa, não apenas como um vetor deles, mas como seu progenitor, uma imensa larva pálida com uma bolsa inchada que um dia explodira e espalhara sua incomensurável progênie por todo o indefeso e miniaturizado vegetal de estimação dela. Durante o outono todo lá ficou ela, sem folhas, e ao que tudo indicava sem vida, também, até uma semana atrás, quando despertou e botões subitamente começaram a pipocar a uma velocidade tremenda — quase dava para vê-los brotando. Não tenho certeza sobre o que pensar dessa profusão pouco natural no limiar do inverno. Talvez não haja nada para pensar. Gloria não mencionou o ressurgimento da planta, embora eu acredite detectar uma cintilação triunfante em seu olhar, como se ela se sentisse justificada, ou de algum modo vingada, até, contra algo, ou alguém. Tem andado numa disposição muito estranha, irritadiça, a respeito da qual não sei o que pensar. É muito angustiante. Fico esperando que o ar comece a vibrar, que o chão se mova sob meus pés, embora tenda a imaginar que não poderia haver mais terremotos, tendo havido já tantos deles.

Curvei-me sobre a mesa e terminei o resto quente e saponáceo da cerveja, pousei o copo e disse que precisava ir. Dodo continuava sem me fitar, e arregalava os olhos para o fogão, em vez disso, os ombros afundados e proferindo uma ou duas palavras furiosas aqui e ali, entre dentes. Na verdade, combinavam bem, ela e o fogão, e eram até um pouco parecidos, a seu modo atarracado, ambos queimando por dentro, murmurando consigo próprios e cuspindo lufadas raivosas de calor e fumaça. Sou o antropomorfista original.

Olive me acompanhou à porta da frente e ficamos ali juntos por algum tempo sob a densa luz dourada do fim de tarde. O vento

o violão azul 239

cessara tão subitamente quanto começara. Grandes folhas fulvas rastejavam pela calçada e um velho corvo numa árvore em algum lugar crocitava roucamente e praguejava consigo mesmo. Que memória eu tenho, reter tantas coisas e com tamanha clareza; acho que as estou imaginando. Fiquei com as mãos enfiadas nos bolsos do meu sobretudo, os olhos entrecerrados. Pensamentos desolados numa estação agonizante. Então, para minha considerável surpresa, escutei minha voz perguntando se podia aparecer qualquer hora para uma nova visita; não sei que bicho me mordeu. Em vez de responder, minha irmã sorriu e desviou o rosto, fazendo aquele movimento lateral de mastigação com o maxilar que ela faz quando acha graça. "Você nunca percebeu, não é, como foi amado", disse, "nunca em todos aqueles anos, e agora olha só pra você." Fiz menção de questionar isso — amado como, por quem? —, mas ela abanou a cabeça, ainda com aquele sorrisinho sabido, triste. Pôs a mão no meu cotovelo e me deu um pequeno empurrão, não indelicadamente. "Vai pra casa, Olly", disse. "Vai cuidar da sua esposa." Ou vai cuidar das suas coisas, teria dito? — não esposa, mas coisas? Enfim, fui.

Porém, eu me afastara só um pouco quando escutei um chamado e virei para ver Olive correndo atrás de mim com alguma coisa na mão. Trotando pesadamente pela calçada alta em seu avental e cardigã e em suas velhas pantufas de feltro, guardava em si, percebi com um choque, toda uma família de semelhanças: meus pais estavam ali, tanto minha mãe como meu pai, e meu irmão falecido, e eu também estava lá, assim como minha filha perdida, minha filhinha que morrera, e um bando de outras pessoas, que eu conhecia mas reconhecia apenas em parte. Eis como voltam os mortos, trazidos pelos vivos, avançando em tropel sobre nós, pálidos fantasmas de si próprios e de nós.

"Toma", disse Olive, ofegante, "aqui, um presente pra você." Enfiou um crucifixo de madeira em minha mão. "Pode servir pra dar sorte, e assim você não precisa roubar um." E riu.

* * *

A ideia de um fim, quer dizer, a possibilidade de existir um fim, isso sempre me fascinou. Deve ser a mortalidade, a nossa própria, que nos dá o conceito. Vou morrer, você também, e existe um fim, dizemos. Mas nem isso é uma certeza. Afinal, a despeito do que prometem os padres, nenhum homem ou espectro jamais voltou desse infame umbral para relatar que deleites, ou não, nos aguardam por lá, tampouco é provável que isso aconteça. Nesse ínterim, em nosso mundo decaído, finito, qualquer coisa que a pessoa se proponha a fazer ou executar não pode ser finalizada, apenas interrompida, abandonada. Pois o que constituiria uma conclusão? Sempre há algo mais, uma nova etapa na empreitada, mais uma palavra a ser dita, mais uma pincelada a ser acrescentada. O conjunto de todos os conjuntos é também um conjunto. Ah, mas espere um momento. Há o *loop* a ser considerado. Junte as extremidades e a coisa pode prosseguir infinitamente, dando voltas e mais voltas. Isso, sem dúvida, é uma espécie de fim. Certo, não tem ponto final, propriamente dito, nenhum para-choque contra o qual amortecer o trem. Mesmo assim, fora desse circuito fechado nada existe. Bom, existe, é claro, existe um bocado de coisa, existe quase tudo, mas nada importante para aquilo que dá voltas, uma vez que isso é completo em si mesmo, num infinito rotante todo próprio.

É maravilhoso como uma injeção de pura especulação — esqueça a lógica questionável —, frígida e descolorida como um pico de ópio, pode amortecer brevemente até a pior das aflições. Brevemente.

Enfim, o que precipitou o breve intervalo de ginástica mental de hoje foi o pensamento de que em qualquer uma das duas pontas, qualquer das extremidades, desse laço particular que vim enrolando em torno dos meus dedos, e dos seus — na verdade, é menos um laço do que uma cama de gato —, deve calhar de acontecer um piquenique. É, um piquenique, na verdade, piqueniques, não um, mas dois. Projete sua mente de volta ao momento, oh, séculos atrás, em que mencionei que o primeiro encontro de que conseguia me lembrar entre nós quatro, isto é, Polly, Marcus, Gloria e eu, foi um pequeno passeio em um parque qualquer que fizemos juntos numa tarde de verão de chuva intermitente. Comentei o episódio ali como uma versão de *Le Déjeuneur sur l'herbe*, mas o tempo, refiro-me ao tempo recente, abrandou-o em algo de feição menos ousada. Em vez disso, imagine-o, digamos, como uma cena de Vaublin, *mon semblable*, não, meu gêmeo, não no verão agora, mas em alguma outra estação, mais sombria, o parque crepuscular com suas massas ferruginosas de árvores sob um grande amontoado de nuvens vespertinas, damasco-escuro, dourado, branco-gesso, e numa clareira, veja-o, o luminoso grupinho acomodado sobre a grama, um deles ociosamente dedilhando o bandolim, outro com expressão anelante, pressionando a covinha da bochecha com o dedo — tinha de fato covinhas, Polly, na época —, e no primeiro plano uma beldade loira com os cabelos em coque, vestindo seda lustrosa, enquanto perto dela, adivinhe quem, inclina-se para um beijo. Descartei de propósito a chuva, os mosquitinhos, a vespa que peguei nadando desesperadamente em minha taça de vinho. Parecem tão decorosos quanto lhe aprouver, esse pequeno bando de convivas ali reunido, não parecem? No entanto, alguma coisa acerca deles faz vibrar uma nota debilmente dissonante, como se houvesse uma corda desafinada naquele pançudo bandolim.

Seu palpite sobre o pretenso beijoqueiro secreto estava errado, a propósito. Francamente, *pas moi!* — para prosseguir no francesismo que parece ser de nossa predileção hoje, devido à súbita aparição de Vaublin, presumo.

Ciúme. Aí está um tema apropriado para mais uma dessas minhas dissertações de que, estou certo, estamos todos já completamente cheios a essa altura do campeonato. Mas o ciúme é algo com que me deparei apenas nas últimas semanas e ainda constitui uma novidade, se esse é o modo de dizer. O escândalo do coração, o sangue pegando fogo, uma agulha no osso, escolha uma formulação segundo sua preferência. Quanto a mim, pintarei com franqueza e sem envernizamento um relato.* Bem, é quase certo que haverá uma pequena camada de verniz, mas tentarei mantê-la o mais rala possível. Como sempre se dá nesses casos — *le mot juste!* —, nunca se chega inteiramente à verdade. Alguma coisa sempre é elidida, omitida, suprimida, uma data habilmente fraudada, um encontro apresentado como algo que não foi, uma ligação quase escutada por acaso que é abruptamente suspensa no meio da frase. Enfim, se lhe fosse oferecida toda a verdade, sem verniz, a pessoa não a aceitaria, uma vez que após a primeira pontada da suspeita tudo fica contaminado pela incerteza, banhado num brilho verde-bile. Nunca soube o significado da palavra "obscena", nunca senti sua irresistível majestade trajada em manto e mitra até ter sido forçado a considerar o pensamento de minha adorada, uma de minhas adoradas — ambas minhas adoradas! —, espremida no suor da carne contra carne de algum outro que não eu. Sim, uma vez que esse imprestável pusera para fora sua hedionda cabecinha, afivelada em seu capacete terroso e lustroso, não havia como evitar seu olhar terrível, tripudiante.

Fora Dodo, logo quem, que plantara a primeira leve suspeita. Sua menção a um piquenique, parvamente feita, assim me pareceu na época, não obstante se alojou em minha mente como uma pequena semente dura e dolorida, que não tardou a rebentar numa serpenteante gavinha, cujo primeiro broto se tornaria uma exuberante, viçosa e nociva florescência. Dei para caminhar pelas estra-

---

* "I will a round unvarnished tale deliver": Otelo, ato 1, cena 3. (N.T.)

das secundárias da cidade, marchando em meu longo casaco, as mãos às costas — imagine Bonaparte em Elba —, ruminando, especulando, calculando, acima de tudo puxando da memória indícios nos quais sustentar minha convicção cada vez mais robusta de que se passavam coisas das quais até então eu nada soubera, ou para as quais em todo caso permanecera cego. O que acontecera, o que de fato acontecera, entre nós quatro, naquele dia longínquo no parque, à luz do sol e à chuva? Estivera eu tão ocupado percebendo Polly e armazenando-a para o futuro, como uma aranha — meu Deus! — empacotaria uma deslumbrante mosca verde-pavão reluzente, que não notara a mesmíssima coisa se passando em outra parte? O problema de rememorar as coisas desse jeito, tentando deslindar o emaranhado do passado, era que tudo ficava separado — há! — e metade do esforço que eu tinha de fazer era meramente acertar o passo comigo mesmo e ir direto aonde não queria chegar. Até os fios da minha sintaxe estão ficando enroscados.

"Pode-se dizer", disse Gloria, escolhendo as palavras, percebi, com lenta deliberação, "que chegamos a um entendimento. Nenhum de nós falou a respeito, naquele dia, o dia do piquenique, e também não por um longo tempo depois disso, por anos, e depois só quando acontecia a devida provocação."

"Devida provocação?", falei, gaguejei. "O que cargas-d'água isso quer dizer?"

As coisas que minha fantasia me impinge! — é o súbito aparecimento de Bonaparte dois parágrafos atrás que me leva agora a me ver, nesse momentoso confronto, paramentado em casaca militar, calça branca justa e um colete de lona trespassado ainda mais justo que se avoluma sobre minha pequena pança roliça e empresta a minhas maçãs um fulgor apoplético conforme ando de um lado para outro diante de minha esposa anormalmente serena, uma ensebada mecha caindo sobre minha fronte bulbosa e a Grande Armée aglomerada na porta, se acotovelando e dando risadinhas. Na verdade, a porta era feita de vidro e não havia ninguém lá fora. Estávamos no Jardim de Inverno, aquela estufa vasta e glorificada erigida para deleite do público por um dos filantrópicos ancestrais de Freddie Hyland, no topo de mais uma das baixas colinas da cidade — olhando para leste dali de cima podíamos ver, por sobre uma milha de uma miscelânea de telhados, o sol hibernal, já se preparando para morrer, tenazmente brilhante nas janelas de nossa casa em Fairmount. O Jardim de Inverno nos propiciava a solidão tão necessária para o tipo de altercação que estávamos tendo, pois o lugar vive deserto: desde o início a cidade o considerou um risível disparate, e prejudicial à saúde, também, naqueles tempos tuberculosos, devido à umidade e ao ar abafado ali dentro. Na época da hegemonia dos Hyland, a notícia, sexta--feira à noite, de dispensas temporárias nas usinas ou fábricas da família varreriam a cidade como uma conflagração alimentada pelo vento e quando a escuridão descesse, bandos de operários recém-desempregados subiriam numa turba ranzinza a Haddon's Hill para cercar a construção indefesa e quebrar metade de seus vidros, que no sábado de manhã os Hyland, com fortitude característica, enfastiada, mandariam trocar, serviço executado por equipes remuneradas dos mesmíssimos trabalhadores que haviam causado a destruição na noite anterior.

"Você é um caso completamente perdido", disse minha esposa. Estava olhando para mim, não rudemente, com a sombra mais tênue de um sorriso. "Percebe isso, não percebe? Quer dizer, devia."

Fazia frio nesse dia e, do lado de dentro, as paredes envidraçadas estavam acinzentadas com a bruma e pelas vidraças corriam incessantes regatos brilhantes de umidade, de modo que era como se estivéssemos num salão elevado coberto de todos os lados por grandes cortinas de contas prateadas, cintilantes. Velhos bicos de gás podiam ser vistos afixados às escoras da estrutura de madeira. Alguém no passado remoto gravara a frase *Forca pros Chucrutes*

o violão azul 245

num dos vidros, com um anel de diamante, deve ter sido, e na mesma hora visualizei Freddie Hyland comicamente pendurado numa das escoras metálicas acima de nós, os olhos saltados e a língua azulada para fora.

Afirmei a Gloria que não sabia do que estava falando e que eu imaginava que ela tampouco soubesse. Acaso estava dizendo, quis saber, que por anos, e anos e mais anos, desde aquele dia do piquenique no parque, ela e Marcus haviam sido — o quê? Amantes? "Ah, deixa de ser ridículo!", disse, jogando o queixo para o alto e rindo. Recentemente, eu começara a notar essa sua nova risada: é um som frio, metálico, mais para o retinir de um sino distante atravessando os campos num dia gelado, e deve ser, agora que penso a respeito, a contrapartida daquele sorrisinho frio de Marcus que Polly descreve-ra para mim tão memoravelmente. Eu estava suando agora, e não só por causa do calor vaporoso do lugar. Imaginei os dois juntos, minha esposa e meu ex-amigo, falando de mim, ele sorrindo e ela com sua nova risada tilintante, e senti uma punhalada da mais cristalina e pura angústia, tão pura e cristalina que por um segundo fiquei sem ar. Sempre há à espreita um novo modo de sofrimento.

"E além disso", disse Gloria, "que cara de pau você tem, vir falar em amantes pra cima de mim."

Havíamos avançado até a Casa da Palmeira, um nome pom-poso para o que nada mais é que um canto da construção separado por biombos de vidro. É um espaço lúgubre, claustral, ocupado por seres colossais que estão mais para animais do que para plantas, com folhas coriáceas do tamanho de orelhas de elefante, e chuma-ços de uma coisa cerdosa e espessa em volta da base que lhes dão um ar de estarem usando meias que perderam o elástico. Gloria sentava num banco de pedra baixo, fumando um cigarro, um pouco inclinada para a frente, com as pernas cruzadas e o cotovelo apoia-do num joelho. Eu não conseguia entender como podia estar tão calma, ou parecer que estava. Vestia seu casacão branco, aquele de que eu não gostava, com a gola cônica. Eu me sentia, ali naquele lugar úmido, quente e fétido, como se tivesse caído de uma janela alta e no entanto estivesse de algum modo suspenso por uma forte corrente de ar ascendente, e fosse dali a pouco começar o longo mergulho para a terra, o ar sibilando em meus ouvidos e o chão girando na minha direção a uma velocidade vertiginosa e cada vez mais acelerada. E no entanto eu queria rir, também, por alguma ânsia maluca e sofrida.

"Você devia ter me contado", falei. Tenho certeza de que estava torcendo as mãos.

"Contado o quê?"

"Sobre o piquenique. Sobre você e" — achei que fosse engasgar com aquilo — "sobre você e Marcus."

Nisso ela voltou a dar sua risadinha. "Não tinha nada pra contar", disse, "na época. Além do mais, eu vi como você estava olhando pra Polly nesse dia, nesse dia faz não sei quantos anos, tentando ver por baixo do vestido dela."

"O que você está dizendo?", protestei — é, eu protestei um bocado nesse dia. "Está imaginando coisas!"

Dava para sentir aquelas criaturas de orelhas imensas às minhas costas, as árvores elefantinas; não esqueceriam nada do que estavam escutando, a notícia da minha queda, enfim.

"Olha, a única coisa que aconteceu", disse Gloria, paciente, como que se prontificando outra vez a explicar algo complicado para uma pessoa simplória, "foi que a gente percebeu que era almas gêmeas, Marcus e eu."

Senti como se alguma coisa pesada, mole, dentro de mim houvesse desabado com um *plof*. "Como é", gemi estupidamente, "você e aquele rebotalho de homem?" O insulto, como vê, era o nível ao qual eu descera; não demorara muito. "E almas gêmeas?", falei, com outro estremecimento de nojo. "Sabe quanto eu desprezo esse tipo de coisa?"

"Sei", ela disse, lançando-me um olhar impassível, "eu sei."

Passei por ela e com a lateral do punho limpei um círculo na vidraça embaçada. Lá fora, um céu lavado, e uma fímbria rosa-chumbo de nuvens ao longo do horizonte parecendo a matéria expelida de alguma coisa. Pelo jeito sempre há nuvens como essas, mesmo nos dias mais claros; deve estar sempre chovendo em algum lugar. Virei para falar outra vez com a minha esposa, que estava sentada, de costas para mim, mas descobri que não conseguia, e fiquei ali, desamparado, fitando boquiaberto a luminosidade pálida de seu pescoço nu, inclinado. Ela virou e me olhou por cima do ombro. "Como você descobriu?", ela perguntou.

"Sobre o quê?"

"Sobre o tal do piquenique."

"Qual dos dois?"

Ela contraiu a boca para mim. "Acho que ia ser meio difícil eu querer dizer aquele que fomos nós quatro, né?"

Falei que alguém devia tê-los visto juntos, ela e Marcus. "Claro", ela disse, achando graça. "Isso era inevitável, imagino, esse lugar sendo como é." Agora olhava para mim mais atentamente, franzindo o rosto, parecendo preocupada, de repente. "Vem cá", disse, dando tapinhas no espaço vago do banco, a seu lado, "senta aqui, coitadinho."

É só em sonhos que as coisas são inevitáveis; no mundo desperto não há nada que não possa ser evitado, com uma célebre exceção. Essa sempre foi minha experiência, até o momento. Mas o modo como ela fez aquilo, dando tapinhas no banco e me chamando de "coitadinho", anunciava uma inevitabilidade da qual não havia escapatória.

"Me diz a verdade", falei, afundando a seu lado.

"Já contei tudo que tinha pra contar." Largou a bituca do cigarro perto dos pés e esmagou-a destramente com o calcanhar do sapato. "Seja lá quem foi que viu a gente, não pode ter visto grande coisa. Levei uma garrafa do seu vinho, e Marcus tinha uns sanduíches horríveis que tinha comprado em algum lugar. A gente foi pra Ferry Point, e eu estacionei naquele lugar acima da ponte. A gente conversou durante horas. Fiquei morrendo de frio. Você devia ter visto os nós dos meus dedos, como ficaram vermelhos."

Eu devia ter visto os nós dos seus dedos.

"Isso foi quando?", perguntei, descendo ainda mais fundo e quase me aconchegando em meu sofrimento recém-incubado.

"Logo depois que você fugiu e Marcus percebeu o que estava acontecendo", disse ela, numa voz endurecida. "Eu já sabia faz séculos, claro."

"Como assim, séculos?"

"Desde o começo, eu acho."

"E você não ligou?"

Ela pensou sobre isso, inclinando-se para a frente outra vez e sacudindo a ponta de um sapato. "Claro que liguei", disse. "Mas gastei todas as lágrimas que tinha quando a criança morreu, daí não tinha sobrado nenhuma pra você. Desculpa."

Balancei a cabeça, fitando minhas mãos. Pareciam pertencer a outra pessoa: nodosas, cheias de veias, descoradas.

"Se você sabia", eu disse, "por que não contou pra ele?"

"Marcus?"

"É, Marcus. Já que vocês eram essas almas gêmeas."

Ela fez uma espécie de movimento contido dentro do casaco. "Achei que ele soubesse, também. A gente nunca falava sobre você, ou Polly, só depois que você fugiu."

"E então? Daí vocês conversaram sobre a gente?"

"Não muito."

Eu estava olhando para uma palmeira gigante que assomava sobre nós, como uma tromba-d'água verde e congelada, manifestando-se em toda sua grandiosidade barroca e solene. A fronde vergada para dentro, cujas maiores folhas eram tão largas quanto ca-

o violão azul 249

noas primitivas, exibia um denso polimento, e cicatrizes no ponto de mais baixa inclinação, com hieroglifos de antigos grafites. Que coisa mais pesada, mantida ali no que parecia ser uma postura sofrida, e ao mesmo tempo dotada de leveza, também. A tensão das coisas: essa sempre foi a qualidade mais difícil de captar, fosse lá o meio que eu empregasse. Tudo se prepara para reagir contra a atração do mundo, lutando por erguer-se, mas preso à terra. Um violino é sempre mais leve do que parece, esticado com tamanha tensão em suas cordas, e quando a pessoa o pega, sente que quer escapar da mão. Pense no arco de um arqueiro no instante em que a flecha partiu, pense na vibração sonora da corda, o recuo do arco, o tremor e o tremolo ao longo de toda sua extensão curva e temperada. Alguma vez conquistei algo dessa leveza, dessa flutuabilidade que aspira a ar? Não, eu acho. Minhas coisas sempre foram grávidas, oneradas pela expectativa excessiva que eu tinha delas.

"Polly não sabe, sabe?", perguntei. Eu soava como um sujeito falido indagando miseravelmente se pelo menos minha porta da frente continuava em seus gonzos.

"Do quê?"

"Esse tal de segundo piquenique que você e o Marcus fizeram."

"Não sei o que Polly sabe", foi sua resposta. Exalou uma espécie de risada. "Polly está ocupada, fazendo uma limonada com seus limões."

Limões, não perguntei, que limões? Não, eu não perguntei. Não iria mais pressioná-la. Havia um limite para a quantidade de pancadas que podia levar desse porrete particular.

Falei que tudo que houvera entre Polly e mim estava terminado; não fora muito, aliás, se medido contra a escala geral das coisas. "Sei", disse Gloria, balançando a cabeça. "E entre Marcus e mim, seja lá o que foi ou não foi, isso também acabou."

Me levantei e fui até o vidro outra vez, e outra vez olhei para a cidade. O sol que vemos se pondo não é o sol em si, mas sua pós-

-imagem, refratada pela lente da atmosfera terrestre. Tire alguma lição disso, se quiser; eu não tenho ânimo.

"O que a gente vai fazer agora?", perguntei.

"Não vamos fazer nada", respondeu minha esposa, embrulhando-se um pouco mais no casaco, a despeito do calor úmido que nos envolvia a toda volta. "Não tem nada pra gente fazer."

E tinha razão. Tudo já fora feito, embora nem ela ainda soubesse, eu acho, o que a totalidade desse tudo acarretaria. Por que acontece de as surpresas da vida serem quase sempre horríveis, e com um viés horrivelmente cômico, só para piorar?

Caminhei um dia desses até Ferry Point e galguei esfalfadamente a encosta íngreme da colina, em meio a moitas de tojo ainda floridas e ouriçadas touceiras de samambaias mortas, muito afiadas e traiçoeiras. Caí várias vezes, rasgando a calça, ralando os joelhos e acabando com meus absurdamente inadequados sapatos — que fim levaram aquelas botas que eu pegara emprestadas com Janey em Grange Hall? Quando cheguei ao fim de minha escalada, me senti como Billy Bunter, dolorido e machucado após mais uma de suas infelizes presepadas. Pobre Billy, todo mundo ri dele, embora eu não consiga entender por que: para mim, parece tão triste. Aquela colina é achatada, como se o topo tivesse sido fatiado, deixando um amplo trecho circular de terreno argiloso onde pouca coisa cresce, mesmo no verão, a não ser capim mirrado, cardos e, aqui e ali, uma papoula solitária, constrangida e ruborizada. É um ponto muito frequentado pelo que se costumava chamar de casais enamorados — vão de carro ali à noite e estacionam diante do panorama famoso, embora não seja bem a vista que tenham em mente, e de todo modo é pouco provável que consigam enxergar muita coisa no escuro. Já cheguei a ver meia dúzia de carros ali em cima de uma vez, um ao lado do outro, como focas se banhando ao sol, suas janelas embaçadas; nenhum som vem deles, na maior parte, embora de vez em quando algum comece a balançar na suspensão, suavemente no começo, mas então com premência cada vez maior. Solitários também aparecem por lá, às vezes. Estacionam bem afastados dos outros, seus carros como que banhados num tipo mais profundo de escuridão. Seus para-brisas perscrutam negros a noite, em mudo desespero, enquanto nas trevas além do vidro luzidio a ponta em brasa de um cigarro isolado fulge e fenece, fulge e fenece.

A vista é magnífica, isso eu admito. O estuário, um amplo lençol de prata pontilhada, estende-se até o horizonte, com ambos os lados tomados por bosques de aveleiras onde ninguém se aventura, salvo o caçador ocasional, e, acima, calmas colinas que se esparramam em esmeradas pregas sob as margens do firmamento. Aqui em cima, neste cume decapitado, fica o toco de uma torre em ruínas, como um dedo quebrado apontando em furiosa recriminação para o céu; no tempo dos normandos deve ter servido de vigia para o estreito fiorde no rio abaixo, hoje coberto pela velha ponte de ferro que está fadada a desabar mais dia, menos dia, a julgar pelo seu aspecto precário. Foi ali que o fazendeiro em seu caminhão me recolheu naquela noite de tempestade e fuga, quantos meses faz? Não mais do que três — mal posso crer! Marcus errou por pouco aquela ponte, em sua descida.

Ainda sem fôlego e ofegante, sentei numa pedra musgosa sob a parede lateral da torre. O que me levara a subir ali? Era um lugar de singular, não, de múltipla significação. Foi ali que Marcus e minha patroa tiveram seu primeiro encontro secreto, naquele segundo piquenique, tomando meu vinho e comendo os pavorosos sanduíches de Marcus. Teria sido de dia ou de noite? De dia, sem dúvida: nem mesmo dois amantes fariam um piquenique depois de escurecer, fariam? Imaginei os nós dos dedos de Gloria, vermelhos por causa do frio. Imaginei-a erguendo o rosto, sorrindo, com

252   JOHN BANVILLE

os olhos fechados. Imaginei um tufo de cabelos de Marcus caindo para a frente, soprado pelo hálito dela. Imaginei o carro balançando na suspensão.

Fechei os olhos e senti o tênue calor do sol de novembro em minhas pálpebras.

As coisas no vasto mundo continuam fora dos eixos — nem me fale na falácia patética! Aquelas tempestades solares não dão sinal de se aplacar. Saca-rolhas de fogo e gás ejetados para o espaço das fissuras na crosta flamejante da estrela, com milhões de quilômetros de altura, algumas delas, assim dizem. As lojas estão vendendo uma coisa pela qual observar essas titânicas sublevações, uma máscara de papelão com fendas e algum tipo de filtro especial para os olhos. A gente vê crianças, e não só crianças, mascaradas e imóveis na rua, olhando para cima como que enfeitiçadas, coisa que estão, presumo, sendo o sol o mais antigo e cativante dos deuses. Há espetaculares chuvas de meteoritos também, exibições gratuitas de fogos de artifício ao cair da noite, tão regulares quanto costumava ser o mecanismo do universo. Dia sim, dia não surge a notícia de um novo desastre. Terríveis marés avançam sobre arquipélagos e varrem todos em seu caminho, afogando pequenas pessoas marrons às dezenas de milhares, e fatias de continentes se rompem e despencam no mar, enquanto vulcões cospem toneladas de pó que escurecem os céus pelo mundo afora. Entrementes, nossa pobre terra mutilada arrasta-se em seu excêntrico circuito, oscilando como um peão que se aproxima do fim de seu rodopio. O antigo mundo está voltando, a progressão retrógrada com plena força, num piscar de olhos tudo será como foi outrora. Isso é o que eles dizem, os cristalomantes e áugures. As igrejas estão lotadas — escuta-se o coro das vozes dos fiéis ali dentro, erguidas em cânticos trêmulos, lamentosos e suplicantes.

Devo ter cochilado por um minuto, sentado ali em minha pedra ao sol sob a parede austera da torre. É coisa que faço com

o violão azul 253

frequência cada vez maior hoje em dia; a leve narcolepsia, ao que parece, sendo uma das consequências de um coração ansioso e alquebrado. Escutando alguém dirigir a palavra a mim, acordei sobressaltado. Era um sujeito de idade, curvado e descarnado, com queixo hirsuto e um olho remelento. Por um segundo achei que fosse ninguém menos que o velho fazendeiro, o do caminhão e dos sustos ao volante e — mal sabia eu — da história profética da morte pela água. E pensando bem, talvez fosse mesmo. Um velho nesse estágio de decrepitude deve passar facilmente por algum outro, assim imagino. Sua calça, extraordinariamente suja, devia ser grande o bastante para acomodar dois dele, e girava folgada em seu quadril e suas canelas esqueléticas, sendo mantida no lugar pelo que sei que ele teria chamado de *galluses*, suspensórios. Sua camisa não tinha gola, usava um longo casaco sem botões, as botas eram sem cadarço e, como a calça, de um número muito acima do seu. "Tem um pito aí, parceiro!", grasnou.

Respondi que não, que não tinha cigarros, e na mesma hora, não sei por que motivo — a menos que algo no olhar leitoso do sujeito tivesse espicaçado minha memória —, lembrei de como costumava subir ali, anos antes, quando era menino, com um colega de escola pelo qual estava apaixonado. O nome dele, embora você não vá acreditar, era Oliver. Digo apaixonado, mas é claro que estou usando a palavra no sentido mais inocente. Nunca teria ocorrido a Oliver ou a mim sequer encostar um no outro. Durante a maior parte de um ano, fomos inseparáveis. Éramos os dois Ollys, um, baixo e gordo, o outro, alto e magro. Eu nunca admitiria, mas sentia um orgulho feroz de ser visto em sua companhia, como se eu fosse um explorador e ele, uma criatura admiravelmente pitoresca e nobre, um chefe pele-vermelha, digamos, ou um príncipe asteca, que eu trouxera comigo ao voltar após longos anos de viagens. No fim, um triste setembro, ele se mudou com a família para outra cidade qualquer, longe dali, deixando-me desolado. Juramos manter contato e creio que chegamos a trocar uma ou duas cartas, mas depois disso a ligação foi interrompida.

Uma das coisas que mais me atraía em meu amigo do peito era o fato de ele ter um olho de vidro. Não é muito comum encontrar olhos de vidro hoje em dia, a menos que os fabricantes tenham ficado extremamente bons em fazê-los de modo a se parecer com a coisa real. Oliver perdera o olho num acidente — embora insistisse sinistramente que de acidente não tivera nada —, quando seu irmão o acertou com uma espingarda de pressão. Era muito sensível sobre sua desfiguração e acho que se convencera de que as pessoas não notavam, a menos que sua atenção fosse chamada para aquilo. Relutava em tirá-lo, como eu claramente queria que fizesse — quem não gostaria de ver a parafernália no fundo do olho, todos aqueles ramificados vasos roxos, a confusão de capilares, os bicos com ventosas nas extremidades? Quando, um dia, cedeu — que coisas um amigo não faz pelo outro, nessa idade —, fiquei profundamente decepcionado. Ele se curvou para a frente e, juntando os dedos da mão, fez um rápido movimento rotativo, e lá estava o negócio em sua palma, maior do que uma bola de gude grande, brilhante, úmido por toda volta, e conseguindo expressar de algum modo tanto indignação como perplexidade. Não era no olho que eu estava mais interessado, como disse, mas na órbita. Porém, quando ergueu a cabeça e me encarou, com uma curiosa, virginal, timidez, não vi a caverna escancarada que havia esperado, apenas um oco enrugado e róseo com uma fenda negra onde as pálpebras não chegavam a se tocar. "O mais difícil é pôr de volta no lugar", disse Oliver, num tom levemente ofendido, acusatório.

O velho se afastara e perambulava pelo topo da colina, coçando-se e tossindo como um bode. O que estaria procurando, o que esperava encontrar? O lugar é atulhado de maços de cigarro amassados e bitucas esmagadas, pequenas garrafas de bebida vazias, pedaços de papel com manchas não investigáveis, camisinhas

o violão azul 255

enlameadas. O que fazíamos ali em cima, o outro Olly e eu? Sentávamos junto ao muro da torre, como eu estava nesse momento, e falávamos gravemente, por horas a fio, sobre a vida e assuntos correlatos. Ah, éramos uma dupla solene. Meu grande amigo tinha um jeito misteriosamente sereno de encarar e, a despeito, ou por causa, de seu olho de vidro, particularmente penetrante. Eu o achava de uma sofisticação maravilhosa e sem dúvida era mais inteligente e instruído do que eu jamais poderia sonhar ser. Sabia tudo sobre o hoje infame Postulado Brahma, antes que eu tivesse sequer ouvido falar a respeito, e podia discorrer sobre a teoria dos infinitos até a saliva acabar. Seu pai o inscrevera, contou-me Oliver, para uma vaga no Godley Institute of Technology, aquela meca da feitiçaria tecnológica, à qual Oliver se referia, com familiaridade e impressionante pouco caso, como Old GIT. Eu era acanhado demais para lhe contar sobre meus planos de ser um pintor. Vendo em retrospecto, suspeito que não tivesse muito interesse em mim, por mais chegados que pudéssemos ser — mesmo entre colegas de escola, sempre há um que é amado e outro que ama. Pergunto-me o que terá sido feito dele. Algum trabalho maçante num lugar qualquer, imagino, como subgerente, talvez, em um banco regional. Os tipos realmente inteligentes raramente concretizam a promessa, ao passo que muitos modorrentos acabam acordando do torpor para brilhar. Eu fiz o oposto, brilhei no começo e mais tarde me empanei.

Gloria vai ter um filho. Não meu, é desnecessário dizer. Ela não sabe o que fazer a respeito, e eu tampouco. É inútil falar em raiva, ciúme, outra vez, sobre a amarga tristeza; faz tudo parte do pacote. Temos aguda consciência, ela e eu, do aspecto ligeiramente farsesco de nosso aperto. Estamos constrangidos e não sabemos o que fazer a respeito. Poderíamos fingir que eu sou o pai, nada mais fácil, mas não vamos fazer isso, eu acho. Gloria poderia sumir, como as mulheres de antigamente costumavam fazer, com discrição, quando se descobriam num inconveniente estado interessante. Há a casa em Aigues-Mortes que ela continua a sondar; talvez se retire por lá até a hora do resguardo — como adoro esses graciosos eufemismos das antigas —, mas qual seria o proveito disso? Ela acabaria tendo de voltar de qualquer maneira, com o robusto e inexplicável bebê a tiracolo. Não tem a menor intenção no momento de me deixar. Não afirmou tal coisa com todas as letras, mas sei que é o caso. Tem um bom motivo para ir embora e imagino que tecnicamente tenho um bom motivo para pedir que vá, mas desde quando um bom motivo pareceu um bom motivo para fazer o que quer que seja? Não se trata de proteger nossa reputação — acredito que Gloria nem se importe com o que Polly pensa dela —, mas de fazer a coisa certa. Isso vai parecer estranho, eu sei, e também não tenho certeza do que significa, mas significa alguma coisa. Não acredito em muita coisa, no que tange à moral e aos bons costumes, mas estou convencido de que a desordem pode ser, não ordenada, talvez, mas arranjada em certas, não desarmônicas, configurações. É questão de estética, mais uma vez. Nisso também sinto que conto com a concordância tácita de Gloria.

É tudo muito confuso, claro, tudo está de pernas para o ar. Tenho pensado em convocar uma reunião geral das partes interessadas — não Olive, provavelmente, e certamente não Dodo, embora saiba que ambas estariam mais do que interessadas — para explicar que um equívoco foi cometido, que por direito não devo ser eu a receber a carga de toda essa discórdia e tormento. Bem, talvez não devesse falar em direitos. Não alego ser a única vida prejudicada; estamos todos na sobrevida, aqui. Mas sou — era — o que rouba, não o roubado. Na verdade, quero deixar claro que as coisas que foram tiradas de mim não me foram tiradas, mas confiscadas. Sou o senhor de meu próprio infortúnio.

O velho voltou de suas buscas com as mãos abanando e sentou na pedra ao meu lado, ajeitando as pernas frouxas da calça em

o violão azul   257

torno dos joelhos, como uma mulher recatadamente arrumando a saia. A pedra era espaçosa o bastante para acomodar nós dois, de modo que ficássemos ambos ali sem estar juntos. Dei graças por estarmos ao ar livre, pois seu cheiro era abominável, até para um mendigo: pele de animal apodrecida, com uma sugestão de gás de cozinha, e um buquê de queijo amadurecido. "Você era parceiro do homem, não era?", ele disse. Eu observava uma nuvenzinha laranja translúcida avançar inocentemente pela beirada de uma daquelas colinas baixas e cruzar o estuário. Pensei em Oliver, quer dizer, Marcus, debruçado sobre sua bancada de trabalho, a lupa de joalheiro aparafusada em sua órbita ocular, manuseando minuciosamente o mecanismo do relógio Elgin de meu pai. "Eu vi ele, aquele dia, naquele carro grande, indo pra água. Ali, foi lá." Apontou com a unha imunda. "As marcas do derrapado continuam na grama, se você quer ver elas." Coçou-se vigorosamente, suspirou e abanou a cabeça, e, para completar, cuspiu. "Não vai querer ficar aí se culpando agora por uma coisa dessas", disse. Ou acho que disse, a menos que meus ouvidos tenham me enganado, coisa que de vez em quando, em momentos difíceis, lhes apraz fazer. A nuvenzinha deixava uma mancha rosada refletida na superfície da água lá embaixo.

Tique, taque.

Tique.

Taque.

O Natal e seus sinos e os cacarecos resolvidos, enfim. Foi particularmente tenebroso, este ano; não pode constituir grande surpresa, em vista das circunstâncias. Gloria e eu passamos o dia em tranquilo isolamento, do mundo e na maior parte um do outro. Tomamos uma taça de vinho juntos ao meio-dia, depois nos retiramos para nossas acomodações separadas, cada um com uma bandeja, uma garrafa e um livro. Muito civilizado. Aguardamos o ano novo com uma sensação amorfa de apreensão. O que vai ser de todos nós? Eventos funestos, mais de um, são aguardados. Gloria ficará aqui, isso parece decidido — não se menciona mais Aigues--Mortes —, pelo menos até a criança chegar. Tenho pensado em lhe sugerir que poderíamos fazer uma tentativa, nós três, o Pápi, a Mãmi e a Surpresinha da Mãmi. Uma fantasia grotesca, concordo. A criança não vai ser menina, acho. Espero que não, em todo caso: nossa última não teve muita sorte. Não, imagino que seja outro Marcus Relojoeiro ali dentro, dando tempo ao tempo.

Fiz uma inspeção em meus esconderijos secretos, aqui e na edícula — uma experiência de dar calafrios, esta última, me senti como meu próprio fantasma —, e joguei fora uma quantidade considerável de tesouros dos velhos e maus tempos. Proeminente entre eles foi a dama de porcelana vestindo verde da srta. Vandeleur, que peguei em sua ainda cheirosa caixa de charutos e espanei com carinho; havia também um canivete de cabo perolado furtado anos antes de meu adorado amigo Oliver, o do olho de vidro, e um pratinho de cristal espoliado — tristemente, será a derradeira aparição dessa palavra encantadora, suave, que para mim guarda tanto de Polly — de um palacete veneziano, num dia imemorial, que parecia ainda tremeluzir com o reflexo de luzes na água. Tudo se foi, em um saco, no fundo da lata do lixo. Então, como pode ver, sou um personagem reabilitado. Hmm, escuto você dizer?

Como saboreio esses dias finais, os derradeiros do ano, todos densos de azul, e com matizes de carvão e mel, e com fundos de sombras alongadas à De Chirico. O sol continua em tumulto e, graças a suas erupções, nosso fajuto veranico persiste. Reina um grande silêncio, como se o mundo estivesse agachado e imóvel, prendendo a respiração. O que é aguardado? Sinto-me apartado, sob a terra, pondo o focinho para fora de vez em quando e dando uma farejada no ar. Sim, vede-me ali, o velho Ratel em sua toca,

o violão azul 259

também à espera e atento para nem ele sabe o que, o pelo ouriçado, pressentindo a iminência de algo temível.

Um dia desses fui convocado por Polly para encontrá-la no
ateliê. E convocação foi de fato: soava com uma nota imperiosa.
Galguei obediente a escada íngreme e rangente e lá estava ela,
no topo, aguardando-me diante da porta, como tantas vezes antes, mas diferente, dessa vez. Usava um longo casaco esbelto e
sapatos de salto alto — salto alto! —, e seu cabelo estava cortado
de um novo jeito, curto, e com uma severidade elegante. Um
facho de luz descendo sobre ela de uma janelinha elevada acima do patamar dava-lhe uma aparência escultural, de modo que
parecia representar alguma qualidade vagamente resoluta, Perseverança Feminina, ou o Espírito da Viuvez, algo nessa linha.
Cumprimentou-me de um jeito formal; tinha um ar preocupado,
como se tivesse dado uma passada por lá a caminho de um com-
promisso absolutamente mais urgente; nuances de Perry Percival. Não tirou as mãos dos bolsos de seu casaco estiloso, como
se achasse que eu poderia imaginar que pretendia me abraçar.
Contornei-a com o braço esticado para destrancar a porta e no
mesmo instante me vi, como que representado de forma idêntica
numa série de cartas sendo embaralhadas pela memória, fazendo
a mesma coisa, inclinando-me para a frente exatamente do mesmo modo, um pouco desajeitado, um pouco sem equilíbrio, em
incontáveis ocasiões no passado.

Dentro, o ateliê tinha esse mesmo aspecto habitual-inabitual
que as salas de aula costumavam ter no primeiro dia após as férias de verão. Tudo parecia excessivamente iluminado e enfático.
O cheiro, é claro, foi um tranco na memória, e no coração; nada
como o olfato para essas coisas. Polly relanceou com indiferença
pelo ambiente, seu olhar nem sequer se detendo ao passar pelo
sofá. "Como estão as coisas?", perguntou. Inclinou a cabeça para
o lado e me avaliou; podia ser a um retrato meu que dirigia uma

judiciosa vista-d'olhos, não à minha pessoa, e sem grande interesse pelo que via. "Não parece bem."

Disse que sem dúvida tinha razão, pois certamente não me sentia bem. Disse que ela, por sua vez, parecia, parecia — mas não consegui pensar na palavra certa: uma combinação assim tão complicada não existe.

Sorriu fracamente e arqueou uma sobrancelha, e por um segundo exibiu uma semelhança chocante com minha esposa. Naqueles saltos ficava meia cabeça mais alta do que eu. Estava de pé à luz mais uma vez da grande janela inclinada sob a qual tantas vezes deitáramos juntos, observando satisfeitos as vagarosas mudanças do céu, as majestosas procissões de nuvens, as gaivotas branco-leite mergulhando e circulando. Desabotoou o casaco. Sob ele, usava saia e um corpete ou algo assim que aos meus olhos pareceram suspeitamente com um *dirndl*, embora provavelmente isso seja efeito da visão em retrospecto. A saia era mais para cheia e chegava à metade das panturrilhas, e o corpete parecia tão proibitivamente impenetrável quanto uma cota de malha, e no entanto de repente me peguei avançando em sua direção com os braços estendidos, como se ela pudesse, como se eu de fato achasse que pudesse, cair neles. Recuou cerca de um palmo, a sobrancelha fazendo um arco ainda mais acentuado, e isso foi tudo que precisou para me impedir de prosseguir. Deixei os braços pender nas laterais do corpo e desviamos ambos o rosto no mesmo instante. Gargantas foram limpadas. Polly moveu-se para o lado, dando passos deliberados, lentos, e parou, inevitavelmente, junto à mesa, e inevitavelmente pegou o pequeno camundongo de vidro com a ponta da cauda quebrada e o virou em seus dedos, franzindo o rosto.

"Estava aqui o tempo todo", falei.

Ela continuou a examinar o camundongo. "O tempo todo?"

"O tempo todo que a gente ficou aqui."

o violão azul 261

"E eu nunca notei." Balançou a cabeça, fazendo um esgar expressivo de nada em particular. Seus pensamentos estavam longe, do camundongo, de mim, daquele ambiente, do momento. Estava em algum outro lugar agora. Eu é claro lembrei de Marcus dizendo, no Fisher King naquele dia, que não conhecia mais a esposa; que lições mais negativas o amor nos ensina! Ela se afastou da mesa, as mãos outra vez nos bolsos do casaco. "E Gloria", perguntou, num tom de voz mais agudo, mais áspero, a menos que eu tenha imaginado, "como ela está?"

"Ah, indo", falei. "Você sabe."

Eu estava com comichão para perguntar, é claro, por que me chamara ali, e o que era isso que tinha a me dizer; a simples curiosidade é um dos impulsos mais prementes, acredito. Ela parou de andar e ficou olhando para o sofá, pensativa, sem vê-lo de fato, dava para ver. Então me relanceou de soslaio, com olhos estreitados. "E vocês vão ficar com a criança?", perguntou. "Quer dizer, você vai fingir que é o pai?" Pareceu-me que fosse rir. Não falei nada, apenas ergui as mãos para os lados, impotente; devo ter ficado parecido com um dos Cristos semicrucificados de Olive.

Ela se pôs a andar de um lado para o outro mais uma vez e começou a falar do acidente de Marcus — foram essas as palavras que usou, seu acidente. Falava devagar, em sincronia com seus passos vagarosos. Era como se ditasse a redação de uma declaração pela qual teria de prestar juramento, mais tarde. Tentei evocar, tentei ver de novo, as tardes que passáramos juntos, rolando nos braços um do outro, mas esses dois apaixonados eram outro casal, tão irreconhecível para mim quanto essa nova Polly, mais alta, mais séria, inatingivelmente remota, andando para cá e para lá diante de mim. Marcus sempre fora despreocupado, disse, ou talvez fosse melhor dizer descuidado, não cuidando, enfim, por mais que o adorasse, do velho carro inútil. Pobre Marcus, disse, abanando a cabeça. Era para isso, então, me perguntei, que estávamos ali, a fim de que pudesse ditar seu depoimento para que eu o fizesse constar dos autos e fechasse a pasta das evidências? Quando as pessoas falarem, como farão, de Marcus tendo mergulhado por acidente junto à encosta daquela colina em Ferry Point para dentro do mar calmo de uma tarde de outono, tomarei consciência de um zumbido em minha cabeça, uma vibração rápida e monótona que faz meu crânio doer e leva minhas pálpebras a se entrecerrar dolorosamente. É um grito reprimido, imagino. E contudo, escutando Polly, e observando-a entrar e sair do paralelogramo de sol pálido esparramado pelo assoalho sob a janela, tudo que senti foi uma tristeza terna, quase compaixão.

Dali a pouco fui me dando conta de que ela havia parado de falar sobre Marcus — talvez nem tivesse falado sobre ele, para começo de conversa, talvez eu não tivesse escutado direito, ou imaginara aquilo — e tratava de algum outro, alguém absolutamente distinto de seu falecido marido. Na verdade, e isso foi espantoso, era agora o marido seguinte o tema. "Claro que a gente não vai ficar aqui", ia dizendo, "isso seria impossível, depois de tudo que aconteceu." Parou, e me encarou de frente, com um olhar límpido, candidamente inquisitivo, no qual, porém, julguei detectar uma débil luz suplicante. "É isso mesmo, não é?", falou. "Quer dizer, não daria." Mas aonde, perguntei, tentando, confusamente, ganhar tempo, aonde estava pensando em ir? "Ah, Regensburg", disse, sem pronunciar a palavra muito corretamente, notei — vai ter de se esforçar para dominar o r teutônico —, "Frederick ainda tem uma casa da família por lá." Deu uma pequena risada. "É um castelo, na verdade, acho." Então franziu o rosto. "Vai ser uma grande mudança, daqui."

Nesse ponto, dava para perceber, estava a um mundo de distância, daqui, e nada que eu pudesse dizer ou fazer a traria de volta. Sentei no sofá, as mãos pousadas flacidamente, com a palma virada para cima, em minhas coxas. Sem dúvida minha boca

o violão azul 263

também estava flacidamente aberta, um lábio vermelho reluzente e inchado pendendo frouxo e minha respiração vindo em grandes e vagarosos deslocamentos de ar. Regensburg! De algum modo eu sabia que esse lugar um dia iria avultar enorme na catástrofe mísera que é minha vida. Enxerguei a coisa toda claramente, como que escrita na página de um Livro de Horas, o príncipe Frederick, o Grande, com ar sisudo e estúpido em um casacão com gola de pelo e um chapéu pontudo, recebendo um lírio que simboliza isso ou aquilo das mãos da senhora sua esposa em seu vestido azul--Limbourg, ele com seu pajem, o velho Matty Myler, e ela com as irmãs Hyland como damas de companhia, todos cercados por unicórnios cabriolantes, e ao longe um modelo em miniatura da cidade, com seus pináculos e flâmulas, suas torres e garças fazendo ninhos, e muito acima da cena, emoldurado em um arco dourado, o grande orbe do sol jorrando suas benesses em todas as direções.

Freddie Hyland. Ah, Freddie, com seu plastrom e sua caspa e sua g-g-gagueira. Então o tempo todo era você o lobo à espreita naquela límpida paisagem. Como não percebi a iminência de seu bote? Não tive a capacidade de levá-lo a sério. Simples, e um simples lugar-comum, assim. Bom, tem uma lição que aprendi, entre outras: nunca subestime ninguém, nem mesmo um Freddie Hyland da vida. Eu podia ter apertado Polly para que me desse os detalhes, datas, horas, lugares, pois decerto tinha o direito de ficar sabendo, mas não fiz isso. Mas desconfio que estava morrendo de vontade de me contar, não por crueldade ou vingança — nunca foi vingativa, nunca foi cruel, nem mesmo hoje, no fim —, mas apenas de modo que ela pudesse escutar isso sendo dito em voz alta, esse extraordinário conto de fadas que modelara para si com o que parecera pouco mais que destroços. Eu dificilmente poderia objetar — ela não merecia ser feliz? Pois estava destinada a ser feliz: dava para ver isso em cada linha de sua postura recém-adquirida. Marcus, porém, de morte tão recente, e quanto a ele? Seu nome, mais do que qualquer outro, eu não mencionaria, e torcia para que ela não o fizesse, tampouco. Eu temia ser apresentado a uma série de justificativas, amenas, razoáveis, contadas nos dedos, por parte dessa nova, alta, inquietadoramente serena versão da Polly com quem costumava deitar tão ternamente nesse velho e agora tão triste sofá verde.

Ela estava se preparando para ir. Dava para perceber como tentava se obrigar a sentir pena de mim, ou em todo caso a parecer que sentia. Devo ter proporcionado um espetáculo deplorável, afundado ali, nocauteado. Mas não havia mais encaixe para mim no mundo que ela conhecia: eu era da forma errada, todo quinas abruptas e laterais escorregadias, tão desajeitado e difícil de manejar quanto um piano preso na porta. Além do mais, por que iria me querer, sapo gordo que eu era, quando já tinha seu príncipe?

Ela abotoara o casaco e se dirigia à porta. Afirmou que dera uma passada pela cidade a caminho de uma visita aos pais. Seu pai estava mal — suspeitava-se de pneumonia — e sua mãe ficara numa de suas propriedades. Deixá-los para trás, falou, seria a coisa mais difícil de suportar, para ela. Voltaria sempre para visitá-los, claro, mas isso não seria o mesmo que ficar zelosamente de olho neles. Eu continuava esparramado a sua frente, a cabeça estupidamente erguida em sua direção, sem dizer palavra. Em suas mãos havia agora um par de luvas feitas de uma linda pelica escura que ela calçava vigorosamente, meneando os dedos. Notei que não usava anel de casamento; supus que tivesse um, contudo, herança de família, seria, dos tempos de Iron Mag, com o brasão dos Hohengrund entalhado em um diamante, mas o tirara e escondera enquanto me esperava no topo da escada. Eu quisera que usasse uma aliança, na empolgação inicial de nossos dias de apaixonados. Ela rira da ideia — como iria explicar para Marcus? Afirmei que havia maneiras de usá-la sem que fosse vista: poderia mantê-la em um cordão em torno do pescoço, ou costurada dentro de uma peça

o violão azul 265

de roupa, disse, excitado com o pensamento do pequeno aro de ouro se aquecendo no prateado arrebol entre seus seios, ou cintilando nas sombras sob a parte interna de suas coxas. Mas ela não quis nem ouvir falar e embora eu não tenha demonstrado, fiquei bastante decepcionado e desolado.

"Isso me lembra", dizia Polly agora, embora fosse óbvio pelo jeito como falou — atento porém distraído, querendo ir embora mas retida por uma última tarefa —, que, fosse lá o que iria dizer, estivera em sua cabeça desde o início. "Andei pensando", continuou, esticando a mão e franzindo o rosto para o dorso tensionado de sua luva, "se você não quer ficar com o cachorro. Barney, quero dizer. Eles realmente não conseguem mais dar conta de cuidar dele, e desconfio que a Janey chuta quando não tem ninguém olhando." Deu um passo em minha direção com um pequeno sorriso luminoso de convencimento, um tipo de sorriso que eu nunca teria imaginado que fosse capaz de dar. "Ah, diz sim, Olly", falou. Essa, lembro-me de pensar, é a última vez que vou ouvi-la pronunciando meu nome. Avançou mais um passo, conseguindo de algum modo suavizar ainda mais a luz em seus olhos cinza-opala e fazendo-os brilhar. "Você fica com o pobrezinho?", disse, numa voz ceceada, de bebê. "Por favor?" Fiz menção de levantar, debatendo os braços e comprimindo as velhas molas cedidas do sofá, até enfim conseguir ficar de pé com um forte grunhido e parar diante dela, oscilando levemente. Devo ter balançado a cabeça, ou ela deve ter achado que fiz isso, pois bateu palmas de alegria e me agradeceu com afobação emocionada, e se aproximou mais um passo, com um sorriso muito aberto agora, e até mesmo contraindo os lábios para me dar o que sem dúvida teria sido uma bitoca agradecida na bochecha. Recuei em pânico de seu gesto, até ser detido pela pressão de minhas panturrilhas contra a borda das almofadas do sofá. Acho que se tivesse quando muito tocado em mim, mesmo que apenas com um daqueles dedos enluvados, eu teria quebrado numa miríade de minúsculos fragmentos, como uma taça de vinho estilhaçada pelos trinados frenéticos de uma soprano. Então, um segundo depois se fora, e fiquei escutando seus passos alvoroçados ao descer a escada, e em seguida ouvi a porta bater. Imaginei-a atravessar a rua correndo, naquele jeito genuvalgo seu, o casaco esvoaçante. Andei, arrastando os pés, e parei no pedaço de ar onde ela estivera, então ergui a cabeça e dei uma inalada lenta e funda. Podia ter mudado qualquer coisa em si mesma, exceto seu odor, aquela tênue fragrância misturada de manteiga e lilases. As pessoas dizem que não dá para lembrar de um cheiro; estão equivocadas.

Fui até a mesa, peguei o pequeno camundongo de vidro e apertei-o com tanta força que a cauda quebrada cortou a palma da minha mão e a fez sangrar. Um estigma! — só um, mas dá para o começo, por ora.

Então ficamos assim. Gloria vai ter um filho, Polly tem seu príncipe e eu fiquei com um cachorro moribundo. Não parece um desfecho inapropriado, sei que vai concordar. Barney, o pobre velhinho, está deitado bem aqui, aos meus pés, ou em cima dos meus pés, como de costume. Ele é pesado, o ônus da mortalidade recai sobre o coitado. Sua respiração, rápida e rouca, soa como o mecanismo de um motor, um pouco enferrujado e com um pistão defeituoso, acelerando rumo a esse momento em que vai abruptamente cessar, com um derradeiro, breve e cadente suspiro. A intervalos, o motor de fato para, mas só para facilitar a soltura de um daqueles puns enganosamente silenciosos cujo fedor esverdeia o ar, um pavoroso, nauseabundo, e contudo comovente, *memento mori*. Treinei o ouvido para escutar essa ominosa cesura e rapidamente deixar a sala antes do que sei que inevitavelmente se seguirá. Quando corro para a porta o cão ergue a grande cabeça quadrada e me lança um olhar de enfadado desprezo. O sr. Plomer, pai de Polly, entregou-me o animal diante da ornamentada porta de entrada em Grange Hall ao lusco-fusco de um anoitecer de janeiro, agradecendo-me repetidas vezes ao fazê-lo, sorrindo em desespero e parecendo não notar as lágrimas que brotavam em suas pálpebras e caíam como céleres gotas de mercúrio através do ar crepuscular, espalhando manchas escuras do tamanho de moedas na manga de seu velho casaco de tweed. Da sra. P. nem sinal, pelo que devo dizer que fiquei grato.

Eu pensara que Gloria objetaria à minha adoção do cachorro, mas, pelo contrário, achou saborosamente engraçado que a incumbência recaísse sobre mim, e sempre que seu olhar pousa no animal, ela morde o lábio e abana a cabeça, com assombro. "Bom, pelo menos você pode agradecer por não ter deixado a Pip com você", disse. A protuberância em sua barriga mal se nota, por ora. Ainda não decidimos o que fazer. Desconfio que não vamos fazer nada, como sempre fazemos, como desconfio que todo mundo faz; todas as decisões são tomadas em retrospecto. Se Gloria exigir mesmo que eu saia, o que continua a ser possível, caso não me comporte, posso ir morar com Olive e Dodo. Eu poderia cortar a lenha, buscar água, ser o perfeito Calibã. Quanto a Olive e sua amiga, imagino que essas duas mal iriam me notar, labutando ali no jardim, ou sentado em silêncio junto ao fogão qualquer fim de tarde, tostando as canelas e bebericando minha *stout* e ponderando sobre as glórias perdidas do que costumava ser minha vida.

Tenho feito alguns cálculos. Números são sempre uma distração, até mesmo um conforto, em tempos difíceis. Houve aquele primeiro piquenique, no parque, quando, sem me dar conta, fixei o ávido olhar de aranha sobre Polly, e Marcus e minha esposa se tornaram, como Gloria gostava de dizer, almas gêmeas, seja lá o que isso demandou e implicou. Os anos se passaram, quatro pelo menos, até que no Clockers daquela cintilante noite de dezembro me peguei irremediavelmente enamorado — vamos chamar de amor, de todo modo — de Polly. Então ela e eu ficamos juntos por, o que, nove meses, um pouco mais? Isso mesmo, foi no setembro seguinte, quando a tempestade caiu, e eu fugi. Deve ter sido aí, bem aí, que as almas gêmeas de Marcus e Gloria deixaram o etéreo de lado e se entregaram ao erótico, no sentido propriamente dito, o impróprio, de onde a condição embarrigada de minha esposa. Mas o que eu quero saber é quando exatamente Freddie Hyland tomou meu lugar no centro da teia e pôs seus palpos pegajosos em minha preciosa Polly? Não tenho nenhum direito de perguntar, eu sei, e de todo modo não há ninguém para me contar. Duvido que até Olive e Dodo saibam a resposta a isso.

Sinto saudade de Marcus, um pouco. Foi nos dias finais de novembro que ele morreu, não consigo lembrar a data, não quero lembrar. Ele perdera Polly, perdera Gloria, me perdera. Duvido que eu fosse grande perda para ele, mas a gente nunca sabe. Sinto saudade sua, então por que não teria sentido saudade de mim? Um dia depois de içarem o carro do fundo, pensei em ir até Ferry Point e jogar o relógio de meu pai na água, como forma de marcar a triste ocasião, mas não tive coragem.

Quando vasculhava a casa em preparação para aquele auto de fé dos objetos ilicitamente adquiridos, encontrei o estojo de juta que meu pai fizera para guardar, como uma relíquia sagrada, o retrato que esbocei de minha mãe em suas horas finais. A aniagem do embrulho estava embolorada e o papel Fabriano ficara um pouco amarelado e com as bordas rachadas, mas o desenho em si pareceu, aos meus olhos, tão novo quanto no dia em que o fiz. Como era encantadora, mesmo na morte, minha pobre mãe. Agachado ali no sótão, meditando sobre sua imagem, com o leve odor de mofo em minhas narinas e acossado de todos os lados pelos escombros do passado, ocorreu-me que talvez fosse minha tarefa agora escarafunchar esse passado e começar a reaprender tudo

o violão azul 269

que achara que sabia mas não sabia. Sim, eu devia dar início a um grande restauro. Uma empreitada não muito original, admito, mas por que permitiria que isso me impedisse? Nunca aspirei à originalidade e sempre me contentei em repisar, mesmo em meu insignificante auge, as velhas sendas já estabelecidas e familiares. Vai saber, o velho pintador caninamente perseverante pode até aprender a pintar outra vez, ou apenas aprender, pela primeira vez, e enfim. Eu poderia esboçar um retrato em grupo de nós quatro, dançando em roda de mãos dadas. Ou talvez deixar a cena com uma mesura e permitir que Freddie Hyland completasse o quarteto, enquanto eu ficava de lado, em minha fantasia de Pierrô, dedilhando uma melodia melancólica num violão azul.

Por que roubei todas aquelas coisas? Parece-me irreal agora, o que fui um dia.

O leitor deve achar, não acha, que a contemplação da imagem materna, executada todos aqueles anos antes por minha jovem mão, suscitaria doces memórias exclusivamente suas, mas em vez disso foi em meu pai que me peguei pensando. Certo inverno, quando era muito novo, eu não devia ter mais do que cinco ou seis anos, contraí uma dessas misteriosas enfermidades infantis cujos sintomas são tão vagos e genéricos que ninguém se deu ao trabalho de lhes arranjar um nome. Por dias fiquei meio delirante num quarto escuro, atirando-me de um lado para outro na cama e gemendo em voluptuosa agitação. Por ordens médicas, meus irmãos haviam sido expulsos para dormir em algum outro lugar da casa — acho que podem até ter sido amontoados com a pobre Olive — e fui deixado em bem-aventurada solidão com meus sonhos febris. Minha roupa de cama tinha de ser trocada todo dia e me lembro de ficar fascinado com o cheiro de meu próprio suor, um fedor rançoso, cediço, carnal, não de todo desagradável, para minhas narinas, em todo caso. Minha mãe deve ter ficado aflita — a pólio grassava na época — e certamente prestava

270 JOHN BANVILLE

assistência constante, alimentando-me com caldo de galinha e extrato de malte e enxugando minha testa férvida com uma toalha de rosto úmida. Era meu pai, porém, que me trazia, toda noite, um particular e precioso momento de trégua quando, entrando de fininho em meu quarto antes de se recolher para dormir, punha a mão sob minha cabeça e a erguia um pouco de modo a virar, com destreza e notável presteza, o lado frio de meu travesseiro encharcado, quente e malcheiroso. Não tenho dúvida de que sabia que eu estava acordado, mas era um acordo tácito entre nós que eu permanecia ferrado no sono e sem me aperceber do pequeno serviço que me prestava. Eu, é claro, não me permitia adormecer até ele ter entrado e saído. Que estranha emoção, em parte felicidade e em parte feliz pavor, eu experimentava quando a porta se abria, esparramando um momentâneo leque luminoso pelo assoalho do quarto, e a figura alta, desajeitada vinha sorrateira em minha direção, como o gigante amigável de um conto de fadas. Como sua mão parecia estranha, também, diferente da mão de qualquer um que eu conhecesse, nem sequer parecendo mão, na verdade, mas algo me alcançando de outro mundo, e minha cabeça ficava como que sem peso — eu todo, de fato, parecia leve, e por um momento flutuava livre para fora da cama, do quarto, de mim próprio, e era uma palha, uma folha, uma pluma, à deriva e em paz nas trevas suaves, sustentantes.

ESTE LIVRO, COMPOSTO NA FONTE FAIRFIELD,

FOI IMPRESSO EM PAPEL PÓLEN SOFT 70 G/M, NA GRÁFICA IMPRENSA DA FÉ,

SÃO PAULO, BRASIL, OUTUBRO DE 2016